지혜의 재발견

분야별로 엮어 영문과 한글을 같이 읽는

세계 명언으로의 여행

KB057347

의 생활을 풍요롭게 해줄
5천여 개의 명언·격언

권순우 편역

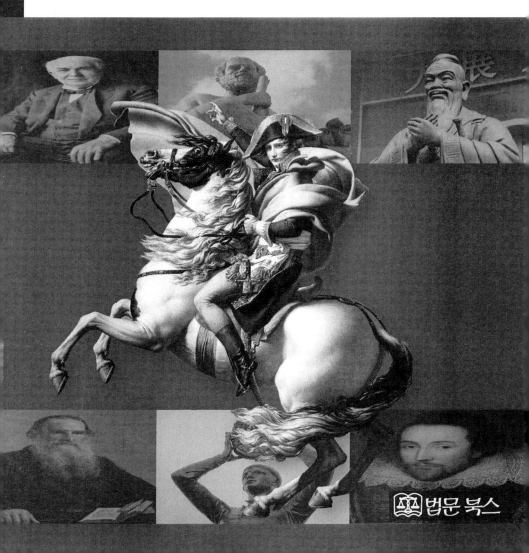

법문 북스

지혜의 재발견

분야별로 엮어 영문과 한글을 같이 읽는

세계 명언으로의 여행

현대인의 생활을 풍요롭게 해줄
동서고금의 5천여 개의 명언·격언

권순우 편역

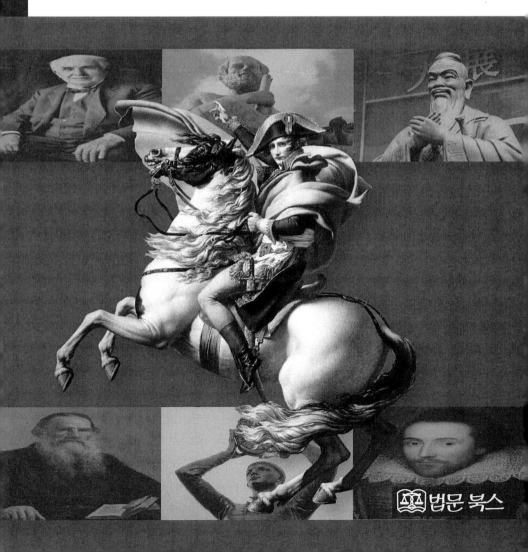

법문 북스

한권으로 읽는
세계의 명언

책 머리에

이 책에는 동서(東西)의 이언(俚諺), 격언(格言)을 약 2천여 개 가량 수록하였다. 이언은 흔히 '속담'이라고도 하며, 누가 언제 이런 말을 먼저 했는지도 모르는 사이에 사회적, 민속적으로 오랜 옛날부터 일상어로써 오던 말이다. 격언은 명현(名賢)이나 철인(哲人)들이 일찍이 말한 단구(短句)로서, '금언'이라고도 한다. 이 격언은 대개 도덕적 교훈을 담고 있다.

이언은 오랜 생활을 통하여 사람들의 경험에서 생기는 것이므로 전 세계적으로 같은 내용과 진리를 지니면서도 그 생활 방식과 풍토(風土)에 따라 그 표현 양식이 달라진다. 예를 들면, 우리나라에서 '개 발에 편자'라는 속담에 비유할 수 있는 서양속담에는 '돼지에게 진주를 던져 주지 말라'가 있고, '지렁이도 밟으면 꿈틀한다'는 속담에는 '토끼도 자주 때리면 문다'로 비유할 수 있다.

이 책에는 이러한 이언이나 격언 외에도 고사성어(故事成語)로서 우리의 언어생활에 일상적으로 흔히 쓰이는 촌철살인(寸鐵殺人)의 경구(警句)가 함께 수록되어 있다.

또한 이언, 격언, 경구 등을 내용에 따라 분류하여 그 출전(出典)을 밝혀 독자들의 이해를 돕고 있으며, 가능하면 원문을 가로 안에 삽입하였다. 한자성어나 출전은 그 처음에만 한자를 달았다.

차례

1

수양 · 처세에 대해

가까운 데 있는데 먼 데서 길을 찾는다.

(道在爾而求諸遠)

우리가 찾는 높은 진리라는 것도 먼 곳에 숨어 있는 것이 아니라 우리의 일상생활 속에 있다는 뜻이다. 〈맹자(孟子)〉 '이루상편(離婁上篇)'에 나오는 말로, '길은 가까이 있다. 그런데 먼 곳에서 찾는다. 일은 쉬운 데 있는데, 어렵게 찾는다. 사람들이 친(親)한 것을 친하다 하고, 긴 것을 길다고 한다면, 천하는 태평하다'라고 한 것이 원문이다. 마테를링크의 동화 〈파랑새〉의 치르치르와 미치르의 이야기의 주제와 같다. 고원한 이상이라는 것이 우리의 손 닿기 어려운 먼 곳에 있는 것이 아니라 우리의 평범한 일상사 속에 있다는 뜻이며, 솔직한 감각 속에 오히려 깊은 진리가 있다는 말이다.

가만히 있는 개가 먼저 문다.

(The silent dog frist bite.)

필요 이상으로 침묵을 지키는 자를 경계하라는 뜻.

가시 없는 장미가 없다.

(No rose without thorn.)

아름답고 눈길을 끄는 것은 반드시 그 내면에 사람을 해치는 독소가 들어 있다는 뜻.

가장 많이 말하는 사람은 항상 가장 적게 행동하는 사람이다.

(The greatest talkers are always the least doers.)

말이 번드르한 사람일수록 막상 실천력은 없다는 뜻.

개미 구멍으로 둑이 무너진다.

(천장(千丈)의 제방도 누의(螻蟻)의 구멍으로 무너진다.)

작은 일이 큰 일이 된다는 의미인데, 단돈 10원을 가지고 다투다가 살인하는 따위는 그 좋은 예이다. 중국 전국시대의 학자 한비자(韓非子)의 글에서 나온 말이다.

거울은 모양을 비추고, 술은 본심을 비춘다.

(In the looking-glass we see the form, in wine the heart.)

술 취한 척하고 하는 말은 그 사람의 평소의 본심이라는 뜻. 〈백씨문집(白氏文集)〉에 '사람이 취하면 본심을 나타낸다'고 하였다.

거지는 파산의 염려가 없다.

(Beggars can never be bankrut.)

재물을 많이 가진 자는 잃을 것이 많고, 아주 없는 자는 잃을 것이 없다는 뜻. 이와 비슷한 말로 '나르는 물건이 없으면, 잃을 물건도 없다(He who carries nothing, loses nothing)'는 말이 있다.

걷기 전에 기는 것부터 배우라.

(You must learn creep before you go.)

한 번에 높은 목표에 도달하려고 해서는 안 된다. 매사에는 순서가 있다는 뜻.

게으른 여자, 언제까지 누워 있을 것인가.

성경의 구약 잠언 제6장에 '게으른 자여, 개미 있는 데 가서 그 하는 것을 보고 지혜를 얻으라. …게으른 자여, 너 언제까지 누워 실 것인가, 언제까지 자고 일어날 것인가' 하고 게으른 자를 경계한 말.

견문(見聞)이 좁으니 괴이하게 보인다.

견문은 넓어야 한다는 뜻. 무자(牟子)의 말 중에 '견문이 적으니, 이해하지 못하는 것이 많더라. 낙타를 보고 등허리가 부은 말이라 한다'는 말이 있다.

고통 없이는 이익을 얻을 수 없다.

(Without pains, no gains.)

'고생 끝에 낙이 온다(苦盡甘來)' 는 말과 같은 뜻.

공자(恭者)는 사람을 업신여기지 않는다.

공자(恭者)란 행동을 삼가는 사람을 말한다. 근엄한 사람은 결코 상대가 누구든지 결코 얕보거나 업신여기지 않는다는 뜻. 〈맹자〉 '이루상편' 에 나오는 말이다. 상대가 저지른 잘못은 같은데, 한 쪽은 신분이나 계급이 높다고 공손히 말하고 한 쪽은 그보다 못하다 하여 엄한 벌을 내리거나 하지 않는다는 뜻.

과녁 없는 활을 쏜다.

목적 없이 하는 일이나, 상대되는 본인이 없는 자리에서 그 사람을 공격할 때 쓰는 말.

과실은 그 나무 줄기에서 멀리 떨어지지는 않는다.

(The fruit fall not far from the stem.)

세상 만물은 모두 그 근본으로 돌아간다는 뜻. 비슷한 말로 '흙에서 나온 과실은 썩어 다시 흙이 된다' 는 말이 있다.

꽉 차면 준다.

무엇이든 꽉 차면 다음은 줄어들기 마련이다. 만조물은 간조가 되고, 보름달은 기우는 것과 같은 뜻. 〈서경(書經)〉에 '꽉 차니 기울고, 겸허(謙虛)하니 보탬이 온다. 이것이 바로 천도(天道)로다' 하였다.

꽃은 반개(半開), 술은 미취(微醉)

〈채근담〉에 '꽃은 반쯤 피었을 때 보고, 술은 가볍게 취할 만큼 마시니, 그 속에 큰 아름다운 취향이 있다' 라고 한 데서 나온 말로, 부족하고 조금 아쉬운 듯한 때 오히려 깊은 맛이 있다는 뜻.

꽃은 열매를 보장한다.

(Flowers are the pledge of fruit.)

'열매 있을 나무는 꽃을 보고 안다'라고도 한다. 사람의 행동을 보면 그 결과가 짐작 된다는 뜻.

교만은 멸망의 선도자며, 자랑은 실패의 선도자로다.

교만이나 자만을 경계하고 겸손을 권장한 말로, 구약 '잠언' 제16장에 나오는 말.

교만이 오면 욕도 온다.

교만해지면 부끄럼을 당하는 일이 많아진다는 뜻. 구약 '잠언'에 나오는 말.

교위(巧僞)는 불여졸성(不如拙誠)이라.

〈설원(說苑)〉에 나오는 말로, 교묘한 거짓말보다는 서투른 진심이 값어치가 있다는 뜻. 성실을 존중한 말.

교지(巧遲)는 불여졸속(不如拙速)이라.

교(巧)는 교묘하다는 뜻, 지(遲)는 느린 것, 즉 교묘하게 만들려고 오랜 시간을 걸려 머뭇거린다는 뜻. 졸속(拙速)은 다소 부족하더라도 속히 해치우는 것. 완전한 것을 만들려고 꾸물거리는 것보다는 불완전하더라도 일을 빨리 하는 것이 낫다는 뜻.

구설이 많으니 품격이 적다.

〈동자교(童子敎)〉에 나오는 말로, 말이 많으면 자연 인품이 가벼워 보인다는 뜻.

구인(九仞)의 공(功)을 일궤(一簣)로 하여 잃다.

인(仞)은 높이를 말하는 것. 구인(九仞)의 높은 산을 쌓는 데 한 삼태기의 흙이 모자라 완성을 못 한다는 뜻으로, 다 된 일이 조그마한 사고나 실수로 애쓴 보람도 없이 허사로 돌아갈 때 쓰는 말. 〈서경〉에 나오는 말.

군자는 그릇이 아니로다.

(君子不器)

그릇은 일정한 용도에 쓰이는데, 군자는 그러한 한계가 있어서는 안 된다는 뜻. 즉, 그 몸에 모든 것을 갖추고 폭이 넓어야 한다는 말이다. 〈논어(論語)〉 '위정편(爲政篇)'에 나오는 말.

군자는 다능(多能)을 부끄러워한다.

〈논어〉 '자한편(子罕篇)'에 나오는 말인데, '자(子)가로되, 나 젊었을 때 천하였더라. 그러므로 잡일에 다능하였도다. 군자는 다능할 것인가. 다능하여서는 안 된다'라고 쓰여 있다. 이 말을 보면, 공자도 젊었을 때는 재기가 활발하여 이런 일 저런 일 닥치는 대로 한 모양이다. 그러나 그와 같이 잡사에 다능한 것을 무의미한 걸로 공자는 판단하였다. 그것은 행동과 정신이 겉으로 얇게 퍼질 뿐, 깊숙하고 집중적인 것이 아니었기 때문이다.

군자는 도(道)를 걱정하고, 가난을 걱정하지 않는다.

공자의 이 말은 공자 자신은 실행했을지 모르나 다른 사람에게는, 특히 현대에 있어서는 거울 삼기 어려운 말이라 하겠다. 물론 도덕적 수양이 인간에게 중요한 것은 다시 말할 나위도 없지만, 물질이 중요시되는 현대인들에게는 공염불과 같은 말일 것이다.

군자는 말은 서투르고 행실은 민활하기를 바란다.

(訥於言而敏於行)

〈논어〉 '이인편(里仁篇)'에 나오는 말. 혀 끝의 말보다는 서둘러 실행할 것을 근본으로 삼는다는 뜻.

군자는 위태로운 데 가까이 안 간다.

〈한서(漢書)〉에 쓰기를 '다리가 있거든 배를 타지 말고 다리로 가라' 하였고, 맹자는 '허술한 돌담 옆에 서지 말라' 하였다. 안전을 취하고 무리와 모험을 피하라는 처세훈.

군자는 이를 자신에게 구하고, 소인은 이를 남에게 구한다.

(君子求諸己小人求諸人)

군자는 자기의 책임하에 자신의 힘으로 무슨 일을 하려 하지만, 소인은 늘 남에게 기대어 남의 힘으로 자기의 소망을 이루어 보려 한다. 그리고 잘 되면 제 탓이고 못 되면 남의 탓으로 삼는다. 〈논어〉에 나오는 공자의 말이다.

군자는 주(周)하여 비(比)하지 않으며, 소인은 비(比)하여 주(周)하지 않는다.

(君子는 周而不比하고, 小人은 比而不周니라.)

주(周)는 공평한 마음으로 사람과 친한다는 뜻. 비(比)는 이해관계에 따라 한편이 되는 것. 즉, 군자는 늘 그 마음이 공명정대하기 때문에 목전의 이해 관계에 좌우되지 않지만, 소인은 이해 관계를 따라 이쪽 저쪽 우왕좌왕한다는 뜻. 〈논어〉 '위정편'에 나오는 말.

군자는 포식을 원치 않으며, 편안히 살 집을 원치 않는다.

(食無求飽 居無求安)

좋은 음식을 차려 놓고 진탕 먹거나, 좋은 집을 지어 놓고 편안히 살 궁리를 하는 것은 군자의 마음 속에는 없는 일이다. 다만 도덕적인 수양에 전념한다는 뜻으로, 〈논어〉 '학이편(學而篇)'에 나오는 말이다.

군자(君子)는 무겁지 않으면 위엄이 없다.

경솔한 태도를 경계한 공자의 말. 〈논어〉 '학이편'에 나온다.

군자 유삼락(君子有三樂)

맹자의 말로, 군자에게는 세 가지 낙(樂)이 있는데, 첫째 부모 형제가 안태(安泰), 즉 무고한 것이며, 둘째 하늘을 쳐다보아 부끄러움이 없고 엎드려 사람을 보아 부끄러움이 없는 것이며, 셋째 천하의 영재(英才)를 모아 이를 교육하는 것이다.

군자(君子)의 과실은 일월식(日月蝕)가 같은 것.

(君子之過는 如日月之蝕이라.)

군자는 늘 도덕적 수양을 게을리하지 않지만, 때로 도덕상의 과실을 아주 범하지 않는다고는 할 수 없다. 그러나 그것은 일식이나 월식과 같은 것이며, 극히 드문 일이다. 군자는 곧 그 과실을 고치는 것이므로 일식이나 월식이 지나 다시 일월의 광명이 밝듯이 빛을 낸다는 뜻. 〈논어〉 '자장편(子張篇)', 〈맹자〉 '공손축 하편(公孫丑下篇)'에 나온다.

꿈이 많으면 헛되게 돌아감이 많다.

꿈이 많고 화려하면 꿈에 그치고, 실제로는 아무것도 얻는 것이 없게 된다는 뜻. 구약 '전도서' 제5장에 나오는 말.

꿩도 울지 않았으면 아니 잡힐 것.

〈좌전(左傳)〉에 나오는 말이다. 한 대부(大夫)가 아내를 맞이했는데, 아주 미인이었다. 그런데 그녀는 3년 동안이나 말도 없고, 웃지도 않았다. 하루는 꿩을 활로 쏘아 잡았더니 비로소 아내가 웃으며 말을 하였다는 고사(故事)가 있다. 꿩은 풀 속에 숨어 있으면 좀처럼 눈에 뜨이지 않으니 그 있는 곳을 알기 어려운데, 그 울음소리가 있는 곳을 알리게 된다는 뜻이다.

그대가 가끔 마시는 샘물을 더럽히지 말라.

(Never cast dirt into that fountain of which you have sometimes drink.)

떠날 때 남에게 욕 먹지 않도록 뒤를 깨끗이 하라는 뜻. 일본의 이언 중에 '새는 날 때 앉았던 자리를 더럽히지 않는다' 는 비슷한 말이 있다.

그대 과연 강자(强者)라면, 먼저 그대 자신을 정복하라.

(Would you be strong, conquer yourself.)

최대의 난관은 자기 자신을 이겨내는 것이라는 뜻. 즉, 자기 자신을 이기는 사람은 어떤 것도 정복할 수 있다는 말이다. 왕양명(王陽明)의 '산중의 적을 쳐부수기는 쉬워도, 심중의 적을 쳐부수기는 어렵다' 한 말과 같은 뜻이다.

그 마음 온화하니, 생명을 이롭게 한다.

마음을 부드럽고 편안하게 갖는 것이 인생에 있어서 무엇보다 중요한 일이라는 뜻. 구약 '잠언' 제14장에 나온다.

그 사람의 손이 한 일은 그 사람에게로 돌아간다.

구약 '잠언' 제12장에 있는 말로, 자기 행동에 대한 책임은 자신에게 있다는 것.

급히 뛰어 가는 자는 길을 잃는다.

구약 '잠언' 에 나오는 말. '먼 길은 돌아가라' 라는 말과 같다. 급하다고 너무 급히 서둘다가는 반드시 실패한다는 뜻. 급할 때일수록 오히려 침착을 무기로 하여야 한다는 뜻이다.

끝이 좋으면 모두 좋다

(All is well, that ends well.)

무슨 일이든지 뒷수습이 중요하다는 뜻.

끝이 중요하다.

매사는 시작보다 끝이 더 중요하다는 뜻. 〈시경(詩經)〉 '대아편(大雅篇)'에 '시작은 많으나 끝을 맺음은 적더라' 하였다. 노자는 '끝을 맺기를 처음같이 한다면 실패할 일이 없다'라고 했다.

길을 같이 하는 자는 서로 사랑하고, 예(藝)를 같이 하는 자는 서로 시기한다.

여기서 말하는 길(道)이란 정신 수양을 뜻하는 것. 예(藝)는 기예(技藝) 즉, 기술이나 예술을 말한다. 즉, 함께 도(道)를 공부하는 사람은 서로 지극히 아껴 주지만, 예술을 하는 사람들은 서로 시기하고 질투하게 된다는 말이다.

나쁜 일은 천리(千里)를 간다.

좋은 일은 문 안에, 나쁜 일은 사방에 금방 퍼지는 것이 세상사이다. 비슷한 뜻을 가진 말로 '나쁜 소문은 날아 간다(Bad news has wings)', '살인은 금방 발각된다(Murder will out)' 등이 있다.

나의 장점을 들어 남의 단점을 찌르지 말라.

남의 단점을 찌르는 말은 반드시 상대방의 감정을 살 뿐, 저쪽에서 이쪽의 장점을 조금도 인정하려 들지 않는 결과가 될 뿐이다. 〈채근담〉에 나오는 말이다.

나이는 책보다 낫다.

(Years know more than books.)

나이를 먹으면 경험이 많아 책에 쓰인 것보다 속세의 지식이 풍부하다는 뜻으로, 나이 먹은 사람의 충고를 듣는 것이 좋다는 말.

나이 먹은 암소의 말을 들으면 송아지 시절은 없었던 것 같다.

(It is old cow's notion that she never was a calf.)

자기의 어린 시절의 일은 덮어 놓고 한창 장성한 뒤의 이야기만 하는 것을 말한다. 또 노인들이 자기 젊었을 때 힘쓰던 자랑을 하고, 자기 시대의 사람들의 좋은 점만 말할 때도 쓰인다.

남에게 보이고자 올바른 일을 남 앞에서 하기를 삼가라.

신약(新約) '마태복음'에 나오는 말로, 제6장에 '너희를 남에게 보이고자 올바른 일을 남 앞에서 하기를 삼가라. 그렇지 않으면, 하늘에 계신 너의 아버지로부터 보답을 받지 못하리라. 그러므로 시주를 할 때 위선자가 남의 칭송을 받고자 회당(會堂)이나 거리에서 하듯이 내 앞으로 나팔을 불지 말라' 하였다.

남을 빠뜨릴 구멍은 자신도 빠진다.

(He who digs a pit for others into it himself.)

'남을 저주하면 구멍이 둘'이라는 말도 있다. 즉, 구멍 하나는 저주받는 자가 묻힐 것이고, 또 하나의 구멍은 저주한 자가 묻힐 구멍이라는 뜻이다.

남을 책하는 자는 스스로가 순결해야 한다.

(He must be pure who blames another.)

'먼저 내 눈의 삼눈을 제거하라'는 말과 같은 뜻. '남의 말 하지 말고, 제 때 꼭지나 씻으라'는 말도 있다.

남의 모양 보고, 내 모양 고치라.

'전가보(傳家寶)'에 '착한 사람을 보거든 이를 본받고, 선하지 않은 사람을 보거든 이를 고치라. 선과 선하지 않은 것, 모두 나의 스승이로다' 하였다. 남의 선하지 않음은 이를 비방하기보다 자신의 반성의 표본으로 삼으라는 뜻인데, 영어에도 비슷한 말이 있다. '다른 사람의 어리석음에서 사람은 자기가 현명하게 될 것을 배운다(Man learn to be wise by the folly of other)'

남의 불선(不善)을 말하지 말라.

'남의 불선을 말하면, 그 후환을 어찌 할 것인가' 하는 맹자의 말. 내가 남을 악평하면 남도 반드시 복수하려들 것이니, 남의 불선을 말하지 말고 모르는 척하는 것이 처세의 요령이라는 뜻.

남이 모른다고 화내지 않으니, 이 또한 군자가 아니던가.

(人不知而不慍이면 不亦君子乎아.)
남이 나의 역량이나 학식을 알아 주지 않는다고 그것을 기분 나쁘게 생각지 않는 것이 군자의 태도라는 뜻. 〈논어〉 '학이편' 에 나오는 말.

남이 모를 것을 바라지 말라.

남이 모르기를 바랄 일은 처음부터 하지 말라는 뜻. 악(惡)의 근원이 거기에 있고, 실패의 근원이 거기에 있다는 뜻. 채근담에 '착한 일을 하고, 남이 알아 줄 것을 서두르는 것은 선(善)속에 악(惡)이 깃든다' 는 말이 있다. 선(善)의 보상은 지긋이 기다릴 일이지, 급히 대가를 바라는 것은 선(善)을 상실하게 된다는 뜻.

내가 원하지 않는 일은 남에게 하지 말라.

(己所不欲을 勿施於人하라.)
자기가 싫은 일은 남도 싫을 것을 생각하라는 뜻. 〈논어〉 '안연편(顔淵篇)' 에 나오는 말.

내 마음으로 남의 마음을 저울질한다.

〈명심보감(明心寶鑑)〉에 나오는 말. 이것은 주로 좋은 경우보다는 나쁜 경우에 많이 쓰인다. 영어 속담에 '도둑은 남도 자기처럼 손버릇이 나쁜 줄 안다(The thief thinks that all men are like himself.)' 는 말이 있다.

내 집보다 이웃을 보라.

집을 지을 때 내 집 터만 생각할 것이 아니라, 이웃이 좋은가 나쁜가도 고려해야 한다는 뜻. 한비자의 말로, 주위 환경을 중요시 하라는 뜻.

내 집 쌀밥보다 이웃집 보리밥.

일본의 이언으로, 우리 속담에 '남의 밥 콩이 굵다' 는 말에 해당하는 말.

너무 둥글면 굴러 떨어진다.

일본의 이언으로, 출처는 '도가(道歌)' 라는 일종의 훈화시(訓話詩)에 '둥글더라도 하나쯤 모가 있어라. 너무 둥글면 굴러 떨어지기 쉬우니라' 는 말이 보인다. 세상은 둥글게 살아야 한다지만, 너무 둥글고 기골이 없어도 남에게 업신여김을 받는다는 뜻. 우리 속담에 이와 반대의 의미를 풍자한 것으로 '뻣뻣하기는 서서 똥 누겠다' 는 말이 있다.

너에게서 나온 것은 너에게로 돌아간다.

(出乎爾者는 反乎爾者也니라.)

자신이 말한 것은 자신에게 되돌아온다는 뜻. 착한 일을 하면 착한 것이 돌아오고, 악한 짓을 하면 악한 것이 돌아온다. 〈맹자〉 '양혜왕(梁惠王) 하편' 에 증자(曾子)의 말로 전한다.

너의 눈의 삼눈부터 고쳐라.

신약 '루카전' 에 나오는 널리 알려진 말. '어찌하여 형제의 눈에 티가 있음은 보면서, 자신의 눈에 삼눈 선 것은 모르는가? 자신의 눈의 삼눈을 보지 않고, 어찌 형제를 보고 형제여 너의 눈의 티를 씻으라 할 것인가. 위선자여, 먼저 제 눈의 삼눈을 고치라. 그러면 밝게 보여서 형제의 눈의 티를 씻어 줄 수 있을 것이로다'라고 하였다. 남의 허물보다 먼저 제 허물을 고치라는 뜻. 자신의 허물을 두고 남의 허물부터 걱정하는 것은 순서가 틀렸다는 말.

너 자신을 알라.

델포이의 아폴론 신전 문턱에 걸려 있던 명구(名句). 자기 자신을 알기가 가장 어려운 일이라고 그리스의 현인들은 말했다고 전한다.

네 발 달린 말(馬)도 때로는 넘어진다.

(A horse may stumble though he has four legs.)

안전하다고 믿었던 일도 뜻밖에 위태로움을 당할 수 있다는 뜻으로, 자만심이나 방심을 경계한 말.

노여움은 어리석은 자의 가슴에 자리 잡는다.

구약성서 '전도서(傳道書)' 제7장에 보이는 말로. 사람은 노여움에 지고 강한 사람은 노여움을 이겨낸다는 뜻이다.

노여움을 옮기지 않는다.

(不遷怒)

〈논어〉에 나오는 말로, 갑에 대한 노여움을 을에게 옮기지 말라는 뜻으로, 우리 속담의 '종로에서 뺨맞고, 한강에서 눈 흘긴다'는 말과 같은 말이다. 사람들이 노여운 감정을 엉뚱한 데 터뜨리는 것을 풍자적으로 경계한 말.

높은 나무에는 바람이 세다.

'지위가 높으니 위험이 많다(High place, great danger)'라고도 한다. 동양에는 〈문선(文選)〉에 '나무가 뛰어나니 바람이 이를 꺾으려 하고, 사람이 뛰어나니 무리가 이를 비난한다'라고 씌어 있다. 높은 위치나 명예로운 지위에 있는 사람은 아무튼 질투나 시기를 받기 쉽다는 뜻이다. '높은 나무는 바람이 시기한다' 는 말도 있다.

누구나 제 자신이 먼저 귀엽다.

(Every man is dearest to himself.)

절박한 경우에는 내 생각이 앞서며, 남의 일은 그 다음으로 여긴다는 뜻.

눈 둘, 귀 둘, 다만 입은 하나.

(Two eyes two ears, only one mouth.)

이것은 눈과 귀가 각각 둘인데 비해 입은 하나인 것은 눈은 활짝 뜨고, 귀는 기울여서 견문을 넓히되, 입은 소중이 다물고 있으란 뜻이다. '입은 닫고, 눈은 뜨라' 는 말도 있다.

눈 뜬 사람 천 명, 눈먼 사람 천 명

의(義)와 불의(不義)를 제대로 판단하는 사람을 구안(具眼)의 인사라고 하는데, 그런 사람이 천 명 있으면 눈은 있어도 소경같이 판단을 제대로 못 하는 어리석은 자도 또한 천 명이 있다는 뜻. 눈 먼 자 속에는 보고도 모르는 척하는 비굴한 인간도 끼여 있다. 즉, 너무 우쭐해도 안 되지만, 비굴한 것도 못 쓴다는 뜻.

눈은 마음의 거울.

(眸子不能掩基惡이라)

〈맹자〉'이루편'에 '사람에게 있는 것으로 눈동자만한 것이 없다. 눈동자는 그 악(惡)을 덮지 못 한다. 가슴 속이 바르면 눈동자가 맑다. 가슴 속이 바르지 못하면 눈동자가 어둡다' 하였다. 신약에 '몸의 등불은 눈이로다' 라고 한 말과 같은 뜻이다.

눈은 몸의 등불

소경은 세상이 암흑이다. 그런 의미에서도 눈은 세상을 밝히는 등불임에 틀림없다. 여기서는 단순히 오관(五官)의 하나인 감각기관을 가리킨 것이 아니라, 눈은 마음을 뜻한다. 사람의 마음은 눈에 나타나고, 눈은 그 마음을 비친다 하여 '눈은 마음의 거울'이라고도 한다. 신약 '마태전'에 나오는 말로, '몸의 등불은 눈이로다. 그러므로, 너의 눈이 올바르면 몸 전체가 밝으리라. 그러나 너의 눈이 나쁘다면 전신이 어두울 것이다. 만약 너의 속의 빛이 어둡다면 그 어둠이 얼마나 할 것인가', '…너의 속의 빛이 어둡지 않은가 돌아보라. 만약 너의 전신이 밝고 어두운 데가 없다면 밝은 불빛에 비친 듯이 그 몸이 온전히 밝은 것이로다'라고 했다.

눈짓하는 자는 근심을 일으킨다.

구약 '잠언' 제10장에 나오는 말로, 눈짓하며 소근거리는 것은 소인이 하는 짓이며, 그 태도가 공명정대하지 못하니 이런 자와 사귀면 걱정거리가 생기고, 그 자신도 결국은 인생의 낙오자가 된다는 뜻. 떳떳하지 못한 언행(言行)은 화를 자초한다는 말.

늑대도 늙으니, 까마귀가 그 등에 올라탄다.

(When the wolf grows old, the crows ride him.)

늑대의 기세가 당당할 때라면 어디 감히 까마귀 따위가 가까이 갈 것인가. 그러나 늙고 기세가 쇠퇴하니 까마귀따위 한테도 얕잡아 보인다는 뜻. 이 말은 낙조기에 접어 든 어제의 세도가를 풍자한 뜻도 있다. 〈전국책(戰國策)〉에 '기린이 한창일 때는 하루에 천리를 뛴다. 그 힘이 쇠퇴하니 노마(駑馬)가 오히려 앞선다'라는 말이 있는데, 어제의 천재나 강자도 늙어 그 힘이 쇠하면 오늘의 젊고 못난 자만 못하다는 뜻이다.

늑대를 잡는 개는 늑대에게 잡힌다.

(The dog that kills wolves is killed by wolves.)

늑대와 싸워 이겨 낼 강한 사냥개라도 늘 늑대에게 이길 수는 없는 것이며, 늑대와 싸우다 보니 언젠가는 늑대에게 물려 죽을 변을 당한다는 뜻.

늙은 말이 길을 안다.

늙은 말은 빨리 뛰지는 못하지만 많은 경험으로 어두운 밤길도 잘 찾아간다는 뜻으로, 경험이 많은 사람의 말을 존중하라는 말. 한비자의 말에 '늙은 말의 지혜는 쓸 만하다' 하였다.

단연코 감행하면 귀신도 이를 피한다.

방각(方角)의 길흉(吉凶) 따위의 미신에 망설이지 않고 단연코 행한다면 모든 장애를 물리칠 수 있다는 뜻. 〈사기(史記)〉 '이사전(李斯傳)'에 '고의(孤疑) 유예(猶豫) 반드시 후회되리라. 단연코 감행한다면 귀신도 이를 피한다. 뒤에 반드시 성공할 것이로다' 하였다.

달 뜨자 구름 끼고 꽃 피자 바람 분다.

〈회남자(淮南子)〉의 말로, 세상 일은 뜻대로 안 된다는 뜻. 성공하여 득의 만만할 때도 우쭐대지 말고 자중하라는 말이다.

달밤 보름, 어둔 밤 보름

인생에 있어서 좋은 일이 있으면 나쁜 일이 있게 마련이라는 뜻.

담은 크고 마음은 작아야 한다.

(膽大小心)

사람은 대담하면서, 동시에 소심하지 않으면 안 된다는 뜻. 소심이란 겁을 내라는 것이 아니고, 작은 일을 잘 살피라는 뜻. 〈당서(唐書)〉 '방기전(方技傳)'에 '지혜는 둥글어야 하며, 행실은 반듯하여야 하며, 담은 커야 하며, 마음은 작아야 한다' 하였다. 지혜롭다는 것은 모를 피하며 행동을 분명하고 올바르게 할 것이며, 담, 즉 뜻은 크게 갖고 작은 일이 모여 큰 일이 되니, 작은 일을 소홀히 말고 잘 살피는 것이 성공의 비결이라는 뜻.

땅이 더러운 데서 많은 것이 나고, 물이 맑은 데는 고기가 없다.

〈채근담〉에 나오는 말로 관대한 도량으로, 혼탁을 함께 받아들여야 한다는 뜻. 그러므로 군자는 때묻은 것과 어지러운 것을 넣을 만한 도량을 갖춰야 하며, 결백만을 찾고 혼자 깨끗하려고 해서는 안 된다.

대교(大巧)는 교술(巧術)이 안 보인다.

대교(大巧)는 큰 기교(技巧), 즉 테크닉을 말한 것으로, 기교가 능하면 능할수록 기교다운 데가 감춰지고 드러나지 않는다는 뜻. 〈채근담〉에 나오는 말로, '대교(大巧)는 교술(巧術)이 없고, 술(術)을 쓰는 자는 즉 졸(拙)하다고 하느니라'라고 씌여 있다. 서투른 재주는 안 부리는 것만 못하다는 뜻이며, 특히 예술상의 기교는 무기교(舞技巧), 즉 대기교에 속함을 의미하고, 처세에 있어서도 속이 들여다 보이는 술법을 경계한 말.

대교는 졸(拙)한 듯이 보인다.

진정 교묘한 것은 오히려 서투른 듯이 보인다는 뜻. 〈노자(老子)〉에 '큰 기교는 서투른 것 같이 보이고, 큰 웅변은 미끈하지가 못하다'고 했다.

대인(大人)은 어린아이의 마음을 잃지 않는다.

〈맹자〉'고자상편(告子上篇)'에 나오는 말로, 큰 인물일수록 어린아이와 같은 순진한 마음을 갖고 있다는 뜻. 그리스도도 '너희들 어린아이같이 되지 않으면 천국에 이르지 못 할지어다'하여, 동심으로 돌아가라 하였다.

대지(大智)는 어리석어 보인다.

(大智知愚)

극히 큰 지혜는 선뜻 보기에 어리석은 듯하다는 뜻. 〈소식서(蘇軾書)〉에

'큰 용맹은 겁 있는 듯이 보이고, 큰 지혜는 어리석은 듯이 보인다'고 씌여 있다.

덕(德)은 뿌리, 재물은 말절(末節)

〈대학(大學)〉에 나오는 말로, 덕은 깊숙히 지하에 묻힌 나무뿌리와 같이 지그시 겨울에도 까딱 없지만, 재물은 나뭇가지 끝에 달린 잎이나 꽃과 같이 한때라는 뜻.

덕은 외롭지 않다. 반드시 이웃이 있다.

(德不孤必有隣)

덕이 높은 사람은 고립되지 않으며, 반드시 사방에서 지지하고 따르는 사람이 나온다는 뜻. 〈논어〉 '이인편'에 나오는 말.

덕(德)은 재주의 주인, 재주는 덕(德)의 하인

재능과 덕을 비교할 때 단연코 덕이 위이며, 재주만 있고 덕이 없는 것은 '집 없이 하인을 부리는 것과 같다'고 〈채근담〉에 씌여 있다.

덕(德)은 힘을 정복한다.

(Virture subdues power.)

덕(德)은 부드러운 것, 힘은 억센 것. 부드러운 것이 억센 것을 이긴다는 뜻.

도둑을 잡으려면 도둑을 부려라.

(Set a thief to catch a thief.)

각기 전문에 따라 그 방면에 능하다는 뜻.

돼지는 맑은 물보다 흙탕물을 좋아한다.

(The pig prefers mud that clear water.)

사람에 따라 기호와 취미가 다르다는 뜻.

돼지에게 진주를 던져 주지 말라.

신약 '마태전' 제7장에 '개에게 성스런 물건을 주지 말 것이며, 돼지에게 진주를 던져 주지 말지어다. 아마도 발로 짓밟아 버리고, 오히려 돌아서서 너에게 덤비며 물려고 할 것이로다' 하였다. 아무리 가치 있는 물건이라도 그것을 알아 주지 못하는 상대방에게는 오히려 반감을 사기 쉬운 것을 말한 것인데, 우리 속담에 '개 발에 편자'라는 말과 같은 뜻이다. 신약의 이 말은 '개발의 편자'보다 훨씬 강한 표현이며, 이는 기독교를 박해하던 당시의 지배계급을 비평한 것인 듯하다.

두 사람의 주인을 섬기기는 어렵다.

(No man can serve two masters.)
만약 그 주인이 대립된 입장에 있을 때 어찌 두 주인을 제대로 섬기겠는가.

듣고 아니 행함은 기틀 없이 땅 위에 집을 짓는 것과 같으니라.

옳은 말을 귀에 담고서 그것을 실행하지 않는 것은, 기초 없는 집과 같이 어리석고 허망하다는 뜻. 신약 '루카전' 제6장에 나오는 말.

뜻은 채우지 말 것이며, 낙(樂)은 끝을 맺지 말지어다.

〈곡례(曲禮)〉에 나오는 말로, 지망(志望)은 충분히 만족시키지 말고 즐거움도 적당한 정도에서 그치는 것이 의젓한 인품이 보인다는 뜻. 매사에는 약간 여백(餘白)을 남겨 두라는 말.

뜻을 굽혀 남의 비위를 맞추느니, 몸을 바로하여 남의 비위를 거슬리는 것만 못하다.

〈채근담〉에 나오는 말로, 자기의 뜻과는 다르면서 남의 환심을 사고자 허튼 말을 하는 것을 경계하여 자기의 신념을 지키라는 말.

로마에 가거든 로마의 풍습을 따르라.

(If you go to Rome, do as Rome does.)

처세의 요령을 말한 것으로. 다른 지방에 갔을 때는 그 지방 풍습을 좇고, 그 집에 가거든 그 집 풍습에 따르라는 뜻으로, '향(鄕)에 들거든 향(鄕)에 따르라' 라는 말과 같다.

많은 나라마다 많은 습관이 있다.

(Many countries so many customs.)

나라마다 지방마다 각기 풍속이 다르다는 뜻으로, 〈한서〉 '왕길전(王吉傳)' 에 '백리(百里) 사이에 바람이 같지 않고, 천리(千里) 사이에 습속이 같지 않고, 따라서 사방의 백성이 언어와 의복이 하나로 통일이 안 되는 것이로다' 하였다. 즉, 기후가 다르니 습관이 달라질 것이며, 이에 따라 의복과 말도 자연 다르다는 뜻.

말(論)에 지고, 이치에 이긴다.

이론과 진리는 각기 다르다는 뜻. 말싸움에는 졌지만, 경우는 이겼다는 말.

말은 절반쯤 들으라.

세상의 소문이란 과장된 것이 많으니, 절반쯤 깎아 듣는 것이 타당하다는 뜻.

말을 적게 하는 사람은 지식이 있다.

말이 적은 사람일수록 그 내부에는 깊은 지식이 감춰져 있다는 뜻. 구약 '잠언' 제17장에 '말이 적은 사람은 지식이 있으며……, 어리석은 자도 가만히 있을 때는 지혜롭게 보이며, 그 입술을 다물 때는 철인으로 보일지어다' 하였다.

말이 많으니 허무함을 가한다.

구약의 '전도의 서'에 나오는 말로, 말이 많을수록 내용이 공소(空疎)해 진다는 뜻.

머리는 나중 깎고 마음부터 깎으라

머리를 깎고 형식은 출가승(出家僧)이 되었으나 마음이 구태의연하게 속 세의 때를 뒤집어쓰고 있으면 아무 소용이 없다는 뜻. 형식과 내용을 아 울러 갖춰야 하는 것이지만, 형식만 닦고 마음이 닦지 않음을 통박한 말. 따라서 형식보다는 내용이 더 중요하다는 말이며, '우리는 때때로 머리 는 깎지만 마음은 깎지 못하며, 의복은 염색하면서 마음은 물들이지 않 도다'고 〈육도강식(六道講式)〉에 씌어 있다.

머리의 파리를 쫓아라.

정확히 말하면 제 머리 위에 앉은 파리를 쫓으란 것인데, 남의 걱정은 나 중에 하고 제 할 일을 먼저하라는 뜻. 〈통속론(通俗論)〉에 '각자는 자기 집 문전의 눈(雪)을 쓸고, 남의 집 지붕 위의 서리 내린 걱정은 하지 말 라' 하였다.

먼 일을 걱정하지 않으면, 반드시 가까이 근심이 오리라.

(人無遠慮 必有近憂)

〈논어〉에 나오는 말로, 미리 앞으로 닥칠 일을 생각하여 오늘 대비해 두 지 않으면 불의의 근심이 생길 것이라는 뜻. 〈동자교〉에 '못난 사람은 먼 앞 일은 생각지 않는다' 하여, 목전의 안일(安逸)에 급급함을 경계한 말.

먼저 물레방아에 도착한 놈이 먼저 찧는다.

(Who comes first, grinds first.)

기선(機先)을 제(制)하라는 뜻과 같다. 〈한서〉에 '먼저 떠난 자는 남을 제(制)하고 나중에 떠난 자는 남에게 제압된다'는 말이 있다. 무슨 일이든지 남보다 앞서 하면 남을 누르고 올라서지만, 뒤지면 남에게 눌린다는 뜻.

모든 사람은 저마다 독특한 버릇이 있다.

(Every one has his particular habit.)

'사람마다 한 가지 버릇은 다 가졌다'는 말과 같은 뜻.

모르는 건 모른다고 하여라.

(不知爲不知 是知也니라.)

〈논어〉'위정편' '이것을 알거든 안다 하며, 모르는 것을 모른다고 하여라. 이것이 지(知)로다' 하였다. 모르는 걸 아는 척하는 것은 우(愚)에 속하고, 모르는 것을 모른다고 하는 것은 지(知)라는 뜻.

모르는 길도 돈이 가르쳐 준다.

돈이면 무슨 일이든 가능하다는 뜻으로, 돈만 있으면 무식도 감춰지고, 못나도 잘나 보인다는 말.

문(門)을 높이는 자는 망한다.

문이란 집이 크면 자연히 높아지는 것이지, 허영과 사치로 높이는 것이 아니다. 구약 '잠언' 제17장에 '싸움을 즐기는 자는 죄를 즐기는 것이며, 그 문을 높이는 자는 멸망을 바람이다' 하였다.

물건에는 본말(本末)이 있고, 일(事)에는 시종(始終)이 있다.

(物有本末 事有始終)

오로지 매사에는 중대한 것과 경미한 것이 있고, 시작과 끝이 있다. 본말(本末) 경중(輕重)을 가리고, 시종(始終) 전후(前後)를 그르치지 않는 것이 긴요하다는 뜻. 〈대학〉에 나오는 말로, '물건에 본말(本末)이 있고, 일에 시종(始終)이 있다. 앞서고 뒷 설 것을 안다면 길은 가깝다' 하였다.

물건은 얇고, 정(情)은 두텁게

사람과 사귀는 요령을 말한 것인데, 실물이나 대접하는 음식 같은 것은 얇은 것이 좋고, 그 대신 정을 두텁게 하라는 뜻. 사마공(司馬公)의 '훈검(訓儉)'의 글 속에 나오는 말.

미친 자와 바보에겐 길을 비켜 줘라.

(Make way for a madman and a bull.)
우리 속담의 '똥이 무서워 피하나'와 같은 말.

민중의 소리는 하늘의 소리

(The people's voice, God's voice.)
'민심(民心)이 천심(天心)이라'는 말과 같은 뜻.

바닥이 드러난다.

그 사람의 말과 거동을 보고 그 사람의 모든 것을 다 안다는 뜻으로, 대개는 야유하는 의미로 쓰인다.

오른손이 한 일을 왼손에게 알리지 말라.

오른손과 왼손은 늘 같이 있는 것이지만, 그렇게 가까운 사이에도 모름지기 좋은 일은 자랑하지 말고 행하라는 말. 신약 '마태복음' 제6장에 '너희를 시주를 할 적에 오른손이 하는 일을 왼손에 알리지 말라. 이는 시주를 숨기려 함이다. 그러면 숨겨진 것을 보신 너의 아버지는 보답을 주시리라' 하였다.

바보가 없었으면 똑똑한 자도 없을걸.

(Were there no fool, there would be no wiseman.)
이것은 사람을 쓰는 요령을 말한 것이며, 바보나 못난이도 잘 달래서 쓰면 쓸모가 있다는 뜻.

발없는 말이 천리간다.

(無足言飛千里)

소근소근 남 몰래 속삭인 말이 뜻밖에 널리 퍼지고 만다는 뜻. 〈회남자〉의 원문은 '부이(附耳)의 언(言)이 천리(千里)에 들린다' 하였다.

방심(放心)을 구한다.

(求放心而已矣이라.)

여기에서 방심(放心)은 무위의 상태가 아니라 잃어 버린 양심의 뜻으로, 수양의 길은 잃어 버린 양심을 되찾는 일이라는 뜻이다. 〈맹자〉'고자편(告子篇)'에 '학문의 길은 별 것이 아니다. 그 방심을 구하는 것 뿐이다' 하였다.

배(船)를 즐기는 자는 빠지고, 말(馬)을 즐기는 자는 떨어진다.

배 타는 것을 즐겨하는 사람은 늘 물가에 가니 물에 빠질 위험이 많고, 승마를 즐기는 사람은 늘 말 위에 몸을 두니 낙마할 위험이 있다. 즉, 각기 즐겨하는 일에 한편으로는 위험이 따르니 조심하라는 뜻. 〈월절서(越絶書)〉에 나오는 말이다.

백천(百川), 바다를 배워 바다에 이른다.

모든 강물은 모두 바다를 스승 삼아 따라 주야로 흘러 바다에 이른다. 사람도 높은 인격을 숭상하고 수양을 게을리 아니한다면 드디어는 인격을 완성하게 된다는 뜻이다. 〈법언(法言)〉'학행(學行)'에 나오는 말로 '백천 바다를 배워 바다에 이르고, 구릉(丘陵)은 산을 배워 산에 이른다' 라고 씌여 있다.

뱀과 같이 약빠르고, 비둘기와 같이 순하라.

뱀과 같이 민첩한 면과 비둘기와 같이 순한 면을 겸하는 것이 좋다는 뜻. 신약 '마태복음' 제10장에 나온다.

뱉은 침은 못 먹는다.

침은 자기 입 속의 것이지만, 뱉아 버린 것을 도로 주워담지는 못한다. 말도 뱉은 침과 같아서 일단 입 밖을 나간 말은 주워담을 길이 없다는 뜻. 구약 '잠언'에 '어리석은 자의 입은 자신을 멸망케 하며, 그 입술은 자신의 혼(魂)을 잡는 함정이 되더라' 하였다.

범과 늑대보다 사람의 입이 무섭다.

'군자는 범을 겁내지 않으며, 오로지 남을 해코지하는 자의 입을 두려워하노라'고 '논형(論衡)'에 나이는 말이다. 〈부목집(夫木集)〉에 '세상에 범 늑대가 대단할 게 없고, 사람의 입이야 말로 더 사납더라' 하였다.

벽에 귀가 있다.

(Wall has ears.)

누가 어디서 그 말을 듣고 있을지 모르니 한마디 말이라도 조심하라는 뜻. 남이 없는 곳에서도 말과 행동을 조심하라는 말이다.

보는 것과 듣는 것은 큰 차이

남의 입을 통해 들은 것과 자기 자신이 실제로 가서 본 것과는 그 차가 크다는 뜻으로, '백문 불여일견(百聞不如一見)', 즉 백 번 듣는 것이 한 번 가서 보는 것만 못하다는 말과 같은 뜻. 〈후한서(後漢書)〉 '마원전(馬援傳)'에 '전문(傳聞)은 친히 보는 것만 못하고, 그림자를 보는 것은 형태를 관찰하느니만 못하다' 하였다.

부드러운 대답은 분통을 멈추게 하고, 사나운 말은 노여움을 불러일으킨다.

말하는 태도를 중요시한 말이다. 부드러운 대답은 성난 사람의 기분을 가라앉히는 효력이 있고, 사나운 말로 면박하는 것은 상대방의 감정을 자극하게 된다는 뜻으로, 구약 '잠언'에 있다.

불 없는 곳에 연기 없다.

(No smoke without fire.)

우리 속담에 '아니 땐 굴뚝에 연기 날까' 와 같은 뜻으로, 전혀 사실 무근한 일이 누포되고, 소문 날 까닭이 없다는 뜻.

뿌리는 버리고 가장이에 물 준다.

가장이가 뿌리에서 나오는 것을 생각지 않고, 뿌리는 버리고 가장이만 귀하게 생각하는 어리석음을 훈계한 말로, 〈회남자(淮南子)〉에 '그 근본을 다스릴 것을 모르고, 그 말절을 다스리려고 애쓴다. 이것을 뿌리를 버리고, 가장이에 물 준다 하노라' 라는 말이 나온다. 근본 원인은 다 두고 겉핥기 대책을 쓸 때 하는 말이다.

비례(非禮)의 예(禮)

예(禮)에 벗어 난 예(禮), 즉 틀린 예(禮)와 형식만의 예(禮)를 말한다. 〈맹자〉의 말로, '비례의 예(禮), 비의(非義)의 의(義)는 대인(大人)은 하지 않는다' 하였다. 예는 동양 도덕의 오상(五常)의 하나. 사람이 늘 이행해야 할 외형상의 질서의식을 말한다.

비밀을 보전하는 유일한 방법은 입을 다무는 데 있다.

(The only way to keep a secret is to say nothing.)

일단 입에서 나온 말은 세상 천지에 날개를 펴고 날아가므로 입을 다물어야 비밀이 새어나가지 않는다.

사나이 집을 나서면 일곱 명의 적(敵)이 있다.

일본의 속담으로, 세상의 험악함과 경쟁이 심함을 지적한 말.

사두(四頭) 마차도 혀를 쫓지 못한다.

네 필 말로 끄는 수레가 옛날에는 가장 빠른 교통 기관이었다. 그 사두 마

차도 헛바닥에서 나온 말을 뒤쫓아 갈 수 없다고 하니, 내뱉은 말은 순식
간에 퍼져간다는 뜻.

사람과 병풍은 곧게 못 선다.

병풍은 곧장 세우면 넘어진다. 약간 곡선으로 세워야 선다. 사람도 곧기
만 해서는 세상을 건너기 어렵다는 뜻이다.

사람은 반드시 잘못을 범한 연후에 정신차려 이를 고친다.

(人恒過然後에 能改니라.)

〈맹자〉 '고자하편'에 나오는 말로, 사람은 잘못을 거쳐서 깨닫게 되는 것
이니, 한 번 잘못은 문제가 안 된다는 것. 그러나 잘못이 연속되는 것은
크게 경계해야 한다는 말.

사람의 입에 문은 못 단다.

소문을 막을 길이 없다는 뜻으로, 사람의 입이 무섭다는 말.

사람이 너무 현명하면 친구가 없다.

'맑은 물에 고기가 없다'는 것과 같은 말로, 〈공자가어(孔子家語)〉에 나
온다. 상대방의 허물을 알고도 엄하게 다루지 말고 관대하게 사 주는 도
량이 필요하다는 뜻이다.

사람이 되느냐. 생쥐가 되느냐.

(Either a man or mouse.)

이 말은 높이 올라 서느냐 밑바닥에 떨어지느냐, 양단간의 하나라는 뜻.
일본 속담에 '거적을 쓰느냐, 금장도(金粧刀)를 차느냐 하는 말과 같다.
실패해서 거지가 되느냐, 입신 출세하여 황금으로 의장된 칼을 차는 고
귀한 신분이 되느냐 하는 뜻.

사람이 불을 품안에 껴안고서 그 옷이 타지 않을 것인가.

구약 '잠언' 제6장에 '사람이 불을 품안에 꺼안고서 그 옷이 타지 않을 것인가. 사람이 뜨거운 불을 밟고서 그 발을 데지 않을 것인가. 그 이웃의 마누라와 간음하는 자도 그러하리라' 했다. 유부녀와 간음하는 것은 매우 위험한 일이라고 훈계한 말.

사랑도 빵과 술이 있은 뒤에
(Without bread and wine, even love will pine.)
우리 속담에 '금강산도 식후경' 이라는 말과 같은 뜻이다. 사람에겐 첫째 구복이며, 모든 것은 그 다음이라는 말.

사랑을 여니 업심이 들어온다
사람을 너무 총애할 것이 아니라는 뜻. 사랑하는 문이 너무 넓으면 그 새로 기어 올라 오게 된다는 뜻. 〈서경〉에 나오는 말.

사슴을 쫓는 자는 토끼를 돌아보지 않는다.
큰 일을 목적하는 자는 사소한 일을 돌아보지 않는다는 뜻. 〈회남자〉에 '사슴을 쫓는 자는 토끼를 돌아보지 않으며, 천금의 돈을 다루는 자는 조그만 저울 눈을 다투지 않는다' 하였다. 큰 목적을 한 가지 이루었으면, 그 밖의 작은 일들은 안중에 두지 말고 대범히 넘겨 버리라는 말.

사자 몸의 버러지
사자의 몸에 기생하는 벌레가 사자의 살을 먹는다는 전설에서 나온 말. 이것은 자기가 속해 있는 단체나 기관의 은혜를 받으면서 배반할 때 쓰이는 말. 〈인왕경(仁王經)〉에 '사자(獅子) 신중의 버러지 스스로 사자를 먹는 것과 같도다' 라고 하였다. 벌레 자신도 사자가 죽음으로서 죽는 것이니, 은혜를 배반하면 자신도 망한다는 의미도 있다.

산에는 나무, 사람에게는 지혜

〈실어교(實語敎)〉에 나오는 말로, '산이 높다고 귀하지 않으며, 나무가 있으므로 귀하도다. 사람이 살쪘다고 귀하지 않으며, 지혜로움으로써 귀하다 하노라' 하였다.

상냥한 혓바닥은 목숨의 나무로다.

상냥한 말씨는 그 사람의 생명을 받쳐 주는 큰 나무라는 뜻이니, 상냥한 말을 쓰라는 말. 구약 '잠언' 제15장에 '상냥한 혓바닥은 목숨의 나무로다. 어긋난 혓바닥은 영혼을 상케 하노라' 라고 나와 있다.

새 술은 새 가죽 푸대에 담아라

신약 '마태복음' 제9장에 '새 술을 낡은 가죽 푸대에 넣는 일은 하지 않는다. 만약 그리한다면 푸대는 터지고 술이 새어 흐르며, 푸대도 못 쓰게 되리라. 새 포도주는 새 가죽 푸대에 넣어야 한다. 그럼으로써 양쪽이 다 보전되느니라' 하였다. 옛날에는 술을 양가죽으로 만든 푸대 속에 넣었는데, 이는 교통이 불편하던 시대에 먼거리를 운반하기에 편한 까닭이었다. 항아리나 통을 사용한 것은 훨씬 후의 일이다. 이 말의 뜻은, 새로운 사상(思想)은 새로운 표현형식이 필요하다는 것. 내용이 다를 때는 형식도 달라지며, 내용과 형식은 표리(表裏)가 된다는 의미로, 문예, 예술 분야에서 많이 쓰인다. 특히 문학에 있어서 새롭다는 것은 작가나 시인이 쓰고자 하는 모티브나 사상이 새로운 내용은 새로운 표현 수단을 동반하게 마련이다.

생각하는 일은 그 빛이 밖으로 샌다.

〈맹자〉의 말. 아무리 감추려고 해도 어딘지 나타나게 마련이니, 늘 올바르고 건전한 생각을 마음 속에 담는 것이 얼굴빛을 올바르고 건전하게 하는 소이이다.

섣부른 지식은 위험한 것이다.

(A little knowledge is a dangerous things.)

겉 핥기 식의 얇은 지식으로 아는 척하고 행세하다가는 큰코 다친다는 뜻.

석화광중(石火光中)에 장단시비(長短是非)를 겨누리, 그 얼마나 긴 광음(光陰)이더냐.

석화광중이란 돌과 돌이 부딪쳐서 반짝 불이 일어나는 순간으로 짧은 인생에 비유한 것. 그렇게 순식간인 인생을 천년 만년 살 듯이 애달캐달 할 필요 없지 않느냐는 뜻. 〈채근담〉에 나오는 말이다.

선(善)에 강한 자는 악(惡)에도 강하다.

의지가 강하고 기력이 왕성한 자는 선에도 강하지만 악에도 강하다는 뜻으로, 어느 정도의 악을 겁내지 않는다는 의미이다. 평범한 인간은 뛰어나게 좋은 일도 못하는 대신, 대단한 나쁜 짓도 못한다는 뜻.

설음(雪陰)에 사는 버러지도 그 곳이 좋다.

설음은 뒷간을 말한다. 뒷간에 사는 버러지도 그에게는 그 곳이 제일 좋다는 뜻. '학림옥편(鶴林玉篇)'에 '요충은 고통을 모르고, 낭조 냄새를 모른다' 하였다. 낭조는 구더기를 뜻한다.

성공한 자리에 오래 있지 말라.

공을 이룬 뒤에 시기를 보아 물러서는 것이 상책이다. 오래 그 자리에 머물러 있으면 미움을 받고, 반드시 모함하는 자가 생긴다는 뜻이다.

성급한 낚시꾼은 고기를 놓친다.

(The fasty angler loses the fish.)

'먼 길은 돌아가라' 는 뜻. 급할수록 침착하라는 말.

세상에 처하려면 한 걸음을 양보하라.

〈채근담〉에 '세상에 처함에 한 걸음을 양보함을 높은 걸로 친다. 물러섬은 즉 앞으로 갈 준비로다' 하여, 자기 실력보다 한 걸음 좀 여유있게 뒤로 서는 겸손이 필요하다는 뜻.

세월은 본시 길건만 텀벙장이가 공연히 급해 야단이다.

〈채근담〉에 나오는 말로, 인생 60년이 짧은 것이 아님에도 시간을 헛되이 보낸 자는 인생이 짧음을 한탄한다. 인생은 충분히 각자가 그 뜻을 이루기 위하여 노력할 시간이 주어져 있는 것이니, 조급히 서둘지 말고 침착하게 전진하라는 뜻.

소(小)를 키우는 자는 소인(小人)이 되고, 대(大)를 키우는 자는 대인(大人)이 된다.

(養其小者, 爲小人이오, 養其大者, 爲大人이니라.)

소(小)는 구복(口腹)을 말하고, 대(大)는 마음을 말한다. 즉, 먹고 살기에만 바쁜 자는 소인에 그치고, 마음을 키우는 자는 대인이 된다는 뜻으로, 〈맹자〉'고자상편'에 나온다.

소인(小人)은 궁하면 흩어진다.

(小人窮斯濫矣)

소인은 곤궁에 빠지면 자신의 운명에 순응하거나, 또는 때를 기다리지 못하고 악심을 발한다는 뜻. 〈논어〉'위령공편(衛靈公篇)에 나오는 말이다.

소인은 그 잘못을 반드시 장식한다.

소인은 과실을 범했을 때 반성하지 않고 그것을 정당화하고 감추려 한다는 뜻. 〈논어〉'자장편(子張篇)'에 나온다.

소인(小人)은 한가하면 불선(不善)을 한다.

(小人閑居면 爲不善이라.)

〈대학〉에 나오는 말. 한가하니 잡념이 들고 쓸데없는 짓이나 하게 된다는 뜻.

송양(宋襄)의 인(仁)

지나친 어진 마음을 쓰다가 불행을 자초할 때 쓰는 말. 중국 춘추(春秋) 전란시대에 송나라의 양공(襄公)은 군사력 면에서 훨씬 앞서는 초나라와의 싸움에서 강(泓水)을 사이에 두고 맞붙게 되었다. 이때 목이(目弟)라는 가신이 나서서 초나라 군사가 강을 반쯤 건널 때 그 틈에 적을 기습하면 대승을 거둘 것이라 하였으나, '군자는 남의 곤경을 찌르는 법이 아니라'며, 초나라 군사가 강을 다 건널 때까지 기다렸다. 또 다시 목이가 나서 초나라 군사가 전열을 정비하기 전에 공격을 하자 했으나 양공은 또 다시 군자의 도리를 들어 거절하니, 숫적으로도 열쇠인 송나라 군사는 강을 다 건너 전열을 정비한 초나라의 대군을 맞아 싸우게 되어 결국 참패를 당하고 말았다. 양공도 이때 입은 부상으로 죽었으니, 세상 사람들은 자기의 자멸을 초래한 그의 지나친 인(仁)을 비웃어 '송양(宋襄)의 인(仁)'이라 하였다. 〈좌전(左傳)〉에 나오는 고사이다.

술에는 분량을 정하지 않으나, 난잡하도록 먹어서는 안 된다.

(唯酒無量하사대 不及亂이러시다.)

술에 대한 공자의 의견. 〈논어〉 '향단편(鄕黨篇)'에 두잔 술에 취하는 사람은 두잔째를 삼갈 것이며, 열잔 술에 주정하는 사람은 열잔째를 삼가라는 말.

술은 백약(百藥)의 장(長)

〈전한서(前漢書)〉에 나오는 말로, 적당한 음주는 건강에 좋다는 뜻. 그러나 도를 넘으면 백 가지 병이 술에서 생기는 것도 사실이다.

술은 본심을 나타낸다.

(In wine there is truth.)

취중에 나오는 말은 그 본심을 나타내는 것이라는 뜻.

술은 악마의 피

(Wine is the blood of devils.)

'술은 사람을 미치게 하는 물' 이라는 말도 있다.

술이 들어가면 지혜는 도망친다.

(When the wine is in, the wit is out.)

술에 취하면 판단이 흐려진다는 뜻.

숨기어서 나타나지 않는 것이 없다.

이 세상에는 비밀이 있을 수 없다는 뜻으로, 〈중용(中庸)〉에 나오는 말이다. '숨기어 나타나지 않는 것이 없고, 조그마한 것이라도 나타나지 않음이 없다. 그러므로 군자는 그 혼자 있을 때도 몸을 삼간다' 하였다. 신약 '루카전' 제4장에 '숨기어 드러나지 않는 것이 없고, 감추어서 드러나지 않는 것이 없다' 라는 같은 뜻의 말이 나온다.

숲이 깊으니 새가 살고, 물이 넓으니 고기가 논다.

인덕이 있는 사람 밑에는 절로 각계의 많은 사람들이 모여든다는 뜻.

쓰(用)면 호랑이고, 안 쓰면 쥐가 된다.

사람은 각자의 재능이 있는데, 이를 최대 한도로 이용하면 짐승의 왕 호랑이도 되지만, 이용하지 않으면 쓸모가 없다는 뜻. 또 남을 쓸 때도 그 사람의 특성을 잘 살려 기용하면 다 유용하게 쓸 수 있다는 의미도 된다. 〈한서〉 '동방삭전(東方朔傳)' 에 나오는 말이다.

습관은 제2의 천성

(Custom is second nature.)

좋은 습관을 갖는 것은 인간 형성에 기본이 된다는 뜻.

승모(僧帽)만으로는 승려(僧侶)가 못 된다.

(The cowl does not make the friar.)

본질 없이 겉치레만으로는 될 수 없다는 뜻.

시고 단 걸 다 안다.

세상의 경험이 풍부한 걸 말한다.

시비는 양성패(兩成敗)

〈왜훈간〉에 나오는 일본의 격언으로, 싸운 자는 잘잘못을 따지기 이전에 양쪽을 다 벌하여야 한다는 뜻.

시작이 절반

(The begining is half of the whole.)

우리 속담같이 되어 있지만, 사실은 영어 속담에서 나온 것. 역(易)에 '군자는 일을 하는데 처음을 생각한다' 하여 출발을 신중히 하라 했다.

시장기가 오거든 먹고, 고단하고 지치거든 자거라.

배가 고프거든 밥을 먹고, 지쳐서 졸리거든 잠을 자며, 자연스런 생활을 좇고, 결코 무리하지 말라는 말. 〈채근담〉에 나오는 말.

시체가 구르고 있으면 독수리 떼가 몰려 든다.

(Where the carcass is, the eagles will be getherd together.)

이것은 부정한 사람에게는 부정한 자들이 몰려든다는 뜻으로, '썩은 고기에는 파리가 꾄다' 는 〈통속론(通俗論)〉에 나오는 말과 같은 말이다.

신기탁이(神奇卓異) 함은 지인(至人)이 아니로다.

이상한 짓을 하며 보통 사람과는 다른 행동을 하는 것은 지인(至人)이 아니라는 뜻. 지인(至人)은 도덕적으로 완성된 사람을 말한다. 〈채근담〉에 나오는 말이다.

실속은 명성보다 낫다.

(Profit is better than fame.)

명성은 안 나도 좋으니 실속 있는 쪽을 취한다는 뜻인데. 이와 반대로 '이득보다는 이름을 취하라' 는 말도 있다.

실의 태연(失意泰然) 득의 담담(得意淡淡)

실망스런 일이 있어도 태연한 자세를 가지며, 만족스러울 때도 너무 좋아하지 말고 담담하게 있으라는 뜻.

심체(心體)가 광명하면 암실 속에도 청천(靑天)이 있다.

〈채근담〉에 나오는 말로, 그 마음이 광명하면 비록 어두운 방에 있어도 푸른 하늘 아래 있는 것과 같다는 뜻.

심판자는 똑같은 귀를 두 개 가져야 한다.

(Judges should have two ears, both alike.)

재판관은 양쪽의 의견을 공평하게 들어야 한다는 뜻.

아무리 진기한 이야기도 아흐레 못 간다.

(No wonder lasts more then mine days.)

시간이 흐르면 떠들석하던 소문도 흐려지고, 사람의 이목에서 떠난다는 말.

아부하는 자의 입은 멸망을 가져 온다.

아부의 수단으로 무슨 목적을 달성하려고 하는 자는 일시적으로 환심을 살지 모르나, 결국은 실패로 돌아간다는 뜻. 구약 '잠언' 제26장에 나온다.

아침에 도(道)를 깨달으면, 저녁에 죽어도 한이 없다.

(朝聞道면 夕死라도 可矣니라.)

〈논어〉'이인편(里仁篇)'에 나오는 말. 깨닫지 못한 목숨 백년보다 깨달은 목숨 하루가 더 귀중하다는 뜻이며, 오래 사는 것보다 어떻게 사느냐를 중요시하고 있다.

앞서 가는 촛불은 불빛이 크다.

(The candle that goes before give the best light.)

지도자는 앞장 서야 한다는 뜻.

앞차가 넘어지니 뒷차에게 본보기가 되더라.

(前車 後車戒)

앞사람의 실패를 보고 교훈으로 삼으라는 뜻. '동자교(童子敎)'에 나온다.

약거든 모르는 척하라.

〈공자가어〉에 '총명과 예지(叡智), 이를 어리석음으로 지키라' 하였다.

약속을 가볍게 하는 사람은 잊어 버리기 쉬운 사람

(A man apt to promise is apt to forget.)

가볍게 수락하는 사람은 신용이 안 간다는 뜻.

얕은 강도 깊게 건너라.

얕은 개울물도 깊은 물을 건너 때와 같이 조심을 하라는 뜻인데, 사람은 흔히 방심하는 사이에 실수하기 쉽다는 말이다.

어디에나 친절한 사람은 있다.

(There is kindness to be found every where.)

세상은 무정하다고 하지만, 냉혈한 인간만 있는 것이 아니라 따뜻한 피를 가진 사람도 많다는 뜻.

얻어 맞은 밤은 잠이 잘 온다.
'맞은 놈은 다리 뻗고 잔다'는 말과 같음.

얼굴이 말한다.
사람에 있어서 얼굴 표정이 매우 중요하다. 표정은 그 마음을 비춰 준다는 의미에서 마음의 자세를 중시한 것인데, 흔히는 그 사람의 지위나 재산을 의미하기도 한다. 영국 속담에 '이마와 눈 사이에 마음의 모습이 나타난다(In the forehead and the eye, the lecture of the mind doth lie.)' 하였다.

역경에 있을 때 친구를 알게 된다.
(A friend is best found in adversity.)
형세가 좋을 때는 친구나 친척이 모여들지만, 일단 역경에 처하면 주위가 쓸쓸해지는 세상 인심을 말한 것.

열 눈이 보는 곳, 열 손이 가리키는 곳.
(十目所視 十指所指)
〈대학〉에 '열 눈이 보는 곳, 열 손이 가리키는 곳, 이는 엄숙한 일이로다' 하였다. 즉, 여러 사람이 다 인정하는 것은 거기에 진리가 있다는 뜻. 영어에는 '모든 사람이 일치하여 하는 말은 진리(That is true which all men say.)'라는 말이 있다.

오래 사니 욕(辱)이 많다.
(壽則多辱)
장자의 말. '아들이 많으니 불안하고, 재물이 많으니 일이 많고, 오래 사니 욕이 많더라. 이 세 가지는 덕(德)을 쌓는 데 오히려 방해로다' 하였다.

옷 모양은 속성을 드러낸다.

그 사람의 옷차림은 그 사람의 인품을 나타낸다는 뜻.

왕(往)을 보고 내(來)를 안다.

왕(往)은 기왕(已往)을, 내(來)는 미래(未來)를 의미한다. 즉, 과거를 보고 미래를 판단한다는 뜻, 혹은 역사는 미래의 거울이란 뜻이다. 〈열자(列子)〉에 나오는 말이다.

외모는 속인다.

(Appearances are deceitful.)

외모만으로 가볍게 사람을 판단해서는 안 된다는 뜻.

요설(饒舌)은 은(銀), 침묵은 금(金)

(Speech is silver, silence is gold.)

필요 이상 지껄어대는 것은 차라리 입을 다물고 있느니만 못 하다는 뜻이다. 많은 화(禍)가 입에서 나오기 쉽기 때문이다.

우두머리가 되고자 하거든 종이 되어야 한다.

신약 '마태전' 제20장에 나오는 말로, 분에 안 맞는 야심이나 불순하고 교만한 자의 만심(慢心)을 훈계한 말.

우물 속의 개구리 큰 바다를 모른다.

세상사에 무식하여 식견이 좁거나 또는 자기 혼자 존대(尊大)한 척하는 사람을 풍자한 말. 〈후한서〉에 '자양(子陽)은 우물 속의 개구리 모양, 오로지 자신만이 존대하다' 하였다.

우자(愚者)의 입술은 그 몸을 썹어 삼킨다.

입을 통해 나오는 말은 모든 화를 불러들인다는 뜻으로, 구약 '전도서' 제10장에 나오는 말이다.

윗사람과 사귀어 아부하지 않으며, 아랫사람과 사귀어 교만하지 않는다.

〈양자법언(楊子法言)〉에 나오는 것으로, 윗사람에게 아부하지 말고 자기보다 못한 사람에게 거만하지 말 것을 경계한 말이다.

유리한 속에 불리한 점이 있다.

(Every advantage has its disadvantage.)

일득일실(一得一失)은 늘 따라 다닌다는 뜻. 아무리 유리한 일이라도 손해를 보는 것이 있다는 말.

은감불원(殷鑑不遠)

은(殷)나라가 거울 삼을 일은 먼 곳에 있지 않고 바로 가까운 곳에 있다는 뜻. 하(夏)의 걸왕(桀王)은 포악방자했기 때문에 민심이 이반하여 은(殷)에게 멸망당했다. 은(殷)도 하(夏)의 망한 까닭을 거울 삼아 어진 정치를 해야 한다는 뜻으로, 〈시경〉 '대아편(大雅篇)'에 나오는 말이다. 즉, 눈앞에 실패한 자의 선례를 거울 삼아 그 전철을 밟지 말라는 뜻.

음덕(陰德)이 보이면 양보(陽報)가 있으리라.

숨은 덕이 있으면 언젠가 반드시 그 보답을 받으리라는 뜻으로, 〈회남자〉의 '인간훈편(人間訓篇)'에 나오는 말이다. '숨어 좋은 일을 하니 밝은 날 그 보답이 있고, 숨어 나쁜 짓을 하니 필시 그것이 드러나노라'하였다.

의논에는 나이 먹은 사람, 전쟁에는 젊은이

(Old man for counsel, young man for war.)

의논할 때는 경험이 많은 노인의 말이 옳고, 힘을 쓰는 자리에는 젊은이가 나서야 한다는 뜻.

이름 없는 별이 초저녁부터 나온다.

이름 없는 자, 필요 없는 자가 먼저 뛰어 나서고, 유명하고 실력 있는 자는 나중에 나타난다는 뜻.

이름은 몸을 나타낸다.

명칭은 실체(實體)를 나타낸다는 뜻.

이름은 좋은 기름보다 낫다.

구약 '전도서'에 나오는 말. 이름은 명예를 가리킨 것이며, 기름은 영양을 말한 것. 명예는 기름진 음식보다 낫다는 뜻.

이외(理外)의 이(理)

이치로서 설명할 수 없는 이치 밖에 또 다른 이치가 있다는 뜻.

이웃집 꽃은 더 붉다.

같은 뜻의 말로 '남의 집 밥은 맛있다', '이웃집 떡은 크다' 등등이 있다. 자기 손에 있는 것보다 남의 것이 더 좋아 보인다는 뜻이다.

익자삼락(益者三樂), 손자삼락(損者三樂)

사람을 즐겁게 하는 것 여섯 가지가 있는데, 셋은 몸에 이롭고 셋은 몸에 손실이 된다는 뜻. 〈논어〉'계씨편(季氏篇)'에 나오는 말. '익자삼락'은 예악(禮樂)을 절도 있게 즐기는 것, 사람의 착한 말을 즐겨 하는 것, 현명한 친구가 많은 것을 즐겨 하는 것이며, '손자삼락'은 절도 없이 음율에 취하여 즐기는 것, 시간 가는 줄 모르고 놀기를 즐겨 하는 것, 잔치를 베풀고 음식과 가곡을 즐기는 것이라 했다. 즉, 환락에 치우치면 결국 몸에 이로울 것이 없다는 뜻.

인간의 행로난(行路難)

세상을 살아나가기 어려운 것을 뜻한 것으로, 소식(蘇軾)의 시(時) '어만

자(魚蠁者)'에 나오는 구절. 인생길이 다난하다는 뜻을 단적으로 표현한 말.

인자무적(仁者無敵)

인자한 사람에게는 원수가 없다는 뜻으로, 〈맹자〉 '양혜왕편'에 나온다.

일단 입 밖으로 나온 말과 일단 턴진 돌은 되찾을 수 없다.

(A word and a stone let go, can't be recalled.)

일단 입 밖으로 튀어 나온 뒤에는 입 속에 다시 집어 넣을 수 없는 것이 말이니 말을 조심하라는 뜻인데, 말이란 마음에서 나오는 것이니 항상 마음을 부드럽게 하고 겸손해야 한다는 말.

일배주는 사람이 이(二)를 마시고, 삼(三)배주는 술이 사람을 마신다.

한잔 술은 굳었던 입을 열게 하고, 두잔 술은 좌중이 시끄럽고, 석잔 술은 욕설에서 주먹으로 발전하기 쉬운 술의 마력을 경계한 말. 우리 고대 속설에, 한잔 술은 울적한 기분을 거나하게 하니 '거자주'라 하고, 두잔 술은 말이 많아지니 '구설주(口舌酒)'라 하고, 석잔 술은 정신을 잃고 망신을 하니 '망신주'라고도 한다.

임금은 긴 팔을 가졌다.

(Kings have long arms.)

긴 팔이란 권력이나 권위를 뜻하는 것. 큰 권력 앞에서는 반항하지 말고 복종하는 것이 현명하다는 뜻으로 쓰인다. 일본의 이언 중에 같은 뜻으로 쓰인 말이 있는데, '큰 것에는 먹히고, 긴 것에는 말려라'는 말이 그것이다.

임(任)은 무겁고 길은 멀다.

(任重而道遠)

책임은 무겁고 갈 길은 멀다는 뜻으로, 〈논어〉 '태백편(泰伯篇)'에 나오는 말이다. '선비는 지긋하면서 꿋꿋하지 않을 수 없다. 책임은 무겁고, 길은 멀다. 인(仁)으로 하여금 나의 책임으로 하니, 어찌 무겁지 않을 것인가. 죽을 때까지 그치지 않을 것이니 어찌 먼 길이 아니더냐.' 즉, 평생을 통하여 쉬지 않고 수양을 해야 한다는 말.

입술이 터지면 이빨이 시리다.

(脣亡則齒寒)

입술과 이는 서로 의지하고 있는 불가분의 관계인데, 한쪽이 터지니 다른 한쪽이 허술해지는 것. 즉, 이해 관계가 밀접하던 사이에 한쪽 편이 실패함으로써 그 영향이 이쪽까지 미칠 때 쓰인다. 〈전국책〉에 나오는 말로, '입술이 망하니 이빨이 시리다. 오늘 조(趙)가 망하니, 내일은 제(齊), 초(楚)에 미치리라'가 원문이다.

자기가 갖고 있는 천에 따라 옷을 만들어라.

(Cut your coat accrding to your cloth.)

이것은 자기 분에 맞게 하라는 뜻. 분에 넘치는 생활, 욕심을 경계한 말. '게는 자기 등허리에 맞도록 구멍을 판다'라는 말도 있다.

자신을 높이는 자는 낮아지고, 자신을 낮추는 자는 높아진다.

신약 '루카전' 제14장에 예수는 혼인 잔치자리를 예로 들어 '그런 좌석에서 대뜸 상좌에 나가서 앉지 말라. 비우고 아랫자리로 물러가야 하지 않겠느냐. 그것보다는 당초에 말석에 가서 앉으면, 초대인이 너를 끌어 더 윗자리로 청할 것이며, 그때는 높이 되는 것이다'라고 말한다. 이 말은 모든 명언이 함축성이 깊듯이 단지 혼인 초대자리 뿐만 아니라, 대인관계, 처세일반에 있어서 이 말이 암시하는 뜻은 크다.

자업자득(自業自得)

〈정법염경(正法念經)〉에 '스스로 악업(惡業)을 만들고 스스로 악보(惡報)를 얻다' 한 데서 나온 말. 어떤 불행한 결과를 자신의 탓으로 자초(自招)했을 때 쓰는 말이다.

자포자기(自暴自棄)

〈맹자〉에 나오는 말. 자포는 예의를 비난하는 뜻이고, 자기는 의(義)를 버림을 뜻한다고 하였다. 자애심(自愛心)을 버리고 오히려 자기 학대를 하는 것을 말한 것.

작은 모래알도 많이 실으면 배가 가라앉는다.

(Many grains of sand will sink a ship.)

작은 일이 커진다는 뜻. 〈사기〉'장의전(張儀傳)'에 같은 말이 있다. '적우(積羽), 배를 가라앉히며……중구(衆口), 쇠를 녹인다.' 새털 같은 가벼운 것도 많이 실으면 배가 가라앉고, 여러 사람의 입이 맞장구를 치면 단단한 쇠도 녹일 만한 위력을 나타낸다는 뜻.

작은 일에 충실하는 자는 큰 일에도 충실하다.

큰 일이고 작은 일이고 시켜 보면 그 사람의 충실함을 알 수 있다는 뜻으로, 작은 일을 소홀히 하는 자는 결국 큰 일도 충실히 못 하며, 반대로 작은 일에 충실한 사람은 큰 일에도 충실하다는 뜻이다. 신약 '루카전' 제16장에 나온다.

잘못이 있거든 고치기에 서슴치 말라.

(過則勿憚改)

〈논어〉'학이편'에 있는 공자의 말. 누구나 잘못이 있다. 요는 잘못을 저질렀을 때의 사후처리가 문제이다. 그 잘못을 시인하고 고치려고 하는 것이 현명한 사람의 길이며, 이를 변명하거나 감추려고 하는 것은 어리석은 짓이라고 하였다.

잘못이 있을 때 이를 고치려 안함이 잘못이라 하노라.

(過而不改 是謂過矣니라)

〈논어〉에 나오는 말인데, 잘못을 고치려고 노력하지 않을 때 비로소 분명한 잘못이라 이른다는 뜻. 그러니 한 번 과실에 대해서는 공자는 불문에 붙이고 있다.

잘 짖는다고 좋은 개가 아니다.

장자의 말로, 원문은 '개는 잘 짖는다고 좋은 것이 아니고, 사람은 말 잘한다고 현명한 것이 아니다' 하였다. 비슷한 말로 '잘 짖는 개는 좋은 사냥개가 못 된다.(A barking dog was never a good hunter.)' 는 서양 속담이 있다.

재치는 넘치지만 식견(識見)이 부족하더라.

소동파가 가생(賈生)에 대해 '가생은 뜻이 크지만 도량이 적으며, 재치가 넘치지만 식견이 모자라더라' 라고 평한 말이다.

저 잘난 척과 제 힘 감추지 않는 사람은 없다.

저 잘난 척과 제 허물 감추는 이 두 가지는 모든 사람에게 공통된 심리이다.

절차탁마(切磋琢磨)

학문과 덕(德)을 거두워 깊이 연습을 쌓는 것을 말한다. 절차(切磋)는 짐승의 뿔(角)이나 골(骨)을 잘라 다시 갈아서 무엇을 만들어내는 것을 말한 것이며, 이것은 배우는 것을 뜻한다. 〈대학〉에 '절(切)하는 것과 같고, 차(磋)하는 것 같다함은 배우는 것을 말함이라' 하였다. 탁마(琢磨)는 옥석(玉石)을 다듬는 것을 뜻하는 것인데, 옥이나 귀한 돌은 이미 그 자체가 가치가 있는 것이지만, 다시 연마하여 빛을 내게 한다는 뜻으로, 자기 수양을 거듭하라는 말. '탁(琢)함과 같고, 마(磨)함과 같다함은 스스로 수양하는 것이로다' 라고 〈대학〉에 씌여 있다. 즉, 배우고 스스로 수양을 깊이 하라는 뜻.

정중(靜中)의 정(靜)은 참도니 정이 아니다.

〈채근담〉에 나온다. 고요 중에 고요를 간직하기는 오히려 쉬운 것이며, 동중(動中)의 정(靜)을 터득하여야 참된 정(靜)이라는 뜻. 바쁘고 번거로운 생활 속에 호심(湖心)같은 고요한 심정을 간직하라는 말이다.

젖기 전에는 이슬로 피한다.

이는 하나의 반어(反語)로서, 사실은 반대의 뜻을 의미하는 일본의 이언이다. 처음에는 이슬 방울도 묻을까 피하다가 일단 젖기 시작하면 '독을 마시면 그릇까지' 식으로, 그 뒤로는 나쁜 일을 태연히 한다는 뜻. 영국 속담에는 '여자가 일단 정조를 잃으면, 다음부터는 죄의식이 없어져 버린다.(When a woman has lost her chastity, she will shrink from no crime.)' 라는 말이 있다.

조그만 쇠끝이 사람을 죽인다.

(寸鐵殺人)

작은 무기로 사람을 죽인다, 혹은 짧은 한 마디로 사람의 급소를 찌른다는 뜻. 경구 따위가 그렇다. 〈학림옥로(鶴林玉露)〉에 나오는 말.

좁은 길에서는 한 걸음을 양보하고, 재미가 진진한 것은 삼분(三分)을 갈라 남에게 양보하라.

〈채근담〉에 나오는 말로, 이것이 세상을 편하게 사는 방법이라 했다. 좁은 길에서 버티고 가자면 부딪히기 쉽고, 부딪히면 시비가 벌어진다. 내가 고작 한 걸음 물러서면 시비할 염려도 없고 무사한 것이다. 재미가 진진한 것이라함은 맛있는 음식이나 그 밖에 마음에 흡족한 것을 혼자 독차지할 생각을 말고 십분의 삼쯤은 남에게 나눠 주어 그 맛을 볼 기회를 주라는 것이니, 이렇게 하면 남에게 선심을 쓰는 것이기도 하지만 이쪽의 마음도 편하다는 뜻.

좋아하는 일이 능해진다.

무슨 일에 능하자면 먼저 그 일을 좋아해야 한다는 뜻.

좋은 나무에 좋은 그늘이다.

(He who learn against a good tree, a good shelter find he.)

기왕 기대려거든 세력 있는 쪽에 기대라는 뜻. '큰 마무 곁에 작은 나무 자란다' 또는 '큰 나무 밑이 아늑하다' 등과 같은 말이다. 〈전가보(傳家寶)〉에 나온다.

좋은 새는 나무를 가린다.

좋은 새는 아무 나무에나 앉지 않고 나무를 선택하며, 현명한 사람은 믿을 만한 사람을 골라 의지한다는 뜻. 〈삼국지〉 '촉지(蜀志)'에 '양금(良禽)은 나무를 골라 앉고, 현신(賢臣)은 주인을 골라 섬긴다'는 말이 나온다.

좋은 짝이 있으면 먼 길도 가깝다.

(No road is long with good company.)

일본의 이언 중에 비슷한 말로 '나그네 길은 같이 가는 사람이 고맙고, 세상 일은 인정이 있으니 좋더라'는 것이 있다.

주인은 그 집의 가장 큰 고용살이다.

(Masters are mostly the greatest servant in the house.)

사람을 부리는 것이 쉬운 일이 아님을 가리킨 말.

주인의 눈과 다리는 밭에 좋은 비료

(The master's eye and foot are best manure for the field.)

고용인의 손에만 맡겨서는 농사가 안 된다. 주인 자신이 앞뒤 좌우를 살피고, 앉아 있지 말고 쫓아 다녀야 한다는 뜻.

죽은 철인(哲人)보다 살아 있는 못난이가 낫다.

(A living ass is better than a dead doctor.)

아무리 부귀와 영화가 뛰어나기로 일찍 죽는 것보다는 가난하더라도 살아 남는 것이 낫다는 뜻.

쥐를 잡을 때 고양이는 울지 않는다.

(When cats are mousing they won't mew.)

'우는 고양이는 쥐를 못 잡는다' 라는 말도 있다. 입으로 말만 하는 사람은 실행력이 없고, 실속이 없다는 뜻으로 쓰이는 말.

지나친 겸손은 일종의 자만이다.

(Too much humility is pride.)

겸손을 시위적으로 내세우는 것은 참된 겸손이 아니고, 오히려 겸손을 파는 것이라는 뜻으로, 지나친 겸손을 비꼰 말.

지자(智者)는 말이 없고, 말하는 자는 모르도다.

노자가 한 말로, '참된 지자는 오히려 말이 적다는 뜻.

지자(智者) 천려(千慮)의 일실(一失)

똑똑한 사람이 아무리 충분히 살피고 생각한 일이라도 한 가지 실수는 있다는 뜻. 이와 관련된 말로 '지자(智者)의 일실(一失), 우자(愚者)의 일득(一得)이라' 는 말이 있다. 지자도 한 가지 실수가 있고, 우자도 한 가지 잘 하는 일이 있다는 뜻. 〈사기〉 '한신전(韓信傳)'에 '지자도 천려에 반드시 한 번 실수는 있고, 우자도 천려에 반드시 한 번 좋은 생각은 있으니, 미친 자의 말도 성인은 이를 취한다'는 말이 있다.

지혜보다 시세(時勢)의 힘이 크다.

아무리 지혜가 있어도 지혜만으로는 뜻을 이루기 어려운 것이며, 시대의 흐름이 이를 도와야 한다는 뜻. 〈맹자〉'공손축편'에 '제인(齊人)의 말에 지혜가 있기로 시세를 타지 않으면 소용없고, 자기(鎡器, 농사기구)가 있기로 때를 기다리지 않으면 안 된다'라고 하였다. 지혜도 농기구와 같은 것으로, 농사를 짓는 데는 때가 있다는 말.

진구렁에 일단 빠진 뒤에는 몸부림칠수록 더 더러워질 뿐이다.

(When a man has fallen into the mire the morehe floundres the more he fouls himself.)

못된 구렁텅이는 처음부터 깊이 경계하여 발을 들이지 말아야지, 일단 빠진 뒤에는 헤어나기 어렵다는 말.

진금(眞金)은 도금하지 않는다.

진정한 황금은 도금하여 빛을 낼 필요가 없다. 즉, 진정 재능이 있는 사람은 꾸밀 필요가 없다는 뜻. 이신(李紳)의 시에 '가짜 금은 금을 사용하여 도금할 필요가 있지만, 진짜 금은 도금하여 무엇하리' 하는 말이 나온다.

질투는 뼈를 썩힌다.

남의 일을 질투 시기하지 않으면 이쪽 마음이 편안할 것을, 질투 때문에 스스로 속을 썩히는 것을 훈계한 말. 구약 '잠언' 제14장에 나온다.

천리길도 한 걸음부터

세상사 큰 일이 다 그 시작은 적은 데서 누적되어 대(大)를 이룬다는 뜻. 노자의 말에 '한 아름의 굵은 나무도 티끌 만한 싹에서 생기고, 구층의 높은 탑도 흙을 쌓아서 올리고, 천리길도 발 밑에서 시작된다' 하였다.

충분히 조심하면 다치지 않는다.

(Much caution does no harm.)

매사에 충분히 조심하면 실패가 없다는 뜻으로, 조심이 부족하기 때문에 실패한다는 말.

충언(忠言)은 귀에 거슬린다.

(忠言逆耳)

충고하는 말은 귀에 거슬린다는 뜻으로, '좋은 약은 입에 쓰다(良藥苦口)' 는 말과 같다. 〈공자가어〉에 '좋은 약은 입에 쓰지만 병에 이롭고, 충언은 귀에 거슬리지만 행실에 이롭다(良藥苦口나 利於病이오, 忠言逆耳나 我於行이라)' 하였고, 〈사기〉, 〈후한서〉에도 같은 뜻의 말이 있다.

침묵은 황금이다,

(Silent is gold.)

칭찬하는 손이 천 명, 욕하는 입이 만 명

세상에는 칭찬하는 사람도 있고 욕하는 사람도 있는데, 악평하는 쪽이 아무래도 더 많다는 말.

크게 짖는 개는 물지 않는다.

(Great barkers are no biters.)

실력이 있는 자는 오히려 조용하며, 떠들어 대는 것은 자신의 실력이 없기 때문이라는 뜻. 호랑이는 적이 가까이 왔을 때 짖지 않고 오히려 조는 척 명하니 있다. 그는 오히려 적이 가까이 오기를 기다리고 있는 것이다. '짖어대는 시시한 개는 물지를 못 한다.(A barking cur does not bite.)' 는 말도 같은 뜻이다.

큰 것은 작은 것에도 쓰인다.

작은 것은 큰 것에 못 쓰이지만, 큰 것은 잘라서 작은 것에 쓸 수 있다. 즉, 작은 인물은 작은 일에 그치지만, 큰 인물은 작은 일도 잘 해 낸다는 뜻. 〈논형(論衡)〉에 '우도(牛刀)는 닭은 벨 수 있으나, 계도(鷄刀)는 소를 잡을 수 없다' 하였다. 이와 반대 되는 말로는 '주걱으로 귀 못 쑤신다' 가 있다.

큰 덕(德)은 반드시 그 자리를 얻는다.

덕이 큰 사람은 반드시 그에 알맞는 대우를 받는다는 뜻. 〈중용(中庸)〉에 나오는 말로, '큰 덕은 반드시 그 자리를 얻고 반드시 그 녹(祿)을 받으며, 반드시 그 이름을 얻고, 반드시 그 수명을 얻으리라' 하였다.

큰 불은 가끔 조그마한 불덩어리에서 일어난다.

(A large fire often comes from a small spark.)

작은 일이 큰 일이 된다는 뜻이니, 항상 작은 일을 조심하라는 말이다.

타산지석(他山之石)

신통치 않은 물건이나 사람도 쓰기에 따라 쓸모 있게 할 수 있다는 뜻. 이웃 산에서 나는 하찮은 돌을 갖다 옥을 가는 데 쓴다는 뜻으로, 〈시경〉 '소아편(小雅篇)'에 '타산의 돌 갖다가 옥을 갈지어다(他人之石可以攻玉)' 하였다.

털을 뽑아 상처를 낸다.

〈유자신론(劉子新論)〉에 '때를 씻고자 상처를 내고, 털을 뽑고자 허물을 만들다' 하였다. 때를 너무 문지르다가 피부에 상처가 나고, 보기 싫은 털을 뽑다가 상처를 낸다는 것은 남의 잘못을 폭로하려고 이리저리 둘러대다가 오히려 자기의 잘못이 드러날 때와 같은 경우에 쓰이는 말.

하늘 아래 모든 일에 시기가 있고, 모든 재주에는 때가 있도다.

구약 '전도서' 제3장에 나오는 말. 봄, 여름, 가을에 걸쳐 백 가지 꽃이 피는데, 그 많은 꽃들은 제각기 피는 시기가 있다. '메뚜기도 한때'란 말도 이와 관련된 의미를 가지고 있다. 세상 만사가 그것을 하기에 마땅한 시기가 있는 것이며, 자기가 나설 때가 아니거든 쥐뿔나게 나서지 말고 가만히 있으라는 뜻이다.

하늘을 원망하지 않고, 사람을 나무라지 않는다.

(不怨天不尤人)

불우한 일을 당해도 하늘을 원망하지 않고, 남의 탓으로 돌리지 않으며, 오로지 자기 수양에 힘쓰라는 뜻. 〈논어〉 '헌문편(憲問篇)'에 '자, 가로사되 하늘을 원망하지 않으며, 사람을 탓하지 않으며, 배우기에 열중하여 통달하더라. 스스로를 아는 자는 하늘의 뜻을 체득한 자로다' 하였다.

하루에 세 번 내 몸을 돌아본다.

(日三省吾身)

정신 수양을 뜻하는 자는 하루에 세 번 반성한다는 뜻. 〈논어〉 '학이편'에 '증자(曾子)왈, 나 하루에 세 번 내 몸을 돌아본다. 남에게 대하여 한 일이 충실하였던가, 친구와 사귀어 신의가 있었던가, 전하고서 배우지 아니하였던가' 라고 씌여 있다.

하루의 계획은 아침에 있고, 일년의 계획은 원단(元旦)에 있다.

그 날 할 일은 아침 일찍부터 서둘러야 하며, 일년 농사는 봄부터 준비해야 한다는 뜻이니, 어물어물 시일을 보내서는 안 된다는 말.

한 맹인(盲人)이 많은 맹인을 인도한다.

소경이 소경을 인도할 수는 없는 일이나, 세상에는 가끔 엉터리 지도자가 어리석은 군중을 인도하는 예가 있음을 지적한 말.

한 번에 두 가지 일은 못 한다.

'두 토끼를 쫓는 자, 한 토끼도 못 잡는다'와 같은 뜻. 한비자의 말에 '오른손으로 원(圓)을 그리고, 왼손으로 모(方)를 그리니, 둘 다 성공하지를 못하였고나' 하였다. 한 가지 일을 성취하는 데 전력을 다 해도 될까 말까 한데, 하물며 한꺼번에 두 가지 일을 성취할 수는 없다는 뜻으로, 졸속(拙速)과 욕심을 경계한 말.

한 장의 종이에도 안팎이 있다.

극히 간단한 사물에도 반드시 표면과 이면이 있으니, 잘 살피고 허술히 생각지 말라는 말.

행년(行年) 50에, 49년의 비(非)를 깨닫다.

나이 50에 이르러 49년간의 한 일을 돌아보니 그 모든 것이 잘못 투성이었다는 뜻.

험담을 다물게 하려면 제 행실을 고쳐라.

남의 험담에 화를 내도 소용 없고 변명하려 애써도 무의미한 일이니, 자기 수양을 하여 그 원인을 제거하는 것이 근본책이라는 말.

헤엄 잘 치는 자는 결국 물에 빠진다.

(Good swimmers are drowned at last.)

〈회남자〉의 '헤엄 잘 치는 자 물에 빠지고, 말 잘 타는 자 말에서 떨어지더라'와 같은 말이다.

현(賢)을 보면 그와 같이 될 것을 생각한다.

(見賢思齊焉)

현인(賢人)을 보면 자기도 그와 같이 될 것을 결심한다는 뜻으로, 〈논어〉 '이인편'에 나오는 말이다.

혓바닥은 길고 손은 짧다.

(Long tongue, short hand.)

말이 많은 사람일수록 실행력은 적다는 뜻.

혓바닥은 창(槍)보다 더 그 몸을 찌른다.

(The tongue wounds more than a lance.)

〈동자교〉에 '입은 화(禍)의 문(門), 혓바닥은 화(禍)의 근본'이라 하여, 구설을 삼가라는 뜻.

화(禍)는 입에서 나오고, 병은 입으로 들어간다.

(禍出於口 病入於口)

말의 위험성과 위해성을 말하는 것으로, '코 아래 두치 구멍이 언제나 문제'라는 말과 같은 뜻.

훌륭한 말은 어리석은 자의 입에 맞지 않는다.

말이란 말 하는 사람의 풍모와 덕과 어울려야 한다. 어리석은 자가 들은 풍월로 아무리 훌륭한 말을 한다 하여도 말이 빛을 내지 못한다는 뜻. 구약 '잠언' 제17장에 나온다.

힘이 주인 노릇하는 자리에서는 정의는 고용살이다.

(Where might is master, justice is servant.)

줄여서 '힘은 정의다(Might is right.)'라고도 한다. 수단은 어떻든간에 이기고 보니 정의(正義)의 기수(旗手)가 된다는 뜻.

2

인내 · 노력에 대해

가늘게 길게

한꺼번에 큰 일을 하려들지 말고, 하루 하루 하는 일은 작더라도 끈기 있게 계속하라는 뜻.

가만히 있는 물은 냄새가 난다.

정돈(停頓) 게으름을 경계한 말.

가정 생활에 있어서도 가장 중요한 것은 인내이다.

가정에서 사람들은 인내라는 것을 가장 적게 이용한다. 밖에서는 참는 일도 가정에서는 함부로 내던진다. 그러나 가정의 평화의 근원은 역시 인내에 있다.

깨달음은 사람에게 노여움을 참게 한다.

사람은 깨달을수록 노여움을 억제하는 참을성이 강해진다는 뜻으로, 구약 '잠언' 제17장에 나온다.

건강은 노동에서 생기고, 만족은 건강에서 생긴다.

(From labour health, from health contentmentspring.)

고난보다 더 좋은 교육은 없다.

사람은 고생 속에서 단련된다는 뜻. 비콘스필드의 말이다.

고생은 사람을 만들고, 안일(安逸)은 괴물을 만든다.

(Adversity makes men, but prosperity makes monsters.)

고생이여, 괴로움이여, 겹쳐 오라.

셰익스피어의 말.

구하라. 그러면 얻으리라.

신약 '마태복음' 제7장에 '구하라. 그러면 얻으리라. 찾으라. 그러면 발견되리라. 문을 두드리라. 그러면 열리리라. 오로지 구하는 자는 얻고, 찾는 자는 발견하고, 문을 두드리는 자는 열리리라 하였다. 노력하지 않는 사람에게는 아무것도 오지 않으며, 노력하는 자만이 얻는다는 뜻이다.

그릇을 던지거든 솜으로 받으라.

악(惡)과 맞서지 말라는 뜻. 상대방이 화가 났을 때는 대항하지 말고 부드럽게 대하라는 말. '부드러운 대답은 노여움을 가라앉히는 특효약.(A soft answer is a specific cure for anger.)' 도 같은 뜻.

근면은 돌에서 불을 얻게 한다.

(Arbeitg ewiunt feuer aus stain.)
부지런히 힘을 쓰면 일을 이룬다는 뜻의 독일 이언.

근면은 행복의 어머니

(Diligence is the mother of good fortune.)
행복을 원하거든 부지런하여라. 행복은 부지런한 가운데에서만 얻을 수 있다는 뜻.

근면한 사람은 모든 것을 황금으로 화하는 기술을 갖는다.

꾸준히 노력하는 자는 모든 것을 이룬다는 뜻의 에스파니아의 이언.

나의 발명은 한 가지 일에 무수한 경험을 쌓아 올린 결과다.

발명은 집중적인 노력. 실패에 굴하지 않고 온갖 방법을 다해 본 결과에서 얻은 것이라는 뜻. 에디슨의 말이다.

낙숫물이 돌을 뚫는다.

작은 힘도 계속 모이면 놀라운 결과를 낳는다는 뜻. 〈전한서〉 '매승전(枚乘(傳)' 에 나오는 말.

너는 너의 이마의 땀으로 너의 빵을 얻지 않으면 안 된다.

톨스토이의 말. 톨스토이는 만년에 스스로 이 말을 실행하고자 호미를 들고 밭을 갈고, 곡식과 채소를 심어 철저한 자급자족의 생활을 시도한 것은 유명한 사실이다.

너의 할 일을 하라. 그리고서 나머지 일을 하늘에 맡겨라.

묵묵히 자기 할 일을 충실히 하고, 여타의 일은 운명에 맡기라는 뜻.

노동은 생명이며, 사상(思想)은 광명이다.

생명은 노동이 필수 조건이며, 생명의 빛은 사상이란 뜻.

노동은 성화(聖火)의 섬광(閃光)인 양심을 항상 너의 가슴 속에 비춰 준다.

(Labour to keep alive in your breast that little spark of celestial fire conscience.)

워싱톤의 말인데, 같은 뜻으로 카알 라일은 '노역(勞役)은 신(神)이며 종교이다'라고 했다. 사람은 노동을 통해서 경건한 마음을 얻는다는 뜻.

눈은 부릅뜨지 말고 입으로 하라.

눈을 부릅뜨고 화를 내는 것보다 입으로 순순히 타이르는 것이 효과적이라는 뜻.

때는 사람을 기다리지 않는다.

(Time waits for no man.)

기회는 왔을 때 잡아야 한다는 뜻.

때는 얻기 어렵고, 잃기 쉽다.

〈회남자〉,〈사기〉에 나오는 말. 사람에겐 성공할 기회가 한 번은 있는데 놓치기 쉽다는 뜻. 또한 한 번 놓치면 기회는 쉽게 다시 오지 않는다는 말.

때와 시간은 밧줄로 묶어 두지 못한다.

(Time and hour are not to be tied with a rope.)

'세월은 사람을 기다리지 않는다'는 말과 같은 뜻.

떳떳이 이겨 낸 고난은 최대의 영광이다.

(Adversity successfully overcome is the great glory.)

돌에 꽂힌 화살

사람이 일심전력하면 불가능한 일도 가능하게 한다는 뜻. 〈사기〉'이광전 (李廣傳)'에 '이광은 북평의 태수(太守)가 되어 어느 날 사냥을 나갔었 다. 풀 사이의 돌을 보고 범인 줄 알고 활을 쏘았더니 돌에 맞아 꽂혔다. 자세히 보니 돌이었다. 후일에 다시 활을 쏘아 보았으나 도저히 돌에 박 히지 않았다'라고 한 데서 나온 고사(故事). 비슷한 이야기가 〈한시외전 (韓詩外傳)〉에도 '초(楚)의 웅거자(雄渠子·) 밤에 길을 가는데, 널브러진 돌을 보고 누워 있는 범으로 알고 이를 쏘았더니, 화살이 깊이 박혀 털까 지 묻었다. 이를 보니 돌이었다. 그런데 그 후 다시 그 돌을 쏘았더니 화 살이 산산이 부러져 버렸다'는 이야기가 있다.

뜻이 있으면 반드시 성공한다.

〈후한서〉에 있는 말로, 뜻을 버리지 않는 한 언젠가 성공할 때가 온다는 뜻.

로마는 하루 아침에 이루어지지 않았다.

(Rome was not built in a day.)

역사상 찬연한 문화를 이룬 로마제국의 번성도 단번에 된 것이 아니고, 오랜 기간을 걸쳐 서서히 쌓아 올려진 것이다. 결과만 보고 그 과정의 노고를 모르는 사람을 경계한 말.

만약 그가 충분히 기다린다면, 세상은 그의 의중(意中)에 들어오리라.

(If he waits long enough, the world will be his own.)

참고 때를 기다리면 풍랑이 가라앉고 항해하기 좋은 날씨가 오듯, 뜻을 이룰 수 있다는 뜻.

말(馬)을 도둑맞기 전에 마굿간의 문을 보살피라.

(Look the stable door when the steed is stolen.)

무슨 일이든 벌어지기 전에 단속을 해야 한다는 뜻으로, '소 잃기 전에 외양간 고치라' 는 말도 같은 뜻이다.

말하지 말라. 오늘 아니 배우고 내일 있다고.

(勿謂今日不學而有來日 하라.)

주자 '여학문(勵學文)' 에 '말하지 말라. 오늘 배우지 않고, 내일 있노라고. 일월(日月)은 가고 나이는 연기하지 않는다' 하였다.

모든 기회는 그것을 볼 줄 알고 휘어잡을 줄 아는 사람이 나타나기까지는 잠자코 있는 것이다.

모든 기회라는 것도 자기의 인내와 노력 없이는 얻지 못한다는 뜻.

모욕, 박해는 우리가 이에 굴치 않는 한 우리의 은인이다.

에머슨의 말. 모욕으로 인해 한층 분발하게 되고 강한 저항력을 키우게 된다는 뜻.

못 참을 걸 참는 것이 참는 것.

〈독서록(讀書錄)〉에 '참을 수 없음을 참고, 용서할 수 없는 것을 용서함은 오로지 남보다 식량(識量, 견식)이 뛰어난 사람만이 감히 할 수 있다'

하였다. 남이 보통 참고 견디는 일쯤은 인내 속에 들어가지 않으며, 범인(凡人)이 못 참고 내던지는 순간을 참는 것이 진정 인내라는 뜻. 〈공자가어〉에 나오는 말이다.

무거운 짐을 지고 먼길 간다.

짐이 무거우면 너무 서두르지 말고, 지치면 아무 대나 쉬며 꿋꿋해야 한다는 뜻. 인생행로를 말한 것. 〈공자가어〉에 있는 말.

바다가 잔잔하고 청명한 날씨에는 능숙한 뱃사공의 솜씨가 안 나타난다.

(A good pilot is not known when the sea calm and the weather fair.)
일단 위급한 일을 당해야 수련을 쌓은 사람의 솜씨가 나타난다는 뜻.

바다에 나온 이상 노를 젓거나 가라앉거나 둘 중의 하나다.

(He that is out sea, must either sail or sinic.)
무슨 일을 시작하여 중지할 수 없을 때 쓰이는 말.

반근착절(盤根錯節)을 만나 이기(利器)를 안다.

반근착절(盤根錯節)은 퍼진 뿌리와 마디가 굵은 나무를 말한 것이고, 이기(利器)는 나무를 찍는 데 사용하는 잘 드는 연장. 여기서는 잘 드는 도끼를 말한다. 즉, 억센 나무를 찍어 봐야 잘 드는 도끼를 안다는 뜻이니, 사람도 큰 고난을 당해야 비로소 그 실력이 나타난다는 말. 〈후한서〉에 나오는 말이다.

배 고플 때는 단단한 뼈도 콩자반같이 맛이 있다.

(Hunger makes hard bones sweet beans.)
우리 속담에는 '시장이 반찬이다' 라고 한다. 시장한 것이 다시 없는 반찬이란 뜻.

백리(百里)를 가는 자는 90리를 절반으로 알라.

마지막 10리가 힘이 들며, 또 중요하다는 뜻. 〈전국책〉에 나오는 말로, '백리를 가는 자는 90리를 절반으로 한다. 이는 말로(末路)의 고난을 말함이라' 하였다. 중도에서 힘을 다 빼지 말고, 마지막 코스를 위해 여력을 남겨 두고 지치지 않도록 하라는 것으로, 마라톤 경기의 요령과 같다.

부드러운 것이 강한 것이다.

(In yielding is strength.)

물은 부드러우니 깨질 까닭이 없고, 버들가지는 부드러우니 바람에 꺾일 염려가 없다.

분발하여 먹는 것도 잊는다.

(發憤忘食)

무슨 일에 화가 나서 음식을 안 먹는다는 뜻이 아니고, 인생의 어려운 문제나 진리 탐구에 있어 잘 풀리지 않는 대목에 부딪쳐 분발 비분하여 침식을 잃고 해결하려고 애쓴다는 뜻. 〈논어〉 '술이편(述而篇)'에 나오는 말로, 이는 공자 자신의 태도를 적은 것이다. '분발하여 먹을 것도 잊고, 즐거움을 당해서는 근심을 잊고 이미 늙어가는 것도 몰랐더라' 하였다.

불은 쇠를 시험하고, 역경은 강자를 시험한다.

세네카의 말.

뿌리지 않은 씨는 나오지 않는다.

원인 없는 결과는 없다. 노동 없이는 얻는 것도 없다. 〈법원주림(法苑珠林)〉에 '어찌 씨를 뿌리지 않고 과실을 얻을 것인가' 하였다.

사람은 많은 고난을 당할수록 아는 것도 많아진다.

그리이스의 대시인 호메로스의 말이다.

사자는 토끼를 잡는 데도 전력을 다한다.

적이 약하다고 얕보지 않고 힘을 다한다는 뜻. 작은 일에도 충실히 힘을 다하라는 말.

성급하면 손해 본다.

(Haste makes waste.)

쇠는 달았을 때 쳐라.

매사에는 때가 있는 것이며, 사람도 그가 분발할 시기에 분발하지 않으면 안 된다는 뜻. 도연명(陶淵明)의 시에 '때에 이르러서는 힘껏 면려(勉勵)하라. 세월은 사람을 기다리지 않는다' 하였다.

쇠는 쓰지 않으면 곧 녹이 슨다.

(Iron not used soon rusts.)

단단한 쇠도 그것이 쓰일 곳에 쓰이지 않고 버려 두면 녹이 슬고, 오히려 수명이 짧아진다. 이 세상 모든 것이 활발하게 움직이는 가운데에 건전성을 유지한다는 뜻. '부지런히 돌아가는 물레방아는 얼지 않는다' 하는 묵연지(墨蓮之)의 구(句)도 이런 뜻이요, '근면(勤勉)은 건강에 좋다' 는 말도 이 뜻을 말한 것.

순간(瞬間)도 의무(義務)없는 시간은 없다.

언제나 의무와 책임을 잊지 말아야 한다는 뜻. 로마의 정치가 키케로의 말.

스스로 일해서 얻은 빵이 제일 맛있다.

독립자존을 권장한 말. 스마일의 말.

쓰러진 뒤에 그친다.

쓰러질 때까지 분발한다는 뜻. '예기(禮記)' 에 나오는 말.

시간은 바람과 같이 사라진다.

(Time passes like the wind.)

앉아서 먹으면 태산도 무너진다.

아무리 거대한 재산도 앉아서 파 먹기만 하면 오래 못 간다는 뜻.

어떤 일에 슬픔이 크다기보다는 그 슬픔을 두려워하는 마음이 더 크기 때문에 그 슬픔이 확대되는 것이다. 왜냐하면, 하늘은 절대로 견딜 수 없을 정도의 슬픔을 인간에게 주지는 않는다.

인간은 자기에게 닥친 역경을 인내와 노력으로 해결할 수 있다는 뜻.

연습은 숙달(熟達)의 길

(Practise makes perfect.)

남한테 가르침을 받는 것보다 자신이 자주 연습하는 것이 능숙하게 되는 첫 걸음이라는 뜻.

오래 엎드려 있었던 자는 뛰면 반드시 높이 뛴다.

여기서 엎드려 있다는 말은 준비 기간을 말한다.

오로지 일을 하는 수밖에 없다. 살아가는 행복도 의미도 모두 그 속에 포함되어 있다.

체홉의 말.

옥(玉)도 갈지 않으면 빛이 없다.

〈실어교(實語敎)〉에 '옥(玉)도 갈지 않으면 빛이 없다. 빛이 없으면 돌이나 기와와 다를 바 없다. 사람도 배우지 않으면 지식이 없다. 지식이 없으면 어리석게 되리라' 한 데서 나온 말. 보석도 처음부터 광채가 있는 것이 아니고, 장신구로 쓰려면 갈아야 한다. 사람도 노력과 수양을 쌓아 인격을 완성해야 한다는 뜻.

우리는 일하기 위해서 태어난 것이다.

위나 메커의 말로서, 그 다음은 '내가 일할 수 있는 인간이라는 것을 아는 자는 행복하다' 라고 이어지고 있다.

우리의 최대의 영광은 한 번도 실패를 안했다는 것이 아니고, 넘어질 때마다 일어나는 점에 있다.

(Our greatest glory Consists not in never falling, but in risig every time we fall.)

골드 스미스의 말이다.

인내는 모든 문을 연다.

'너의 희망의 문은 인내가 열쇠이다.' 라 퐁텐의 〈우화(寓話)〉에 나오는 말.

인내는 쓰고, 그 열매는 달다.

인내의 효과에 대해 더 부연할 수 없는 완벽한 표현이다. 루소의 말.

인내는 일을 받쳐 주는 자본이다.

인내의 분량과 일의 성취율은 항상 정비례한다. 발자크의 말. 하루에 18시간을 계속해서 집필했던 그는 남 다른 인내가이기도 했었다.

인내는 희망에 이르는 기술이다.

희망에 이르는 무기는 참고 견디는 것. 참는다는 것은 인생에 있어서 무엇보다 중요한 기술이다.

인내와 시간은 뽕잎에서 비단 옷을 만들어 낸다.

(With patience and time the mulberry-leaf becomesa silk gown.)

세상의 모든 귀한 것은 인내와 시간의 소산이라는 뜻. '참는 나무에 금이 연다' 라는 말도 있다. 근면, 노력, 인내가 자산(資産)을 만들어 낸다는 뜻.

인생은 항해.

인생. 세상을 살아가는 것이 마치 풍파와 싸워가며 항해하는 것과 같다는 뜻.

일곱 번 거지

(七乞食)

일곱 번 거지가 된다는 뜻인데, 사람은 일생 동안 일곱 번이나 거지꼴을 당할 만큼 인생 항로의 흥망굴곡이 있음을 풍자한 말.

일촌(一村)의 광음(光陰)도 가볍게 여기지 말라.

(一寸光陰不可輕)

짧은 시간이라도 헛되이 보내지 말라는 뜻. 주희(朱熹)의 시에 '소년은 늙기 쉽고, 학문은 이루기 어렵더라. 일촌의 광음도 가벼이 말라' 하였다. 광음은 시간.

자꾸 쏘면 드디어는 맞는다.

(He who shoots often hits at last.)

끈기가 필요하다는 뜻. 서투른 사격도 자꾸 연습을 하면 맞힐 때가 있다는 말.

작대기에 기댈망정 사람에겐 기대지 말라.

독립 자존을 권장한 말.

잠을 사랑하지 말라.

구약 '잠언' 제20장에 '너 잠을 사랑하지 말라. 필경은 가난하게 되리라' 하였다. 자고 싶은 잠 다 자고, 일은 언제 하겠느냐. 게으름과 나태를 훈계하고 근면과 노력을 권하는 말.

정신이 늘 육체의 요구를 이겨 나아가야 한다. 많이 참을수록 그대에게 덕이 있는 것이다. 천재라는 것은 보통 이상의 참을성을 가진 사람에 불과하다.

사람에게는 무엇보다도 인내가 필요하다는 뜻.

정신일도 하사불성(精神一到 何事不成).

정신을 집중해서 하면 못할 일이 없다는 뜻. '양기(陽氣)가 발하면, 금석(金石)도 뚫는다. 정신일도면 못할 것이 없도다' 라고 한 주자의 글에서 나온 말이다.

좁은 문으로 들어서라.

안일한 방법을 경계한 말. 보람있는 결과를 얻으려면 그 만큼 노력이 필요한 것이니, 노력 적은 안일한 길보다 힘이 드는 길을 선택하라는 뜻. '좁은 문으로 들어서라. 멸망에 이르는 문은 크고, 그 길은 넓고, 이로부터 가는 자 많다. 생명에 이르는 문은 좁고, 그 길은 가늘고, 이를 찾아 내는 자 적더라' 한 신약 '마태복음' 제7장에 나오는 말이다.

짖지 않는 개와 소리 없이 흐르는 물을 조심하라.

(Have a care of a silent dog, and still water.)

가만히 있는 개는 무는 개요, 소리 없이 흐르는 물은 깊은 물이다. 사람도 멍청하게 있는 사람이 오히려 속이 깊고, 큰 일을 하는 데 쓰이는 말.

촌음(寸陰)을 아낀다.

(寸陰是競)

음(陰)은 시(時)의 뜻. 극히 짧은 여가도 이용한다는 것. 〈진서(晋書)〉 '도형전' 에 '대우(大禹)는 성자이지만, 촌음(寸陰)을 아끼더라. 중인(衆人)에 이르러서는 정히 분음(分陰)을 아껴야 할 것이다' 하였다. 대우(大禹)도 촌음을 아꼈는데, 보통 사람은 마땅히 분음을 아껴야 한다는 뜻.

토끼도 자꾸 때리면 문다.

'지렁이도 밟으면 꿈틀한다'와 같은 뜻. 순한 토끼 같은 동물도 자꾸 괴로움을 당하면 반항한다는 뜻으로, 인내에도 한계가 있다는 말.

폭풍 뒤의 평온한 날씨.

(After a storm comes a calm.)

갖은 고생 끝에 안락하게 된다는 뜻.

하고자 노력하는 자는 힘을 가진 사람보다 훨씬 많은 일을 한다.

에스파니아의 속담. 세상에 두각을 나타내는 사람은 그 실력보다 오히려 탁월한 노력의 결과라는 것. 실력 있는 자보다 실력이 모자라는 자가 앞서는 것은 이 때문이다.

하느님은 아침에 일찍 일어나는 사람을 돕는다.

(God helps the early riser.)

늦잠은 게으르다는 증거. 쓸데없는 일에 늦게 자고 아침에 늦게 일어나서는 일할 시간이 모자라니, 하느님은 부지런한 사람의 편이라는 말.

하늘은 스스로 돕는 자를 돕는다.

(Heaven helps those who help themselves.)

하늘이 대임(大任)을 이 사람에게 맡기려고 할 때, 반드시 그 마음을 괴롭히고 그 몸을 고되게 한다.

(天降大任於是人也신댄 必先苦其心志하며 空之其身니라.)

하늘이 큰 책임을 맡기려고 할 때는 그 사람을 고난 속에 던져 시험을 한다는 뜻. 〈맹자〉'고자하편(告子下篇)'에 '하늘이 정히 대임을 이 사람에게 내리려 할 때는 반드시 먼저 그 심지(心志)를 괴롭히고, 그 근골(筋骨)을 고되게 하며, 그 배를 주리게 하고, 그 몸을 궁하게 하며, 그 하는 일을 방해하느니라' 하였다.

흐르는 물은 썩지 않는다.

〈자화자(子華子)〉에 '흐르는 물이 썩지 않음은 움직이는 까닭이로다' 하
였다. 사람은 항상 활동해야 한다는 뜻.

3

희망 · 용기에 대해

걱정은 인생의 적(敵)이다.

셰익스피어의 작품에 나오는 말. 근심 걱정은 외부의 장애보다 더 큰 장애라는 뜻이다. 사람은 근심을 떠날 수 없지만, 그 근심을 이겨 내지 못하고 붙들려서는 안 된다는 말.

경건하고 공정한 자존심은 모든 귀한 사업을 만들어 내는 원천이다.

매사에 경건한 태도를 잃지 말아야 하며, 그 일을 다루는 데 공정해야 하며, 아울러 줏대가 서 있지 않고는 유익한 큰 일을 못 한다는 뜻. 인생사를 얕잡아 보아서는 아니 되며, 한쪽에 치우치지 않는 공정한 태도가 중요하다는 말.

공명정대한 근거를 가진 자존(自存)은 무엇보다 유익하다.

(Ofttimes nothing profits more than self-esteem, grounded on just and right.)

교만과 정당한 자존심의 경계는 양심이 이를 지시해 준다. 자존심이 넘치면 교만이 되고, 자존심을 잃으면 비굴해진다. 밀턴의 말.

구하면 이를 얻고, 버리면 이를 잃는다.

당신이 얻은 것들은 당신이 구했던 것이다. 얻지 못한 것들은 버렸던 것들이다. 가슴 속 깊이 구하고 있는 한 그것은 언젠가는 당신의 옆으로 온다. 맹자의 말이다.

기회는 두 번 다시 문을 두드리지 않는다.

때가 오면 무명초도 꽃이 피듯, 누구에게나 한때 좋은 시절은 있다. 그러나 그 시절은 빨리 지나가 버린다. 아차! 하고 놓친 뒤에는 그런 기회를 좀처럼 얻기 힘들다.

긴 희망은 짧은 경탄보다 감미롭다.

희망은 길게 가지라는 뜻. 잔 파울의 말.

남과 더불어 같이 산다.

남과 더불어 같이 사는 것이 우리가 사는 모습이다. 따라서 남을 생각지 않을 수 없다.

내 사전에 불가능이란 없다.

나폴레옹 1세의 말.

너의 행실을 얕게 가지며, 너의 희망은 높게 가져라.

고매한 이상을 가슴에 품고, 겸손한 태도로 한 걸음 한 걸음 그것을 실천해 가라는 뜻.

노여움이 가라앉을 때 후회가 온다.

노요움 자체에 대해서 우리는 후회할 때가 많다. 노여움에 끌려 간 의지는 노여움이 가라앉자 자연 부정하게 된다. 소포크테스의 말.

닭의 머리가 되더라도 소 꼬리는 되지 말라.

(寧爲鷄口언정, 勿爲牛後하라.)

비록 작더라도 남의 앞장서는 자리를 취할 것이며, 크더라도 꼬리의 위치는 바라지 말라는 것. 〈사기〉 '소진전(蘇秦傳)'에 '차라리 계구(鷄口)가 될망정, 소 꼬리는 되지 말지어다. 이제 진나라에 굽히고 그의 신하가 된다면 어찌 소 꼬리와 다를 것이 있을 것인가' 하여, 진이 세력이 강하기로 그 부하가 되는 것보다 작으나마 일국의 우두머리 자리를 지키라고 한 말.

대기만성(大器晩成)

노자의 말로, 큰 물건을 만들려면 시간이 걸리듯 큰 인물도 그와 같아 엎드러 있는 시기가 길다는 뜻.

만사(萬事)에 앞서 너 자신을 존경하라.

자애자중하는 것이 일을 그르치지 않고 성공하는 비결이란 뜻. 피타고라스의 말.

목적은 일관불변(一貫不變)하라.

한 가지 목적을 고집하는 것만이 인생을 행복하게 한다고 할 수 없지만, 이와 같은 일관된 목적은 대체로 행복한 인생을 위해 불가결한 조건의 하나이다. 그리고 일관된 목적이 실현되는 것은 주로 일을 통해서이다. 버틀란드 러셀의 〈행복론〉에 나오는 말이다. 목적을 정하고 열심히 일하면 평범하나마 그 속에 역시 행복이 깃든다는 뜻.

무한한 가능성을 잉태한 미래

베르그 송의 '의식의 직접 여건에 관한 시론'에 나오는 구절로, '무한한 가능성을 잉태한 미래의 관념은 미래 그 자체보다 풍요하다. 소유보다는 희망에, 현실보다는 꿈에 더 많은 매력을 발견하는 것은 그 때문이다'라고 되어 있다.

백만 명이라도 나는 가련다.

〈맹자〉 '공손축' 상편에 '스스로 돌아보아 꿀리지 않으면 백만 명이라도 나는 가련다'하였다. 양심에 거리낌이 없고 옳다고 믿는 신념이 서 있다면, 백만 명의 반대자가 있더라도 단행하라는 뜻. 〈논어〉 '안연편(顔淵篇)'에도 '마음에 돌아보아 꿀림이 없다면 무엇을 근심하며, 무엇을 두려워할 것인가'하였다. 양심이 떳떳한 이상 두려워할 것이 없다는 뜻.

범은 죽어 가죽을 남기고, 사람은 죽어 이름을 남긴다.

(虎死留皮 人死留名)

〈동자교〉에 나오는 말로, 사람은 명예를 존중해야 한다는 뜻.

보다 많은 것을 가지려는 것보다 보다 적게 희망하는 것을 선택하라.

자기 형편에 적절한 희망을 가지라는 말. 지나친 희망은 망상이니, 실행성 있는 적은 것에 먼저 희망을 걸라. 토마스 아퀴나스 말.

부귀도 음(淫)하지 못한다.

(富貴不能淫)

여기서 음(淫)한다는 것은 혹(惑)의 뜻으로, 재물이나 지위도 내 마음을 현혹시키지 못한다. 〈맹자〉 '문공(文公) 하편에 '부귀도 음(淫)하지 못하며, 빈천(貧賤)도 옮기지 못하며, 위무(威武)도 굴(屈)케 못한다. 이를 진정 대장부라 한다' 하였다. 부귀에 마음을 팔지 않으며, 가난하고 고생스러워도 마음이 변하지 않으며, 권력으로 위압하여도 굴치 않고, 꿋꿋한 것이 진정 대장부의 마음이다.

부앙천지(俯仰天地) 부끄럽지 않다.

〈맹자〉 '진심편(盡心篇)'에 나오는 말로, 하늘을 우러러보아 꺼릴 것이 없고, 땅을 내려다보아 부끄러울 데가 없다는 것으로, 자기 양심이 맑으면 천지지간에 떳떳하다는 뜻.

비육(髀肉)의 탄(嘆)

비육(髀肉)은 허벅다리의 살. 군인은 항상 말을 타고 전장터를 달리는지라 허벅다리가 굳어지고 마르는 법인데, 오랫동안 전장에 나가지 않아 허벅다리에 살만 찌고, 공을 세워 이름을 날리지 못함을 한탄한다는 뜻. 〈삼국지〉 '촉지'에 '유비 왈, 항시 안장에서 떠나지 않아 허벅살이 없어졌더니, 지금은 말을 타지 않으니 허벅에 살이 쪘더라. 일월은 흐르듯이 가고 자꾸 나이는 늙어 가는데 세운 공은 없으니, 이것을 슬퍼함이로다' 하였다.

사람을 평하여, 착한 사람 나쁜 사람 하는 것은 무의미하다.

사람을 보고 저 사람은 착한 사람이라든지, 이 사람은 나쁜 사람이라든지 이렇게 구별하는 것은 넌센스이다. 인간은 매력이 있느냐, 그렇지 않으면 권태로우냐 둘 중의 하나이다. 오스카 와일드의 말로. 대개의 인간은 선악이 반반이며, 요는 인간으로서 매력이 있느냐, 없느냐가 문제라는 것이다.

사상(思想)을 갖고, 이상(理想)을 갖는 것은 영원한 기쁨이며 즐거움의 꽃이다.

인간에게 생기와 용기를 부어 주는 것은 사상과 이상이라는 뜻. 에머슨의 말.

사자의 꼬리보다 고양이 대가리가 낫다.

(Better be the of a cat than the tail of a lion.)

'닭의 머리가 되더라도 소 꼬리는 되지 말라' 는 말과 같은 뜻. 비록 작더라도 남의 앞장서는 자리를 취하는 것이 낫다.

생명이 있는 곳에 희망이 있다.

(Where there is life, there is hope.)

희망은 생명의 내용이라는 뜻.

세계를 움직이려는 자는 먼저 자신을 움직여야 한다.

소크라테스의 말로. 자기의 의지대로 우선 자기의 가까운 할 일부터 쌓아올라 가는 것이 장차 크게 될 과정이라는 뜻.

소년이여, 큰 뜻을 품어라.

(Boys be ambitious!)

클라크의 말.

신(神)은 이 세상의 여러 가지 걱정거리에 대한 보상으로 우리에게 희망과 수면을 주시었다.

하룻밤 자고 나면 걱정도 희미해지고 다시 기운이 생긴다. 그 기운은 희망을 부르며, 희망은 또 삶의 힘이 된다. 보르텔의 〈인간론(人間論)〉에 나오는 말.

실망은 치자(痴者)의 단안(斷案)이다.

실망하고 뒤로 자빠지는 것은 못난 자가 하는 짓이니 다시 해 볼 용기를 가져야 한다. 비콘스필드의 말.

심산대택(深山大澤)이 위인(偉人)을 낳는다.

평범한 곳에서는 훌륭한 인물이 나오지 않는다. 〈좌전(左傳)〉 '공이십년(公二十年)'에 '심산대택(深山大澤) 용사(龍蛇)를 낳다' 하였다. 깊은 산과 큰 연못에서 용이 나고, 큰 범이 생긴다. 즉, 큰 인물이 나올 때는 그런 인물이 나올 만한 환경이 미리 조성된다는 뜻.

아주 무식한 자는 두려운 것을 모른다.

(They that know nothing fear nothing.)

모르기에 두려운 것이 없다는 뜻. '소경은 뱀 무서운 줄 모른다'는 말도 이와 같은 뜻이다.

어떤 높은 곳도 사람이 도달치 못할 것이 없다. 그러나 결의(決意)와 자신을 가지고 올라가지 않으면 안 된다.

안데르센의 말.

연작(燕雀)이 어찌 홍곡(鴻鵠)의 뜻을 알리요.

(燕雀이 安知鴻鵠之志哉아)

소인이 어찌 큰 인물의 심중에 있는 큰 뜻을 알겠는가. 대인이 대인을 알지, 소인의 좁은 식견으로는 도량 큰 사람의 속을 이해 못한다는 뜻. 〈사기〉 '진섭세가(陳涉世家)'에 나오는 말이다. '진섭(陳涉) 크게 숨을 쉬며 말하되, 제비 참새 따위가 어찌 봉황새의 큰 뜻을 알 것인가' 하였다.

완전은 신의 척도이고, 완전하려는 희망은 사람의 척도이다.

신은 완전하지만, 사람은 완전하지 못하다. 그러나 완전하려고 노력하여 완전에 접근하는 것이 사람의 길이라는 뜻이다. 괴테의 말.

용감한 자는 겁내지 않는다.

(勇者無懼)

여기서 말하는 용감한 자란 무모한 만용이 아니라 도덕적인 용기를 가리킨 것이다. 정의에 입각하여 신념이 서 있는 사람의 꿋꿋함을 뜻한다. 〈논어〉 '자한편(子罕篇)'에 '지자(知者)는 혹하지 않으며, 인자(仁者)는 근심하지 않으며, 용자(勇者)는 두려워하지 않는다' 하였다. 즉, 지(知), 인(仁), 용(勇), 슬기와 어진 마음과 용기를 군자의 삼요소라 한다.

용기란 높은 하나의 산 물건이다. 그리고 하나의 조직체이다. 그러므로 총을 정비하듯이 용기도 손질을 하지 않으면 안 된다.

한 번 가진 용기가 늘 그대로 그 힘을 지니고 있지는 않다. 언제든지 쓸 수 있도록 손질을 해 두는 무기와 같이 하라. 그것은 사실상 마음의 무기이므로.

용기야말로 인간의 여러 가지 특성 속에서 행복에 도달하는 데 가장 필요한 요소이다.

힐티의 〈행복론〉에 나온다.

우리는 늘 자기 자신에게 묻지 않으면 안 된다. 만약 모두 그러한다면 어떻게 될 것인가?

사회에 대한 책임은 누가 하겠지. 이렇게 모두 남에게만 미룬다면 사회와 인류 전체의 문제는 어떻게 되겠느냐는 뜻. 샤르트르의 말.

운명 속에 우연은 없다.
인간은 어느 운명에 맞닥뜨리기 전에 이미 자신이 그것을 만들고 있었다고 한다.

운명은 그 자체가 행복도 불행도 아니다.
운명은 다만, 그 재료와 씨를 우리에게 제공할 뿐이라 하였다. 어떻게 처리하느냐에 따라 불행의 요소가 오히려 행복을 가저 올 수도 있고, 행복의 요소가 오히려 불행의 씨가 되는 수도 있다는 점을 지적한 말이다.

운명은 항상 성공의 요소를 담고 있다.
세르반테스의 〈돈키호테〉에 나오는 말. '오늘, 가혹한 운명도 그 속에 내일의 성공의 발판이 담겨 있다. 즉, 오늘 실패하는 사람도 내일 성공할 수 있다' 하였다.

의지는 그 사람의 행복이며, 천국이다.
확고한 자기의 의지가 사람에게 얼마나 중요한 것인가를 말한 것이다. 독일의 극작가 쉴러의 말.

이상(理想)은 보다 나은 자아이다.
(Our ideals are our better selves.)
차원이 높은 자아를 발굴하려는 것이 이상이다.

이상은 우리 자신 속에 있다. 동시에 이상의 달성을 저해하는 장애물도 우리 자신 속에 있다.
자신의 이상을 성취하는 데 가장 큰 장해물은 끈기없음이나 용기가 부족하다거나 인내심이 약하다거나 성급하다거나 하는 등 당신 자신의 어떤 결점이지, 외부의 여건이 아니라는 뜻. 카알 라일의 〈의상철학(衣裳哲學)〉에 나오는 말.

이상이란 불만의 뜻을 표현하는 방법이다.

현재 없는 것을 미래에 구하는 것이 이상이다. 불만은 옛부터 오늘에 이르기까지 인생과 더불어 왔다. 그리고 이상도 함께. 앞으로도 인생과 인류는 불만에서 벗어나지 못할 것이며, 이상을 한 손에 쥐고 행로(行路)하지 않을 수 없다. 발레리의 '있는 그대로'에서 나온 말이다.

인간은 무엇이든지 될 수 있는 동물이다.

인간의 내부에는 천사와 악마가 공존하며, 악과 선이 등을 맞대고 있으며, 사랑과 미움, 관인(寬仁)과 잔인(殘忍)이 표리(表裏)하는 복잡한 요소에 가득 차 있음을 지적한 말. 도스토예프스키의 〈죽음의 집의 기록〉에 나오는 말.

인간은 운명에 도전한다. 한 번은 모든 것을 바치고 몸을 위험 속에 내던지지 않으면 안 된다.

몽테를랑의 〈투우사〉에 나오는 말. 커다란 행복, 커다란 자유는 그와 같은 악전고투 뒤에 있다는 말이다.

인간은 자유로운 존재로 태어났다. 그러나 도처에서 인간은 쇠사슬에 묶여 있다. 남의 주인인 줄 알았던 사람이 그 사람 이상으로 노예이기도 한다.

루소의 〈사회계약론〉에 나오는 말이다.

인간은 잘 변한다.

입센의 〈민중의 적〉에 나오는 대사이다.

인간의 희망은 절망보다 격하며, 인간의 기쁨은 슬픔보다 격하며,

그리고 영원히 지속된다.

절망과 희망, 슬픔과 기쁨, 이것은 늘 밧줄같이 꼬아져서 우리의 생활에 명암(明暗)을 수놓고 있다. 낮이 오면 밤이 오고, 밤이 오면 해가 뜨듯이. 그러나 생명의 본질은 밝은 곳을 향하고 있으며, 희망은 늘 절망에 이기고, 기쁨은 슬픔을 이겨내고 있다.

인간이라 하는 것은 책임을 지는 데에 있다.

자기의 의사를 분명히 가지고 세계의 건설에 참가하고 있다고 느끼는 것이 인간이라고 하였다. 생 떽쥐베리의 〈인간의 대지〉에 나오는 말. 자기와 사회와의 연대성을 생각지 않는 것은 그 책임을 남에게 미루고, 자기는 무책임 지대에 서 있는 것이라는 뜻.

인생은 장미꽃 희망. 그러나 피기 전의 일이다.

희망으로 있던 때가 아름답고. 그 희망이 달성되었을 때는 기쁘기는 하지만 그 기쁨도 곧 시들어 버린다. 도달한 희망이 때로 우리에게 쓴 환멸을 안겨 준다. 키이츠의 시집에 나오는 한 구절.

인생의 목적은 행위이며, 사상(思想)은 아니다.

카알 라일의 〈영웅 숭배론〉에 나오는 말. 사상만 있고 행복이 없는 것은 무의미하다. 사상은 행동을 위한 것이며, 행동에 나타난 것만이 가치가 있다는 뜻.

자신은 성공의 첫째 비결이다.

(Self-trust is the first secret of success.)

에머슨의 말로, 영웅이란 남보다 강한 자신의 소유자인 것이 사실이다.

자신의 날개로 날아라.

세상은 자기의 힘 이외에 의지할 것이 없다는 뜻으로. 로마의 격언이다.

자유란 자기의 책임에 대한 의지를 갖는 것.

니체의 〈우상과 이성〉에 나오는 말. 자유는 첫째 책임을 존중하는 데에 그 기본이 있다. 이것을 자유로 아는 사람이 가끔 있다.

잡으러 간 놈이 잡히었구나.

(We who went to catch ourselves caught.)

꼬리와 머리가 뒤집히고, 주객이 전도된 경우에 쓰는 말.

전진하지 않는 자는 발 밑을 잃는다.

(Qui non proficit, deficit.)

라틴의 이언으로, 한순간의 정체(停滯)도 있어서는 안 된다는 뜻.

절망은 우인(愚人)의 결론이다.

절망에 몸을 머무르고 있지 말라는 뜻. 절망이 오면 자살하거나 희망을 갖거나 둘 중의 하나이다. 인생의 막을 스스로의 손으로 닫으려 하는 자는 어리석다는 뜻이 내포되어 있다. 디즈레일리의 말이다.

절망할 수 없는 자는 살아서 안 된다.

괴테의 〈격언집〉에 나오는 말로, 절망의 잿더미에서 희망의 불을 켜고 일어나는 것이 인간의 모습이라는 뜻이다. 한 번도 절망해 보지 않은 마음, 그런 돌덩이 같은 마음은 인간의 마음이 아니라는 뜻도 가지고 있다.

정직, 친절, 우정 속에 위대함이 있다.

정직, 친절, 우정은 누구나 보통 가지고 있는 평범한 도덕율이다. 이것을 충실히 지니며 사는 사람이 진정 위대한 인간이라는 뜻이다.

지식과 용기, 이 둘은 위대한 일을 만들어 낸다.

지식이 있고 지혜로워도 용기가 없으며, 지하에 묻힌 보물과 같다. 지혜와 지식을 운반하고 활용하는 것은 용기다. 에머슨의 말.

지자(智者)는 희망에 의하여 인생의 고통을 참는다.

유리피데스의 말.

지중(池中)의 물건이 아니로다.

연못에 그대로 묻혀 있을 것이 아니며 후일 큰 인물이 될 것이라는 뜻. 〈오지(吳誌)〉에 주유(周瑜), 유비(劉備)의 인물을 평하여 말하되, '유비는 오랫동안 묻혀 사람에게 쓰이지 않게 되지는 않을 사람이며, 교룡(蛟龍)이 비 구름을 만나 승천하듯이 결국 연못 속에 그대로 있을 사람이 아니다' 한 데서 나온 말.

지혜 다음에는 용기가 우리의 행복을 위해 비상하게 큰 요소가 된다.

용기 없는 자가 크게 성공한 예는 없다. 쇼펜하우어의 〈수상록〉에 나오는 말.

청산(靑山)에 뼈를 묻어라.

대장부는 아무 데나 청산에 뼈를 묻을 각오를 하지 않으면 안 된다. 반드시 고향에서 조용히 눈 감을 날을 기다리지 않는다는 뜻. 소식(蘇軾)의 시에 '뼈를 묻는 데 반드시 분묘의 자리가 아니면 어떠하랴. 인간 도처에 청산이 있다' 하였다.

태양이 빛나고 있는 한, 희망도 빛난다.

태양은 항상 떠오르는 것이다. 지구에 태양이 있듯이 인간에게는 희망이 생명의 근원이라는 뜻이다.

하늘이 지상에서 받는 최대의 공물은 불평이다. 그러나 이 불평이야말로 우리들의 가장 진지한 공물이다.

인간이 발견하는 불평 불만은 하늘이 오히려 원하는 것이라야 한다. 왜

나하면 동물은 불평 불만을 모른다. 그들은 운명에 대한 순종이 있을 뿐이고, 본능적인 반발이 있을 뿐이다. 인간은 좋고 그른 것을 판단하고 보다 나은 가능성을 바란다. 이것은 하늘의 뜻과도 합치되는 것이다. 스위프트의 〈서간집〉에 나오는 말이다.

할말이 없으면 욕한다.
사람들은 입이 심심하면 남의 욕이나 한다는 뜻. 볼테르의 말.

행복이 가지는 불행은 부족함이 없다는 것이고, 불행이 가지는 행복은 희망을 가질 수 있다는 점이다.
바라던 것을 손에 넣었을 때 오히려 허전한 감이 오며, 그것을 놓칠까 봐 전전긍긍하게 되는 것이 세상의 이치이다. 반면 불행 속에서는 희망을 바라보며 전진하게 되는 것이다.

호랑이 굴에 가지 않고는 호랑이 새끼를 못잡는다.
〈후한서〉 '반초전'에 나오는 말이다. 위험을 무릅쓰지 않고는 성사할 수 없을 경우에 쓰는 말이다.

후회는 우리 자신의 의지의 부정이다.
후회란 일단 자기 의사로 한 일에 대해서 그 의사를 물리치고 새것이 들어 앉는 것을 의미한다는 뜻. 몽테뉴의 〈수상록〉에 나오는 말이다.

훌륭한 용기란 남이 보는 데서 하는 일을 남이 안 보는 데서도 해치우는 것이다.
남이 보는 앞에서의 긴장감을 평소에 혼자 있을 때도 늘 몸에 지니며 자기 할 일을 박력있게 하라는 뜻. 라 로슈꼬프의 〈잠언과 고찰〉 속에 나오는 말.

희망은 놓치더라도 용기는 놓치면 안 된다.

희망에 속기는 쉽다. 그러나 그걸로 실망해 버려서는 안 된다. 목적을 향해 전진할 용기만은 늘 놓치지 말고 지녀야 한다. 용기는 삶의 입김이며, 힘이기 때문이다.

희망은 불행한 사람의 제2의 혼이다.

불행을 이겨나가려는 또 하나의 혼. 학대받은 심혼은 어두워도 언제나 제2의 심혼이 문을 열고 희망을 향한다. 괴테의 〈격언과 반성〉에 나오는 말.

희망은 사람을 몰락시키지 않는다.

희망이 있는 한. 마음의 빛을 잃지 않는 한 사람은 헤어날 길이 있다.

희망은 사람을 성공으로 인도하는 신앙이다. 희망없이는 아무것도 이룩되지 않는다.

헬렌 켈러의 자서전에 나오는 말이다. 눈 멀고 벙어리에 귀머거리인 불구 속에서도 희망의 불은 꺼지지 않고 오히려 힘차게 타오르는 헬렌 켈러 여사. 그녀의 고난과 싸운 하루하루의 생활에서의 희망은 태양과 같음을 느끼게 한다.

희망은 사상(思想)이다.

(Hope is thought.)

희망과 꿈속에서 사상이 생긴다는 뜻. 따라서 모든 사상은 희망과 꿈을 간직하고 있다. 셰익스피어의 말.

희망은 앞을 예기할 수 없는 해상(海上)이 아니고서는 결코 그 황금의 날개를 펴지 않는다.

(Hope never spreads his golden wings but in unfath omable sea.)

풍랑의 바다 위에서 오히려 아름다운 희망의 날개가 펴진다는 것은 가장 곤란할 때가 희망을 달성할 수 있는 가장 근거리에 와 있다는 뜻. 즉, 그 곤란의 고비를 넘기면 희망의 빛이 트인다는 것이다. 희망이 불타 오르려면 고난과 부딪쳐야 한다는 뜻도 포함하고 있다. 에머슨의 말.

희망이 없으면, 노력도 없다.

희망이 있는 동안은 고생도 달갑다는 뜻.

4

박애 · 정의에 대해

강의(剛毅) 목눌(木訥)은 인(仁)에 가깝다.

(剛毅木訥近仁)

의지가 강하고, 무슨 일에든 흔들리지 않고, 성격이 질박(質朴)한 사람은 반드시 인애(仁愛)의 덕을 다분히 갖춘 사람이라는 말이다. 〈논어〉 '자로편(子路篇)'

고기도 내가 원하는 바요, 곰의 발바닥도 내가 원하는 바라. 양자 겸전하지 못한다면 고기를 버리고 곰을 취할지다.

고기는 생명, 곰은 정의에 비유한 것으로, 생명도 소중하고 정의도 소중하지만, 둘 중에 하나를 선택해야 한다면 생명을 버리고 정의를 취해야 한다는 뜻. 〈맹자〉 '고자상편'에 '목숨도 내가 원하는 바요, 의(義)도 내가 원하는 바나, 양자 겸전할 수 없나니, 생(生)을 버리고 의(義)를 취하노라' 하였다.

관대하려거든 먼저 정당하여라.

(Be just before you be generous.)

자기도 어두운 그늘이 있으므로 남의 잘못을 용서하는 것은 관대가 아니다. 스스로는 정당하고 꿀리는 데가 없으며, 그리고서 남의 잘못에 도량을 베푸는 것이라야 한다는 뜻.

교언영색(巧言令色)은 인(仁)이 적다.

교언(巧言)은 말이 번드르한 것. 영색(令色)은 싱글 싱글 웃고 있는 얼굴. 즉, 말이 번드르하고 항상 웃는 낯으로 사람을 대하는 인물은 대개 박애의 덕(德)이 부족한 사람이다. 〈논어〉 '학이편'에 나온다.

군자는 의(義)에 예민하고, 소인은 이득에 예민하다.

〈논어〉 '이인편'에 나오는 말로, 군자는 먼저 의로운 일인가 아닌가를 판단하고, 소인은 그것이 자기에게 이득의 여부부터 생각한다는 뜻.

군자는 종식(終食)의 사이에도 인(仁)에 어긋남이 없다.

종식(終食)은 식사가 끝난 무심한 순간을 말한 것으로, 그러한 찰나에도 인애(仁愛)의 정신을 잃지 않는다. 〈논어〉 '이인편'에 '군자는 종식(終食)의 사이에도 인(仁)에 어긋남이 없고, 조차(造次)에 있어서도 반드시 그러하며, 전패(顚沛)에 있어서도 반드시 그러하다' 하였다. 조차(造次)는 황급한 순간, 전패(顚沛)는 고꾸라져 넘어질 듯한 순간을 말한 것. 즉, 어떠한 순간에도 정신이 흩어지지 않고 인애(仁愛)를 굳게 간직한다.

군자는 포주(庖廚) 가까이 안 간다.

군자는 부엌이나 음식 만드는 자리에서 멀리 있는다. 즉, 동물의 그 죽음을 보는 것이 측은하기 때문이다. 〈맹자〉 '양혜왕편'에 말하기를, '그 산 것을 보다가 죽은 것을 보기가 딱하고, 그 소리를 들었다가 그 살을 먹기가 딱하니, 이로써 군자는 포주에 가까이 가지 않는다' 하였다.

군자(君子) 있으되 의(義)가 없다면 난(爛)을 일으키고, 소인(小人) 용기는 있으되 의가 없다면 도둑이 된다.

벼슬길에 있는 군자가 용기만 있고 정의감이 없다면 내란을 일으키기 쉽고, 항간의 범인이 용기만 있고 정의감이 없다면 도둑이 되기 쉽다는 뜻으로, 정의의 뒷받침 없는 용기는 오히려 위태로운 것을 말하고 있다. 〈논어〉 '양화편(陽貨篇)'에 '자로(子路) 왈, 군자도 용기를 존중하는가 하고 물은 데 대해서, 공자 대답하기를, 군자는 의(義)를 상(上)으로 치는 것이라 하고, 표제의 말이 이에 계속된다.

궁조(窮鳥)가 품에 들어오면 사냥꾼도 이를 쏘지 않는다.

쫓긴 새가 사람의 품에 뛰어들면 사냥꾼도 이를 놓아 준다는 뜻으로, 누가 궁해서 도움을 청할 때는 가엾이 여기라는 뜻. 〈안씨가훈〉에 '궁한 새가 품에 뛰어들면 어진 사람이 불쌍히 여기는 바라' 하였고, '석가여래탄

생회(釋迦如來誕生會)'에는 '나는 새가 품에 들면 사냥꾼도 이를 잡지 않는다' 하였다.

남에게 베푼 것은 삼가서 생각지 말라.

남에게 베푼 은혜는 내세우지 말고 오히려 잊어 버려라. 내세우는 은혜는 반발을 사기 쉬우니 잊어 버리라는 뜻이다.

남의 죄를 용서하면 너도 용서를 받으니라.

신약 '마태복음' 제6장에 '너희들 만약 남의 과실을 용서한다면 너희들의 하늘의 아버지도 너희들을 용서하실 것이로다. 만약 남을 용서하지 않는다면 너희들의 아버지도 너희들의 과실을 용서하시지 않으리라' 하였다. 인간은 약한 것, 누구나 잘못이 있는 것이며, 용서하고 또 용서를 받는 것이 인간이라는 말이다.

내가 서고 싶거든 먼저 남을 세워라.

자기 욕심을 앞세우지 말고 먼저 남을 천거하면, 자기에게도 자연 그 기회가 온다는 뜻. 〈논어〉 '옹야편(雍也篇)'에 '참으로 어진 자는 스스로 서고 싶은 것을 남을 세우고, 스스로 달성하고 싶은 일을 남으로 하여금 달성케 한다' 하였다.

너에게 싫은 것은 딴 사람도 싫다.

(己所不欲을 勿施於人하라.)

〈논어〉에 '내가 싫은 것을 남에게 베풀지 말라. 나라 일도 그렇고, 집안일도 그렇다' 하였다.

너 올바르기를 지나치지 말라.

지나친 정의감은 오히려 답답한 일이며, 숨구멍쯤은 터 두라든 뜻. 구약 '전도의 서' 제7장에 '너 올바르기를 지나치지 말라. 또 현명하기를 지나치지 말라. 너 그러다가 몸을 망치게 될 것이로다' 하였다.

너의 양식을 물 위에 던져라.

남을 위해서 먹을 것을 뿌리라는 뜻인데, 그 보상은 반드시 되돌아온다.
구약 '전도의 서' 제12장에 '너의 양식을 물 위에 던져라. 많은 날 뒤에
너 다시 이것을 얻으리라' 하였다.

널리 사랑을 갖는 것을 인(仁)이라 하며, 행동하여 이를 올바르게 하는 것을 의(義)라 한다.

박애정신과 정의를 설명한 것으로, 한퇴지(韓退之)의 말이다.

누더기를 입어도 마음은 비단

남루한 옷을 입었어도 마음이 착한 사람은 그 마음이 비단결같이 아름답
게 빛이 난다는 말. 겉은 비단이되, 속은 누더기인 인간이 세상에는 허다
하다.

대도(大道)가 흩어지니 인의(仁義)가 나타나다.

도덕이 부패했을 때 비로소 인의(仁義)의 중요성이 밝혀진다는 뜻. 이는
노자의 말로, 그는 상대 논리를 펴는 것이 특색이다. '대도(大道)가 어긋
나니 인의가 밝혀지고, 지혜가 나오니 큰 거짓이 있고, 나라가 혼란하니
충신이 나오고, 육친불화(六親不和)할 때 효자(孝子)가 있더라' 하였다.
평화하고 무사할 때는 인의(仁義)의 중요성이 나타나지 않으며, 누가 인
의(仁義)를 갖춘 사람인가 분명치 않으나, 일단 길이 흐트러지고 혼란이
올 때면 그것이 뚜렷이 밝혀진다는 뜻. 이 점에서 노자는 상당히 날카로
운 눈으로 조석변(朝夕變)의 인심(人心)의 기미를 찌르고 있다.

도리(桃李)는 말이 없으나, 그 밑에 절로 길이 났더라.

복숭아 나무나 오얏나무는 말이 없지만 꽃과 열매가 있으니 사람들이 자

연 그 밑에 모여 들어 어느 틈에 길이 생겼다는 뜻. 덕이 있는 사람은 가만히 있어도 사람들이 절로 모여든다. 〈사기〉 '이장군전(李將軍傳)'에 '속담에 말하되, 도리(桃李)는 말이 없으나 그 밑이 절로 길이 되었더라. 이 말은 적은 것이지만, 크게 뜻 있는 말이로다' 하였다.

독수리는 파리를 잡지 않는다.

(The eagle does not catch flies.)

'매는 굶어도 벼 이삭을 쪼지 않는다'와 같은 뜻. 정의의 마음이 꿋꿋한 사람은 아무리 곤경에 빠져도 시시한 이득에 끌려 지조를 팔지 않는다는 뜻.

모든 사람을 사랑하고, 근소한 사람을 믿으며, 누구에게도 악한 일은 하지 말라.

(Love all, trust a few, e false to none.)

모든 사람을 다 믿을 수는 없지만 모든 사람을 사랑할 수는 있다는 뜻으로, 신(信)과 애(愛)를 구별한 말. 셰익스피어의 말.

목 말라도 도천(盜泉)의 물은 아니 마신다.

아무리 목이 마르더라도 도천(盜泉)이란 악명이 붙은 샘의 물은 마시지 않는다. 즉, 아무리 궁해도 부정 불의의 재물은 탐내지 않는다는 뜻. 〈육기(陸機)〉의 '맹호행(猛虎行)'에 '목 말라도 도천(盜泉)의 물을 아니 마시고, 더위도 악목(惡木)의 그늘에 쉬지 않는다' 한 데서 나온 말.

목숨은 홍모(鴻毛)보다 가볍다.

'의(義)는 태산보다 무겁고'의 대구(對句). 사마천(司馬遷)의 편지에 '사람은 다 한 번 죽는다. 죽음은 때로는 태산같이 무겁고, 때로는 홍모(鴻毛) 같이 가볍다'라고 한 데서 나온 말. 여느 때의 사람의 생명은 막중히 여기지만, 전장터에 있어서의 사람의 목숨이란 새털 만큼이나 가볍게 날아간다. 본뜻은 정의를 위해서는 생명이 오히려 가볍다는 말.

몸을 돌아보아 성실하였다면 즐거움이 보다 더할 나위 없다.

(反身而誠이면, 樂莫大焉이니라.)

〈맹자〉 '진심상편'에 나오는 말로, 성실과 정의에 입각한 생활은 구름이 없고, 그 다음이 청명할 수 있다는 뜻.

바다는 넓어 고기가 놀아나는 대로 맡긴다.

관용의 덕, 도량이 매우 넓은 것을 말함. 〈고금시화(古今詩話)〉에 '바다는 광활하여 고기가 뛰어 노는 대로 버려 두고, 하늘은 그 허공에 새가 나는 대로 버려 둔다' 하였다.

베푸는 것을 즐기는 자는 살찐다.

남에게 많이 베푼 자는 그 만큼 받는 것도 많아진다. 구약 '잠언' 제11장에 '베풀어 뿌리니 도리어 붓고, 줄 것을 아끼더니 도리어 가난에 빠지는 자 있더라. 베풀기를 즐기는 자는 살찌고, 남을 윤택케 하는 자는 윤택을 받는다' 하였다.

부한 자는 어질지 못하다. 어진 자는 부하지 않는다.

인애(仁愛)의 정이 깊은 사람은 결코 재물을 모을 수 없다는 뜻. 즉, 재물을 비축하는 것을 떳떳지 못한 걸로 안다. 부(富)와 인(仁)은 양립할 수 없다는 말. 〈학림옥로(鶴林玉露)〉에 나오는 말.

사람을 사랑하는 자는 사람이 늘 이를 사랑한다.

(愛人者仁는 人恒愛之라.)

〈맹자〉 '이루하편'에 '어진 자는 사람을 사랑하고, 예절 있는 자는 사람을 공경한다. 사람을 사랑하는 자는 사람이 이를 사랑하고, 사람을 공경하는 자는 사람이 늘 이를 공경한다' 하였다. 남한테 사랑 받고 공경을 받으려면 먼저 남을 사랑하고, 남을 공경해야 한다는 뜻.

사람을 원망하느니 내 몸을 원망하라.

남의 한 일은 생각지 말고 자기의 부덕(不德)을 반성하라. 〈회남자〉에 나
오는 말로, 남에게는 관인(寬仁)하게, 자신에게는 엄하게 하라는 가르침.

사람의 소과(小過)를 책하지 않으며, 삶의 음사(陰事)를 캐 내지 않으며, 사람의 구악(舊惡)을 생각지 않는다.

소과(小過)는 흔히 있는 조그마한 잘못, 음사(陰事)는 숨은 일, 구악(舊
惡)은 과거에 저지른 어떤 잘못. 사람이 자기의 허물은 선반 위에 올려
놓고, 남의 허물은 현재와 과거를 걸쳐 이리 저리 캐내고 두고두고 말하
기를 좋아하는 것을 경계한 말. 남의 허물은 말하지 않는 것이 스스로의
덕을 쌓는 길이며, 동시에 해(害)를 모면하는 길이라고 하였다.

사람의 잘못을 책망함에 너무 엄하지 말라.

적당히 나무라는 것이 효과적이며, 지나친 책망은 반감을 불러 일으키게
된다. 〈채근담〉에 나오는 말로, '사람의 악(惡)을 책망하기를 너무 엄하
지 말 것이며, 그것을 받는 아픔을 생각하여야 한다' 하였다.

사랑은 사랑을 낳는다.

(Love begets love.)
미움은 미움을 부르고, 사랑은 사랑을 부른다.

사랑은 아낌 없이 준다.

사랑은 자기의 가진 것을 아낌 없이 남에게 준다는 말. 톨스토이의 말.

사랑을 거절하면, 사랑에게 거절을 당하리라.

(What shut love out shall be shut out from.)
테니슨의 말. 남에게 주는 사랑에 인색한 사람은 남한테서도 사랑을 받

지 못한다.

사랑의 눈길은 사람의 잘못을 덮어 준다.

애정이 두터운 사람은 남의 과실을 싸 줄 만한 아량이 절로 나온다. 구약 '잠언' 제14장에 있는 말.

사랑이 있으면 법률이 필요치 않다.

(Love rules without law.)

직역하면, 사랑은 법률 없이 다스릴 수 있다.

살신성인(殺身成仁)

몸을 죽여 인(仁)을 이룬다. 즉, 목숨을 희생하더라도 인(仁)의 정신을 버릴 수 없다는 뜻. 〈논어〉 '위령공편(衛靈公篇)'에 '지사(志士) 인인(仁人)은 살기 위해서, 인(仁)을 해치지 않는다. 몸을 죽여, 인(仁)을 이룩할 적이 있다' 라고 한 데서 나온 말.

생명은 의(義)로 인하여 가볍다.

정의를 위해서는 목숨을 아끼지 말고 버려야 한다는 뜻. 〈후한서〉 '실목전(失穆傳)'에 나오는 말.

성실은 하늘의 길이다.

(誠者天之道也)

성실과 정의는 하늘의 본연의 자세이며, 신의 마음이다. 〈중용〉에 '성실은 천도(天道)이며, 성실을 생각하는 것이 사람의 길이로다' 하였고, 〈맹자〉 '이루상편'에 '성실은 천도(天道)이며, 성실을 생각하는 것이 사람의 길이로다' 하였다.

스스로를 이기고, 예(禮)를 바라는 것이 인(仁)이라 한다.

이는 공자의 기본 사상인 인(仁)에 대한 설명으로, 스스로를 이긴다는 것은 사욕(私慾)을 버리라는 뜻.

악마조차도 정의감이 있다.

(Even the devil has rights.)

'도둑도 의리가 있다' 는 말과 비슷한 뜻으로, 비록 악한 자라도 그들 나름의 정의감은 있다는 말.

올바른 자의 길은 아침 햇발 같다.

구약 '잠언' 제4장에 '올바른 자의 길은 아침 햇발과 같으며, 더욱 빛을 발하여 대낮에 이른다. 악한 자의 길은 어둠 속과 같으며, 그들은 자신이 꼬꾸라질 것을 모른다' 하였다.

이는 서약하는 나의 피, 여러 사람을 위해 흘리는 것이로다.

그리스도가 열두 제자와 더불어 최후의 만찬 석상에서 포도주의 술잔을 가리키며 마시라고 한 뒤 한 말. 신약 '마르코전' 제14장에 나오는 말. 이때 식탁에 놓인 빵을 그리스도는 '이는 나의 몸이로다' 하였다.

이(利)를 보고 의(義)를 생각한다.

(見利思義)

이익에 직면하였을 때 그것이 정의에 합당한가, 벗어나지 않았는가를 판단한다는 뜻. 〈논어〉 '헌문편(憲問篇)' 에 나오는 말.

인(仁)은 번영하고, 불인(不仁)이면 욕을 보리라.

(仁則榮하고, 不仁則辱이라.)

사리사욕보다 어진 마음을 가진 사람은 결국 잘 되지만, 사리사욕만 추구하는 자는 언젠가 욕을 보리라는 뜻. 〈맹자〉 '공손축상편' 에 있는 말.

인(仁)은 사람의 마음이며, 의(義)는 사람의 길이다.

(仁은 仁心也요 義는 人道也니라.)

〈맹자〉 '고자상편'에 '인(仁)은 사람의 마음이며, 의(義)는 사람의 길이로다. 그 길을 버리고 아니 가며, 그 마음을 던지고 찾으려 아니 하니, 슬프도다. 사람은 닭이나 개가 없으면 이를 찾으려 하면서, 그 마음은 잃고도 찾으려 아니한다. 학문이란 다른 것이 아니라, 그 잃어 버린 마음을 찾는 데에 있도다' 하였다.

인(仁)은 사람의 안택(安宅)이고, 의(義)는 사람의 정로(正路)이다.

(仁은 人之安宅也요, 義요 人之正路也라.)

인애(仁愛), 즉 박애한 마음은 그 집안을 늘 편안한 보금자리로 만들어 주며, 정의(正義)는 사람이 가야 할 제 길이다. 인(仁)과 의(義)는 사람을 편안케 하고, 올바르게 하는 두 기둥이다. 〈맹자〉 '이루상편'에 '사람들이 편안한 집을 버리며 옳은 길을 버림을 한탄하여, 인(仁)은 사람의 안택(安宅)이요, 의(義)는 사람의 정로(正路)이다. 안택(安宅)을 업신 여기고, 그 곳에 있으려 하지 않고, 정로(正路)를 버리고 그 길로 가지 않으니, 슬프도다' 하였다.

어진 사람은 산을 좋아한다.

(仁者樂山)

어진 사람은 의(義)를 받들고, 그 마음이 편안하고 태연하여 부동의 자세가 산과 같기 때문에 산을 즐긴다고 한다. 〈논어〉 '옹야편'에 '지자(知者)는 물을 즐기고, 인자(仁者)는 산을 즐긴다. 지자는 움직이고 인자는 조용하다' 하였다.

일락천금(一諾千金)

정의의 마음이 두터운 사람은 약속을 굳게 지킨다. 남자의 한 번 승락은 천금과 바꿀 수 없다는 뜻. 〈사기〉 '계포전(季布傳)'에 말하기를, '황금 백근을 얻는 것보다 계포(季布)의 한 마디 승락만 못하다' 하였다.

일시동인(一視同仁)

친소(親疏)의 차별을 두지 않고 누구에게나 같은 인애(仁愛). 즉 어진 마음으로서 대한다는 뜻. 한유(韓愈)의 원인(原人)에 나오는 말.

의(義)는 태산보다 무겁다.

(義重於泰山)

정의를 존중하라는 뜻.

의(義)를 보고 행하지 아니함은 용기 없는 일이로다.

(見義不爲는 無勇也라.)

옳은 줄 알면서 그것을 행하지 않는 것은 용기가 없기 때문이다. 〈논어〉 '위정편(爲政篇)'에 나오는 말.

자비에 그 까닭을 말하지 말라.

사랑의 빛이 없는 인생은 무가치하다.

자선은 부인의 덕이며, 관대는 남자의 덕이다.

(Humanity is the virtur of a woman, generosity of a man.)

아담 스미스의 말.

자아(自我)를 몰각(沒却)하는 정도가 크면 클수록 그 사람의 세계는 넓어진다.

(Je mehr man das Ich versteckt, Je mehr welt hat man.)

여기의 자아는 사리(私利), 사욕(私欲)의 자기 중심적 사고 방식을 말한 것이다. 그런 것에 초월하지 않고는 넓은 세계를 품 안에 안을 수 없다는 뜻.

정직은 가장 좋은 책략이다.

(Honesty is the best policy.)

어설피 술책을 쓰는 것보다는 정직하게 하는 것이 일을 성취하는 데 가장 효과적인 수단이라는 뜻.

추운 계절이 온 뒤에 비로소 송백(松柏)이 나중 시듦을 안다.

(歲寒然後에 知松柏之後彫也라)

소나무나 잣나무는 사시사철 그 빛을 변하지 않으며, 몹시 추운 계절을 당해야 겨우 시드는데, 그것은 다른 나무에 비해서 훨씬 뒤이다. 〈논어〉에 나오는 말로, 지조 굳은 사람을 비유한 것.

친절한 정은 왕관보다 낫다.

(Kind hearts are more than coronets.)

영국의 시인 테니슨의 말.

친절한 말은 효과가 많으며 밑천이 안 든다.

(Kind words are worth much and they cost little.)

영국의 이언.

하해(河海)는 세류(細流)를 가리지 않는다.

(河海는 不擇細流)

강이나 바다는 가는 골짜기의 흐름이라고 업신 여기지 않으며, 흘러 오는 대로 다 받아 들인다. 즉, 도량의 큼을 말한 것이며, 〈사기〉에 '태산은 먼지 흙을 가리지 않기에 가히 높이 이루었고, 하해(河海)는 세류를 가리지 않기에 가히 깊음을 이루었다' 하였다.

5

화복 · 운명에 대해

고민하는 자의 하루는 모든 일이 나쁘다.

마음 속에 고민이 있으면 그날 하루 당하는 모든 일이 다 괴로운 일뿐이다. 구약 '잠언' 제15장에 있는 말. 고민이 있어도 그 고민에 심신을 빼앗기지 말라는 말.

공자도 때를 못 만났다.

공자나 맹자와 같은 위대한 인격자도 제후(諸侯)를 만나 설득하였지만, 쓰이지 못했다. 그것도 운명이었다. 인물이 위대하다고 반드시 그 대접을 받지 못한다. 재주가 있다고 그 재주만을 믿기 어렵고, 덕이 있다고 그 것만을 믿을 것이 못 된다. 안회(顔回)와 같은 인물도 불우했던 것이다. 세상의 출세의 기미를 찌른 말로, 잘나고 못나고 사람에겐 때가 있다는 뜻.

관을 덮은 뒤에 결말이 난다.

사람의 선악(善惡), 일의 성패, 공죄(功罪)는 그 사람이 죽은 뒤에 비로소 결말이 나온다.

꽉 차면 넘친다.

(When the measure is full, it runs over.)

그것도 한때, 이것도 한때.

(彼一時此一時)

그때는 그때고, 지금은 지금이라는 뜻. 즉 그때 그런 것은 그때 사정상 어쩔 수 없었고, 지금은 지금대로 사정이 이러하니 또 어쩔 수 없다는 뜻. 〈맹자〉 '공손축하편' 에 나오는 말.

날고 있는 새는 무엇인가 잡는다.

(A flying crow always catches something.)

사람은 움직어야 하며, 가만히 있어서는 올 것도 안 온다는 뜻.

내일 일을 근심 걱정하지 말라.

그날 그날을 감사의 마음으로 보내라. 헛되이 내일 일에 마음을 괴롭히지 말라는 뜻. 신약 '마태복음' 제6장에 '그러므로 내일 일을 근심 걱정하지 말라. 내일은 내일 스스로 걱정하게 버려 두라. 하루의 노고는 하루로서 족하도다' 하였다.

내일 죽을지 모른다. 자아 먹고 마시자.

(Let us eat and drink; for to-morrow we shal die.)

허무한 인생을 자각하고 환락주의 탐미주의를 주장한 것으로, 문학 상에도 그 조류가 있다.

너무 높이 오른 자는 결국 떨어진다.

지나치게 위로 올라갈 것만 원하는 것을 경계한 말.

너에게서 나온 것은 너에게로 돌아간다.

(出乎爾者 反乎爾者也라.)

자기가 뿌린 씨는 자기가 거두게 마련이라는 뜻. 자기에게서 좋은 행동이 나왔으면 좋은 걸로 보답이 갈 것이고, 나쁜 것이 나왔으면 나쁜 것으로 응답이 가는 것이 인생의 철칙이라는 말. 〈맹자〉 '양혜왕' 하편에 나온다.

너 자신이 변화하면, 너의 운명도 변화를 일으킨다.

포르투갈의 이언.

노소 부정(老少不定)

나이 먹었다고 반드시 먼저 죽는 것이 아니며, 사람의 명(命)은 알 수 없다는 뜻.

달은 구름에 가리고, 꽃은 바람에 불린다.

모처럼의 보름달은 날이 흐려 구름이 끼고, 모처럼 핀 꽃은 바람이 불어 꽃잎을 떨어뜨린다. 즉, 세상사 뜻대로 안 되며, 매사에 방해가 많다는 뜻. 〈회남자〉에 '일월이 밝으려 하나 뜬 구름이 해를 가리고, 꽃과 풀이 오래 있으려 하나 가을 바람이 이를 망치도다' 하였다.

때가 차면 변한다.

괴로운 일도 극한 점에 도달하면, 전환기가 오고, 즐거운 일도 극한 점에 달하면, 역시 전환하여 반대의 방향이 나타나게 된다는 뜻.

때는 그가 기다리던 것을 가져다 준다.

(Time brings everything to those who wait for it.)

지긋이 참고 노력하고 있으면 언젠가는 햇빛을 볼 날이 있다는 뜻.

돌이 떠내려가고 나뭇잎이 가라앉는다.

무거운 것이 뜨고 가벼운 것이 가라앉으니, 일이 거꾸로 되어 가는 것을 말한 것. 이는 사람의 입이 사나움을 말한 것이며, 한편으로는 군중 심리가 발동하면 무서운 결과를 가져온다는 것을 가리킨 말.

모든 사람은 자기 운명의 개척자다.

(Every man is the architect of his own fortune.)

모든 사람은 자신의 운명(運命)을 손 안에 넣고 있다.

(Every man's destiny is in his own hands.)

누구든 자신의 운명을 개척할 수 있다는 말.

물가에서 고기를 부러워 말고 돌아가서 그물을 짜라.

물고기를 아무리 들여다 보아도 물고기가 손에 잡힐 까닭이 없으니, 물고기가 먹고 싶거든 그물부터 짜라는 말. 즉, 노력하지 않으면 얻는 것이 없다는 뜻. 〈회남자〉의 말.

미복(美服)을 입는 자, 반드시 조복(粗服)을 입을 때가 있다.

좋은 옷을 입는 자는 언젠가 나쁜 옷을 입을 때가 있다는 것은 인간의 영화란 그렇게 영속하는 것이 아니라는 뜻이다. 〈회남자〉에 '영화로운 자반드시 초췌할 때 있고, 비단을 감은 자 반드시 베옷을 입을 때가 있다'하였다.

복(福)은 바라지 말라.

오라고 안타까이 부른다고 복이 오는 것은 아니다. 그보다는 먼저 복이올 수 있는 소지를 만들어 놓는 것이 중요하다. 〈채근담〉에 '복은 바라지 말라. 희신(喜神)을 길러 복을 부른 근본으로 삼을 뿐이로다. 화(禍)는 피하지 말라. 살기(殺氣)를 떠나 화를 멀리 하려고 하는 것이 고작이다'하였다. 희신은 희심 즉 낙천적인 마음, 즉, 살벌하고 음침한 공기를 조성하지 말고, 괴로울 때도 웃는 얼굴로 여유 있는 도량을 가지라는 뜻.

불 속에 뛰어드는 여름 벌레

스스로 원하여 불행하게 되는 것. 〈사문류취(事文類聚)〉에 '어리석은 자가 재물을 탐내는 것은 모기가 불로 뛰어드는 것과 같다' 하였다.

불행은 단독으로 오지 않는다.

(Misfortunes seldom come alone.)

하나의 불행한 일이 생기면 여러 가지 불행한 일이 겹친다는 말.

비 온 뒤에 땅이 굳는다.

우여곡절이 있은 뒤에 오히려 일에 자리가 잡힌다는 뜻.

빠른 자가 달리기에 이기지 않는다.

구약 '전도서' 제9장에 '햇빛 아래 일을 보아하니, 빠른 자가 달리기를 이기지 않으며, 힘센 자가 싸움에 이기지 않으며, 현명한 자가 먹을 것을 얻는 것이 아니며, 약빠른 자가 보물을 얻는 것이 아니며, 많이 안다고 혜택을 받는 것이 아니며, 오로지 사람이 바라는 것들은 때가 있는 것이며, 우연히 되는 것이로다' 하였다. 하나의 역설 같지만, 지금도 우리의 주변을 보면 이 말은 생생한 진리이다.

서투른 자의 반역은 그 몸을 죽이고, 어리석은 자의 행운은 스스로를 멸망케 한다.

섣불리 반역을 일으키다가는 죽음을 면치 못하는 것이며, 어리석은 자가 행운을 쥐었어도 이를 운용하지 못함으로써 대번에 망한다. 구약 '잠언' 제10장에 나오는 말.

신발은 너무 크면 벗겨지고, 너무 작으면 발이 아프다. 자기의 운(運)이 자기에게 맞지 않을 때도 이와 같다.

호레스의 말.

앞 문의 호랑이를 쫓으니, 뒷문에 늑대가 들어 선다.

재난이 겹치는 것을 말한 것.

오늘은 내가 당하고, 내일은 네가 당한다.

(To-day to me. to-morrow it belongs to you.)

모든 일이 돌고 돌아 남이 당한 일은 내가 당할 것이고, 내가 당한 일은 또 남이 당한다. 자기만 안전지대에 올라 있다고 생각해서는 큰 잘못이다.

오늘은 홍안(紅顔) 내일은 죽음

(To-day red, to-morrow dead.)

인생의 허무함을 말한 것.

오늘 할 수 있는 일을 내일까지 남겨 두지 말라.
(Never leave till to-morrow what can be done today.)

옥(玉)을 얻으니 죄가 생기더라.
본래 죄 없는 평범한 사람을 필부라 하는데, 필부(匹夫)가 재물을 얻었기 때문에 도리어 불행에 빠질 때가 있다는 말. 〈좌전〉에 나오는 주(周)나라 의 이언.

올바른 자의 머리 위에는 행운이 온다.
착하고 의로운 자에게는 하느님이 복을 주신다는 뜻. 구약 '잠언' 제10 장

운명은 용기있는 자를 사랑한다.
쓰러져도 다시 일어나는 용기. 그런 용기를 잃지 않는 한, 운명의 문은 열 려 있다는 뜻.

운명은 우리에게서 재물은 빼앗아 갈 수 있지만, 용기를 빼앗지는 못한다.
일단 모아 놓은 재물을 일순간 잃는 운명에 부딪칠 수 있지만, 재기의 용 기마저 빼앗기지는 않는다. 그 용기가 있으면 잃은 재물을 만회할 수 있 다. 용기만은 자기의 것이라는 뜻. 세네카의 말.

운(運)은 가끔 문을 두드리지만, 어리석은 자는 이를 문턱에 들이지 않는다.
덴마크의 이언.

운(運)은 누워 기다려라.
근본적으로 운을 하늘에 맡기는 사상에서 나온 말. 발버둥쳐야 소용 없 는 일이니, 운이 찾아올 때까지 지긋이 기다리라는 뜻.

운(運)은 언제나 깊이 생각하는 자의 편이 되어 싸운다.

크리스챠누의 말.

웃을 때도 마음에 슬픔이 있다. 기쁨이 극진할 때 근심이 있다.

구약 '잠언' 제14장에 나오는 말.

인간 만사(人間萬事) 새옹지마(塞翁之馬)

옛날 중국의 어느 국경 지방에 한 노인이 살고 있었다. 새(塞)는 국경 방비의 요충을 말한 것으로, 이 노인의 성이 새(塞)가는 아니다. 하루는 노인의 말이 국경을 넘어 북쪽 호(胡)나라 쪽으로 달아났다. 동네 사람들은 말을 잃은 노인을 동정하였더니, 몇 개월이 지난 뒤에 그 말이 호(胡)의 좋은 말을 데리고 돌아왔다. 오히려 말 한 필을 가외로 얻은 것이니, 마을 사람들은 이를 축복했다. 그런데 옹의 아들이 승마를 즐기다가 말에서 떨어져 허벅다리의 뼈를 부러뜨렸기 때문에 마을 사람들은 다시 동정했다. 그 후 호인이 국경을 넘어 쳐들어와 전쟁이 일어나고, 장정들은 모두 징집이 되어 출전하게 되었는데, 옹의 아들만은 다리가 불구인지라 뽑히지 않았다. 전쟁터에 간 장정들은 모두 전사했는데, 옹의 아들은 낙마의 덕분으로 목숨이 무사하였다. 이 이야기는 〈회남자〉에 나오는 것으로, 긴 눈으로 보면 어느 것이 행인지, 어느 것이 불행인지 인간사의 앞일을 모른다는 뜻으로 흔히 인용된다.

인사를 다하고 천명을 기다린다.

사람으로서 할 바를 다하고 그 이상은 하늘에 맡기라는 뜻. 이강의 말에 '인사를 다하면, 하늘의 도리가 뒤에 응답하리라' 하였다.

인생은 조로와 같다.

〈한서〉에 '인생은 아침 이슬과 같도다. 어찌 오랫동안 스스로 괴로워하기를 이같이 하던가' 하며, 대범한 마음을 촉구하였다.

자신의 운명을 끝까지 보려는 자는 높이 서지 않으면 안 된다.

이상을 높이 품고 부단하게 노력을 계속해야 한다는 뜻. 덴마크의 격언.

장님도 때로는 까마귀를 잡을 때가 있다.

(A blindman may sometimes shoot a crow.)

뜻밖의 행운을 얻었을 때 쓰이는 말. 또는 불가능하게 보이던 일이 이루어졌을 때도 쓰인다.

제비(추첨)는 싸움을 멈추게 한다.

제비를 뽑아 정하는 것은 어느 누구에게도 특권이 없이 동등한 자격에서 운명의 결정을 바라는 것이므로 사람들은 이에 쉽게 따른다. 구약 '잠언' 제18장에 나오는 말.

존망화복(存亡禍福)이 다 나에게 있다.

흥하고, 망하고 불행하고, 행복한 것이 모두 그 사람 자신이 불러들인 것이다. 〈설원〉에 나오는 공자의 말.

종달새 군 고기가 먹고 싶다 했더니, 그것이 입에 쏙 들어온다.

(He expects that larks will fall ready roasted into his mouth.)

바라던 것이 요행히 손에 들어왔을 때 쓰는 말.

좋든 나쁘든 우리는 생활하지 않으면 안 된다.

(Good or bad we must all live.)

각자 자기에게 주어진 몫으로 알고 불평 없이 사는 것이 상책이라는 뜻.

기뻐하기를 쉬이 하는 자는 반드시 슬픔이 많다.

사소한 일을 가볍게 좋아하는 사람은 또 사소한 일에 가볍게 슬픔에 빠지게 된다. 〈문중자(文中子)〉에 '즐거워 하기를 쉽게 하는 자는 반드시 슬픔이 많다. 베푸는 것을 가볍게 하는 자는 반드시 빼앗기를 좋아한다'

하였다.

처음은 좋고 나중이 나쁘다.

(A good beginning makes a bad ending.)

처음이 좋고, 끝이 나빠서는 안 된다는 뜻. 이상적인 것은 처음과 끝이 아울러 좋아야 하지만, 차라리 처음이 나쁘더라도 끝이 좋아야 한다. 매사는 종말이 소중하니까.

천도(天道)가 시(是)더냐, 비(非)더냐,

선한 자 반드시 잘 되지 않고, 악한 자 오히려 잘 되는 일이 있는지라. 과연 하늘은 정의의 편이더냐, 혹은 불의의 편이더냐 하고 의심을 품고 반문하는 말. 〈사기〉 '백이전(伯夷傳)' 전에 나오는 말.

천도(天道)에는 친(親)이 없으니 항상 선인(善人)에게 편든다.

하늘은 사람에 대해 친소(親疏)가 없으며, 옳고 착한 행위를 보고 편을 든다. 노자의 말. 비슷한 말로 '하늘은 정의의 편이다.(Heaven defends the right.)'는 말이 있다.

하늘이 내리는 재화는 피할 길이 있건만, 스스로 내린 재화는 피할 길이 없다.

천재지변은 미리 조심하면 피할 수도 있지만, 사람이 스스로 저지른 일은 막을 길이 없다. 자연적인 현상에서 오는 재앙보다 인위적으로 저지른 재앙이 더 무섭다는 뜻. 〈서경〉 '태신편(太甲篇)' 에 있는 말.

하늘이 엷은 복(福)으로 나를 대한다면, 나는 나의 덕을 두텁게 하여 이를 맞으리라.

하늘이 나를 불행에 빠뜨린다면 나는 그럴수록 덕을 쌓아 그 불행을 이겨 내리라는 뜻. 〈채근담〉에 나오는 말.

하늘이 주시는 것을 받지 않으면 도리어 책망을 들을 것이다.

자기 앞으로 자연스럽게 온 행운은 자연스럽게 받는 것이 좋고, 이를 구태여 물리치면 도리어 그 때문에 화가 온다. 〈사기〉 '한신전'에 '하늘이 주는 것을 받지 않으면 도리어 그 책망을 들을 것이며, 때에 이르러 행하지 않으면 도리어 화를 받을 것이니, 원컨대 족하(足下)는 이를 잘 생각하시라' 하였다. 비슷한 말 중 에스파니아의 이언에 '하늘이 황금을 내릴때 망또의 자락을 펴고 받으라' 한 말이 있다.

해는 저물고 길은 멀다.

나이 먹어 일이 뜻대로 안 되어 자탄하는 말. 〈당서(唐書)〉 '백거이전(白居易傳)'에 '해는 저물고 길은 멀다. 나의 생(生)은 이미 차사(蹉跎)로다' 하였다. 차사(蹉跎)는 불행하며 뜻을 이루지 못한 것.

행복할 때는 즐겨라. 불행할 때는 생각하라.

혓바닥은 화복(禍福)의 문(門)

노자의 말로, 혀 끝의 말이 화를 막아 낼 수도 있고, 복을 쫓고 화를 퍼뜨릴 수도 있다.

화복(禍福)은 문(門)이 없다. 다만 사람이 불러들일 뿐

재화(災禍)나 행복은 그것이 찾아드는 일정한 문이 있는 것이 아니며, 그 사람의 언행이 혹은 화를 불러 들이고, 혹은 복을 불러 들인다. 〈좌전〉에 나오는 말.

환락의 끝은 비애의 시작.

(The end of mirth is the beginning of sorrow.)

유향(劉向)의 〈열녀전(烈女傳)〉에 '즐거움이 극진하니, 반드시 슬픔을 낳는다' 하였다.

환락이 극에 이르니, 애정이 많다.

극도에 달한 즐거움이란, 오히려 비애를 불러 일으킨다는 뜻. 한무제(漢武帝)의 추풍(秋風)의 사(辭)에 있는 말.

6

가족 · 친척에 대해

가장이 착실히 지배하는 가족에게는 외계의 어디에서도 볼 수 없는 평화가 있다.

위엄만 앞세울 것이 아니라, 도량과 애정을 겸하여 가정을 통솔하는 것이 중요하다는 괴테의 말.

검소한 아버지 밑에 방탕한 자식.

(After a thrifty father, a prodigal son.)

부모는 고생하고, 자식은 편안히 살고, 손자는 거지 꼴이 된다는 말과 같다.

꽃이 피는데 비바람이 잦다.

간무릉(干武陵)의 시 한 구절. 좋은 일에 방해꾼이 많다는 뜻.

그 사람의 집은 그의 성곽이다.

(A man's house is his castle.)

가정은 남의 간섭을 받지 않는 가장 자유롭고, 가장 즐거운 곳이라는 뜻.

그 아버지에 그 자식

(As the father, so the sons.)

자식은 부모를 닮게 마련이란 뜻. 자식은 부모의 거울과 같음.

그 위인(偉人)이 효제(孝悌)하는데, 장상(長上)을 범하는 자 드물다.

효제(孝悌)는 부모를 공경하고 형을 따르는 것을 말한 것이며, 이같이 윗사람을 잘 섬길 줄 아는 사람은 그 밖에 자기 윗사람에 대해서 불손 반역하는 일은 별로 없다는 뜻. 따라서 옛날에 효행을 근본으로 삼았고, 부모에 효하고, 형에게 도리를 다하는가의 여부로 그 사람을 판단했다.

그 집안의 평화를 발견할 수 있다면 군주(君主)이건 평민이건 가장 행복한 사람이다.

생활의 기본은 가정이며, 가정의 평화를 잃은 뒤에 무엇이 더 큰 행복이 겠느냐는 뜻. 괴테의 말.

끝이 크면 부러진다.

지엽(枝葉)이 지나치게 크면 나무 뿌리가 견뎌내지 못한다. 〈좌전〉에 나오는 말. 방계(傍系) 지족(支族)이 너무 비대해지면 본가(本家)가 망한다는 뜻으로, 중심과 지엽이 균형을 잃어서는 안 된다는 뜻.

남전(藍田)에서 옥(玉)이 난다.

남전(藍田)은 중국 섬서성(陝西省)에 있는 산 이름이며, 이 산에서 고운 옥(玉)이 나온다. 어진 아버지에게서 어진 자식이 나왔을 때 쓰이는 말.

남편의 어머니는 그 남편의 아내의 악마이다.

(The husband's mother is the wife's devil.)

시어머니와 며느리간의 사이가 나쁜 것은 동서양이 마찬가지인 모양이다.

내 집에서는 내가 왕

(In my own house I am a king.)

좋으나 나쁘나, 크나 작으나, 제 집이 가장 편하다는 뜻.

노인은 과거에 살고, 젊은이는 미래에 산다.

노인은 현재보다 과거를 좋았다고 생각하고, 젊은이는 다가오는 장래에 희망을 걸고 있다.

늙은이는 잊어 먹기 잘 하고, 젊은이는 분별이 없다.

(The old forget, the young don't know.)

양자의 결점을 지적한 말.

대의(大義), 친(親)을 멸한다.

커다란 신의(信義)를 다하기 위해서는 때로는 부자(父子) 사이의 정도
초월해야 한다는 말. 〈좌전〉에 나오는 말.

대효(大孝)는 효(孝)가 아니다.

진정 큰 효행은 효같이 보이지 않는다는 뜻.

딸 둘과 뒷문이 하나면 도둑이 노리는 세 허점

(Two daughters and back door are three errant thieves.)
도둑은 정문보다 뒷문을 노리며, 도둑이 일단 눈독을 들이면 대개 도둑
맞게 마련이다. 두 딸을 뒷문에 비유한 것은 손재가 많다는 뜻. 즉, 딸에
게는 돈이 많이 드는데, 딸이 둘이나 되면 그 집 재산은 밖으로 샌다는
뜻.

돈에 대해서는 남남.

부모 형제지간이라도 돈 문제에 있어서는 남과 같이 냉정해진다.

동생이 형보다 더 지혜롭다.

(The younger brother has the more wit.)
나이가 위라고 반드시 그 만큼 지혜롭지는 않다.

동쪽에 가 봐도, 서쪽에 가 봐도 내 집만 못하더라.

(Travel east or travel west, a man's own house is still the best.)

먼 데 물이 가까운 데 불을 못끈다.

먼 친척보다 가까운 이웃사촌이 낫다는 말.

못된 놈이 죽지 않는다.

(A bad thing never dies.)

죽었으면 싶은 미운 놈이 도리어 세상을 휩쓸고 다니며 좀처럼 죽지 않는다는 뜻. 악운이 센 것을 말함.

부모가 존명(存命)하여 계실 때는 멀리 가지 않는다.

〈논어〉'이인편'에 '자왈. 부모가 존명하여 계실 때는 멀리 가지 않으며, 가는 곳은 반드시 밝혀 두어야 한다' 하였다. 나이 든 부모가 갑자기 변을 당할지 모르니 너무 먼 곳에 가지 않는 것이 효행의 길이라는 말.

부모는 천지(天地), 아내는 일월(日月)

부모의 은혜는 하늘과 땅과 같이 무궁하며, 이에 비해 아내는 태양이나 달에 해당하며, 즉 일월(日月)은 천지 중의 일부분이라는 뜻.

부모를 사랑하는 자는 사람을 미워하지 않는다.

〈고문효경(古文孝經)〉에 '자왈. 부모를 사랑하는 자는 사람을 미워하지 않으며, 부모를 공경하는 자는 감히 사람에게 거만하지 않다' 하였다. 누구에게나 불순한 자는 자기 부모를 공경하지 않고 있다는 것을 입 밖에 나타내는 것이나 다름 없다.

부모를 섬길 때는 가볍게 간하라.

(事父母하되 幾諫하라.)

만약 부모에게 결함이 있으면 심히 말할 일이 아니고, 가볍고 부드럽게 간언하라는 말. 〈논어〉'이인편'에 '부모를 섬기는 데는 가볍게 간(諫)한다. 그대로 아니되더라도 공경하는 마음은 변치 말아야 하며, 계속 노력은 하되, 원망하지는 말아야 한다' 하였다.

비둘기에 삼지(三枝)의 예절 있다.

새끼 비둘기는 어미 비둘기보다 세 가지(三枝) 아래에 앉는다고 한다. 〈학우초(學友抄)〉에 '까마귀는 얻은 음식을 갚을 줄 알고, 비둘기는 삼지

(三枝)의 예절이 있다' 하였다.

사람은 독거(獨居)하는 것보다는 차라리 아무하고라도 같이 생활하는 것이 좋다. 하물며 형제자매 간에 있어서랴?

사람은 원래 사회적인 동물이니, 배타적인 고독의 심정은 좋지 않다는 뜻. 소크라테스의 말.

삼년, 아버지의 길을 바꾸지 않는 것을 효(孝)라 한다.

(三年無於父母之道 可孝矣)

부친이 돌아가신 뒤 3년 간은 부친의 하던 일, 또 그 유지를 받들라는 말. 〈논어〉 '이인편' 에 나오는 공자의 말.

아버지는 자식을 위해 감추고, 자식은 아버지를 위해 감춘다.

(父爲子 子爲父隱)

〈논어〉 '자로편' 에 '섭공(葉公)이 공자에게 이야기하되, 나의 향당에 고지식한 궁(躬)이란 자가 있었는데, 그 아버지가 양을 훔친 것을 그대로 증언하였다고. 공자 왈, 나의 향당의 정직한 자는 이와 다르다. 아버지는 자식을 위해 감추고, 자식은 아버지를 위해 감추도다. 올바른 것이 그 속에 있다' 라고 했다. 훔친 행위는 나쁘지만, 자식이 아버지를 비호하는 것이 당연하다는 것이다.

아버지의 덕행은 최상의 유산이다.

(Father's virtur is the best heritage for hig child.)

돈은 남겨 주어도 탕진해 버리니 소용 없고, 도덕적인 정신적 본보기를 남겨 주는 것이 자식의 장래에 이롭다는 뜻.

아이들은 가난한 사람의 재산이다.

(Children are poor man's riches.)

가난한 사람일수록 아이들이 많다. 재산 목록에 들 것은 아이들밖에 없다는 뜻. 따라서 가난한 사람의 희망은 아이들에게 있다.

애 키우는 것을 배워 가지고 시집 가지는 않는다.

성심이 중요하다는 뜻. 진정한 사랑이 있는 한, 어머니로서 자식을 키우는 방법은 절로 터득이 된다. 〈대학〉에 '마음의 지성이 이를 구하면, 맞지 않더라도 멀지 않다. 아직 자식 키우는 것을 배워 시집 가는 자 없기 때문이다' 하였다.

어떠한 나라도 선량한 가정생활이 있는 한 붕괴되지 않는다.

국가의 단위는 국민의 가정이니, 가정이 제 자리에 잡혀 있는 이상 그 나라의 기초는 단단하여 망할 염려가 없다는 뜻.

어머니는 우리의 마음에 열(熱)을 주고, 아버지는 빛을 준다.

아버지와 어머니의 힘이 합쳐서 자식에게 태양의 역할을 한다는 뜻. 열(熱)과 빛은 태양을 말한 것. 쟌 파울의 말.

어머니의 매가 아프지 않아 운다.

한나라의 한백유는 매우 효심이 지극한 사람이었는데, 어느 날 어머니의 매를 맞고 몹시 울었다. 어머니가 우는 이유를 물었더니 백유가 대답하기를, '전에는 어머니에게 맞으면 언제나 아팠으므로 어머니가 아직 건강하신 줄 알고 그때마다 기뻤는데, 오늘은 조금도 아프지가 않으니 어머니가 그 만큼 쇠약하신 것이 슬펐습니다. 그래서 울었습니다' 하였다고 〈설원〉에 씌어 있다.

여자는 약하나, 어머니는 강하다.

(Woman is weak, but mother is strong.)
세익스피어의 말.

열 자식이 한 아버지를 보양하는 것보다 한 아버지가 열 자식을 키우기가 쉽다.

(A father maintains ten children better than ten children one father.)

부모의 마음 만큼 자식은 부모를 생각지 못한다는 뜻.

오오, 내 자식이여, 너 만약 부모의 근심을 모른다면 아무도 너의 친우가 되지 않을 것이다.

소크라테스의 말로. 부모를 멸시하는 자에게는 참된 친구도 없을 것이라 하였는데, 그 이유로 다음과 같이 씌어 있다. 부모의 은혜를 느끼지 않는 자에게는 친절을 다해도 소용 없는 일임을 알기 때문이다. 부모의 무궁한 은덕을 모르면서 어찌 남의 은혜를 알 것인가. 은혜를 모르는 자에게 참된 벗이 생길 까닭이 없다는 말.

올빼미도 제 새끼가 세상에서 제일 예쁘다고 생각한다.

(The owl thinks her children the fairest.)

옷감과 색시는 밝은 데서 골라라.

(Choose neither a woman nor linen by candle.)

그 사람의 본색이 드러나는 곳에서 보고 정하라는 뜻.

의심 많은 부모는 교활한 아이를 만든다.

아이들의 언행을 솔직하게 받아 들이지 않고 의심을 품고 감시하는 것은 아이들의 성격을 교활한 쪽으로 몰아 넣는 결과가 된다. 의심의 눈초리에 대항하기 우해서 아이들의 머리에는 교활한 지혜만 성장하게 된다는 뜻.

이웃 아이가 언제든지 나쁘다.

(Our neighbour's children are always the worst.)

내집 아이 잘못을 냉정하게 판단하지 않고 남의 아이만 나쁘게 본다는 뜻. 〈대학〉에 나오는 말이다.

자부(慈父)의 은혜 높기는 산왕(山王)과 같고, 자모(慈母)의 은혜 깊기는 대해(大海)와 같다.

자비로운 아버지의 은혜를 높은 산에 비유하고, 자애로운 어머니의 은혜를 깊은 바다에 비유한 것. 석가모니의 말.

자식은 양친의 성격을 이어 받는다.

(Children have the qualities of the parents.)

자식의 수치는 부모의 수치.

자식이 부모를 봉양하려 할 때는 부모는 이미 없다.

(子欲孝而親不待)

겨우 지각이 나서 효도를 해 보려고 할 때는 이미 부모는 세상을 떠나고 없다는 뜻.

지혜로운 자식은 아버지를 기쁘게 하고, 어리석은 자식은 어머니를 걱정시킨다.

자식이 영리하면 아버지는 기분이 좋아 기뻐하며, 반대로 그렇지 못하면 부자간의 관계는 미움과 반발이 자리잡게 된다. 원래 부자간에는 서로 반발하고, 모녀간에도 서로 반발한다. 아들은 어머니를 따르고, 딸은 아버지를 따른다. 즉, 동성간은 반발하고, 이성간은 호응하는 것은 부모 자식간에도 확실히 나타난다. 이것을 정신분석학에서 부모 자식간의 착종이라고 한다. 그러므로 머리가 좋은 아들은 그의 경쟁자인 아버지를 기쁘게 하고, 머리가 나쁘고 게으른 자식은 어머니를 걱정시킨다는 말이다. 구약에 나오는 말.

집안에 어린아이가 없으면, 지구에 태양이 없는 것과 같다.

(A home having no child is like as the earth having no sun.)

집이 가난하니 효자가 나온다.

〈명심보감〉에 '집이 가난하니 효자 나타나고, 세상이 어지러우니 충신이 나온다' 하였다.

첫딸을 낳는 사람은 행복하다.

(The lucky man has a daughter for his first fruit.)

외국 사람들도 아들을 바라지만, 첫딸은 환영하고 있다.

초토의 꿩 새끼와 밤의 학.

자식을 생각하는 부모의 애절한 마음을 뜻한다. 꿩이 새끼를 낳아 품에 따뜻하게 안고 있을 때 들불이 일어나 문득 놀라 달아났지만, 새끼 생각을 하고 다시 불 속에 뛰어들어 타 죽는 일이 많다 한다. 백낙천의 시구에 '밤의 학은 새끼를 생각하고 농중에서 운다' 하였다. 새끼와 떨어져 있는 학은 잠들지 않고 새끼를 그리워하며 운다고 한다.

하늘은 가장 사랑하는 자를 빨리 죽게 한다.

(Heaven gives its favorites early death.)

예쁘고 영리한 아이가 일찍 죽었을 때 쓰는 말.

해 저문 뒤에 갈 길 서둔다.

나이 먹은 뒤에 초조해 하는 모습.

형제는 고민스러울 때를 위해 태어난 것이다.

평소에는 형제보다 친구간의 교제가 더 잦지만, 마음에 깊은 상처가 생겼을 때나 큰 곤란을 당했을 때 힘이 되는 것은 형제라는 뜻. 구약에 '친구는 평소에 서로 의지하며, 형제는 위급시를 위해 있느니라' 하였다.

희망이 있을 때 너의 자식을 쳐라.

아주 비뚤어지기 전에 바로 잡으라는 뜻. 아이들 뿐만 아니라 어른도 그렇다. 때를 놓치면 안 된다. 구약에 나오는 말.

7

국가 · 정치에 대해

가난한 자를 학대하는 자는 그 조물주(造物主)를 업신여기는 것이다.

조물주는 만민을 평등하게 만들어 놓았으며, 차별을 두지 않았다. 가난하다고 이를 업신여기고 학대함은 조물주를 모욕하는 교만 불손한 행위라는 뜻. 구약 '미신' 제10장에 '가난한 자를 학대하는 자는 조물주를 업신주는 일이로다. 조물주를 공경하는 자는 가난한 자를 가엾이 여긴다' 하였다.

개 한 마리가 그림자를 보고 짖으니, 백 마리 개가 따라 짖는다.

그림자에 놀라 짖는 한 마리 개의 짖음에 삼동리 모든 개가 요란하게 짖어 소동이 났다. 즉, 한 사람의 근거 없는 발설을 많은 사람이 잘 검토하지도 않고 사실로 믿어 시끄러울 때를 비유한 말. 〈잠부론(潛夫論)〉에 나오는 말로, 군중심리의 부화뇌동을 풍자한 것.

고리(鉤)를 훔친 자는 죽고, 나라를 훔친 자는 제후(諸侯)가 된다.

고리는 중국에서 사용하던 혁대에 다는 둥근 고리. 몇 푼 안 되는 고리 따위를 훔친 좀도둑은 그 죄로 사형이 되지만, 나라를 훔친 큰 도둑은 오히려 제후(諸侯)가 되어 우러러 보인다. 〈장자〉에 나오는 말로, '제후(諸侯)의 문전에는 짐짓 인의(仁義)가 있더라' 하고 끝을 맺었다.

군자(君子)는 그의 일생은 걱정하지만, 하루의 걱정은 않는다.

(有終身之憂요. 無一朝之患也라)

자잘한 일상에 대해서는 걱정을 아니하고 큰 일에 대해서는 늘 걱정하는 것으로, 일신상의 일보다 국가 사회 전체의 일에 치중한다는 뜻. 〈맹자〉 '이루하편'에 나오는 말.

군자는 긍(矜)하여 다투지 않으며, 떼지어 당을 이루지 않는다.

(矜而不爭 群而不黨)

유덕한 위정자는 자중한 태도로서 스스로를 보전하고, 결코 남과 다투지 않으며, 여러 사람과 더불어 있지만, 일당 일파에 기울지 않는다. 〈논어〉 '위령공편'에 나오는 말이다.

군자(君子)는 말로써 사람을 올리지 않으며, 사람 따라 말을 폐(廢)치 않는다.

(不以言擧人하며, 不以人廢言이라.)

유덕한 정치가는 입 끝의 말을 듣고 금세 그 사람을 추켜 올리지도 않을 뿐더러, 하층의 사람의 말이라도 그 말이 옳으면 채택하기에 인색하지 않는다. 즉, 인물 채택과 어론에 관해서 공정하고 신중함을 뜻한 말. 〈논어〉 '위령공편'에 나오는 말.

군자(君子)는 스스로 몸에 갖추고서 남에게 이를 구한다.

(有諸己而後에 求諸人이라.)

유덕한 위정자는 먼저 자신이 덕을 닦아 본보기를 보인 뒤에 국민이 이를 따르기를 바란다. 솔선수범한다는 뜻. 〈대학〉에 있는 말.

군주(君主)는 배요, 서민은 물이다.

배는 물에 떠서 가고, 물은 배를 돕지만, 때로는 배를 뒤집어 엎는 것이 물이다. 〈순자(荀子)〉 '왕자편(王子篇)'에 나오는 말.

군주는 백성의 근원이다. 근원이 맑으면 흐름이 맑고, 근원이 흐리면 흐름도 흐리다.

〈열자(列子)〉에 나오는 말. 위가 맑지 않으면 자연 아래도 맑지 못하며, 아래의 맑음을 바라려면 위가 먼저 맑아야 한다는 뜻.

군주는 우(盂)와 같고, 백성은 물과 같다.

우(盂)는 그릇, 그릇이 바르면 물도 바르게 담기고, 일그러지면 물도 일그러지게 담긴다. 군주가 선하면 민심도 선해지고, 악하면 인심도 악해진다는 뜻. 〈한비자〉에 나오는 말.

권리는 도리가 없는 곳에는 존재하지 않는다.

(Men have no right to what is not reasonable.)

그 나라를 다스리고자 하는 자는 먼저 그 집을 정돈한다. 그 집을 정돈하려는 자는 먼저 그 몸을 닦는다. 그 몸을 닦으려는 자는 먼저 그 마음을 바르게 한다. 그 마음을 바르게 하려는 자는 먼저 그 뜻을 성실히 하여야 한다. 그 뜻을 성실히 하려는 자는 먼저 그 지(知)를 닦아야 한다. 그 지(知)를 닦으려면 사물의 이(理)를 구명하여야 한다.

〈대학〉에 나오는 말로, 지식을 닦는 것은 사물의 이치를 구명하는 것이며, 이른바 격물치지(格物致知)가 모든 일의 근본이란 뜻.

그들이 자유라고 부르는 것은 방종을 말한다.

자유의 참뜻을 잘못 안 것을 나무란 말. 밀턴의 말.

근본이 문란하고서 지엽(枝葉)이 잘 되는 법 없다.

〈대학〉에 나오는 말. 뿌리가 튼튼해야 잎이 무성하고, 꽃이 피고, 열매가 많이 맺는다.

끊을 때 끊지 않으면 도리어 난(亂)을 받는다.

위정자는 과단성 있게 결단을 내려 단행할 일은 단행해야 한다. 우유부단, 우물쭈물 좌우를 돌아보며 주저하다가는 더 큰 혼란이 생긴다는 뜻. 〈사기〉, 〈후한서〉, 〈진서〉, 〈남사(南史)〉 등에 보인다.

나는 죄와 더불어 실책을 미워한다. 특히 정치적 실책을 한층 터 미워한다. 그것은 기백만의 인민을 불행의 구렁텅이에 몰아 넣기 때문이다.

괴테의 말.

나라가 흥하려면 반드시 상서로운 징조가 있고, 나라가 망하려면 반드시 불길한 징조가 있다.

〈중용〉 제24장에 나오는 말. 흥망간에 그 전조가 나타난다는 뜻. 한말(韓末)의 줏대를 잃고 사리사욕을 좇아 우왕좌왕하던 중신들의 꼴은 이미 망국의 징조였다.

나라는 망하였지만 산하(山河)는 있다.

(國破山河在)

나라는 망했지만 산과 물은 그대로 남아 있다. 두보(杜甫)의 '춘망시(春望詩)'에 '나라는 깨졌어도 산하(山河)는 있네. 성(城)에 봄이 오니 초목이 무성하다' 하였다.

낚시질은 하여도, 그물은 치지 않는다.

낚시로 몇 마리는 잡아도, 그물로 몽땅 잡지는 않는다. 기강을 세우기 위하여 탐관오리를 숙청하는 데에 있어서 몽땅 잡아 치우면 오히려 문란을 일으키는지라, 본보기로 몇을 잡아 단죄하고 경고하는 경우를 비유하는 말. 〈논어〉 '술이편(述而篇)'에 나오는 말.

너의 가장 가까운 의무를 행하라.

(Do the duty that lies nearest to you.)

나라를 위하여 큰일만 하려고 하지 말고, 자기가 할 의무를 행하는 것이 애국하는 길이고, 자신을 이롭게 한다는 뜻.

누구도 무제한의 권력이 부여되어 좋을 만큼 현명하고 선량하지는 못 하다.

여기에는 국민에게 너무 많은 권한을 안겨 줄 수 없다는 뜻.

대간(大奸)은 충신(忠臣)과 같다.

대간(大奸)은 철저한 간신. 간신일수록 충신처럼 보인다는 뜻. 여회(呂誨)가 왕안석(王安石)을 논평한 글 중에 '대간(大奸)은 충에 비슷하고, 대사(大詐)는 신(信)에 비슷하다' 하였다.

대공(大功)을 말할 때는 소과(小過)를 말하지 않는다.

큰 공적을 말하며 상을 줄 때는 그의 조그만 잘못은 따지지 않는다는 뜻. 〈한서〉에 '대공을 말할 때는 소과는 따지지 않으며, 대미(大美)를 추어올릴 때는 작은 허물은 허물로 않는다' 라 하였다.

대공(大功)을 이루는 자는 중(衆)과 의논하지 않는다.

큰 일을 하는 자는 여러 사람과 계획을 같이 하지 않고 독단으로 한다. 민주주의적 방식과는 반대인데, 이것도 하나의 방법이라는 것. 〈전국조책(戰國趙策)〉에 '지덕(至德)을 논의하는 자는 속인(俗人)과 화(和)하지 않으며, 대공(大功)을 이르는 자는 중(衆)과 모(謨)하지 않는다' 하였다.

큰 나무 아래 아름다운 풀이 없다.

큰 나무 밑에는 아름다운 풀이 자라지 못한다. 나무 그늘이 짙어 햇볕을 받지 못하기 때문이다. 〈설원〉에 '고산(高山) 꼭대기에는 미목(美木) 없으니, 햇빛이 너무 많아 나무를 상케함이라. 큰 나무 밑에는 아름다운 초화가 없으니, 그늘이 많아 풀을 상케함이라' 하였다. 여기에 일광과 그늘은 인재를 키우고 받아들일 막한 환경과 제도를 말한 것으로, 인재가 나설 길을 막는 사회적인 애로를 지적한 것.

대은(大隱)은 시중(市中)에 숨는다.

대은(大隱)은 훌륭한 은자(隱子)를 가리킨 것. 학식과 덕을 갖춘 현인이 사회에서 소외당하고 응달에 숨어 사는 것을 말한다. 옛날에 뜻을 이루지 못한 현인들은 점쟁이나 약장수를 하며 다녔다. 현자가 마땅히 그 재능을 발휘 못하고, 그늘에서 문복이나 약을 팔며 생계를 유지하고 있는 다는 것은 정치가 잘 되어 나가고 있지 않은 증거라는 뜻. 왕강거(王康琚)의 시에 '소은(小隱)은 산속에서 나무꾼 노릇을 하고, 대은(大隱)은 문복, 매약상을 하고 있다' 하였다. 마땅히 등용될 인물이 푸대접을 받는 다는 뜻.

대지(大智)는 우(愚)와 다를 바 없다.

큰 지혜는 어리석은 듯이 보인다. 얕은 지혜는 말이 많으나, 깊은 지혜는 말이 적다. 소식(蘇軾)의 글에 '대용(大勇)은 겁있는 듯하고, 대지(大智)는 어리석은 듯하다' 하였다.

대직(大直)은 굽은 것 같다.

대직은 진실에 투철한 사람. 참된 진실은 언뜻 보기에 오히려 휜 것처럼 보인다. 그것은 조금도 장식하지 않은 까닭이다. 〈노자〉에 '대직(大直)은 굽은 듯이 보이고, 대교(大巧)는 졸(拙)한 듯이 보이고, 대변(大辯)은 더듬는 듯하다' 하였다. 큰 진실은 굽은 듯이 보이고, 큰 기교는 기교 없이 서투른 듯이 보이고, 대웅변은 오히려 유창하지 않고 약간 더듬는 듯하다.

대하(大廈)가 무너지려 할 때 나무 하나로 이를 막지 못 한다.

나라가 기울기 시작할 때 한 사람의 힘으로는 도저히 잡을 수 없다는 뜻.

땅을 바꾸면 그게 그거다.

(易地則皆然)

여(與) 야(野)가 매사에 의견을 달리하고 다투는데, 서로 입장을 바꿔 여(與)가 야(野)가 되고, 야(野)가 여(與)가 되면 같다는 뜻. 〈맹자〉 '이루하편'에 나오는 말.

덕(德)이지, 험(險)이 아니다.

〈사기〉 '오기전(吳起傳)'에 '위(魏)의 무후(武候)가 서강(西江)에 배를 띄우고 내려가다가 중류(中流)에서 돌아보며 오기(吳起)에게 말하기를, 산천이 저같이 견고하고 아름다우니 이는 위국(魏國)의 보배로다 하였더니, 오기가 답하기를, 덕(德)이지 험(險)이 아니라 하였다' 고 한다. 위(魏)나라가 강한 것은 험준 산천에 둘러싸여 있는 지리적인 여건 때문이 아니라 덕으로써 백성을 다스리며 선정이 베풀어졌기 때문이라고 한 말.

마상(馬上)에서 어찌 천하가 다스려질 것인가?

말을 탄 자세로는 천하를 다스릴 수 없다. 즉, 무인(武人)이 정치를 담당할 수 없다는 뜻. 〈사기〉 '육가전(陸賈傳)'에 나오는 말.

망국(亡國)의 대부(大夫) 정치를 말하지 않는다.

대부(大夫)는 국정에 관여하는 관리를 말함. 나라를 망친 뒤 그 책임을 같이 느껴야 할 관리가 주제넘게 정치의 말은 하지 않는다는 뜻. 〈사기〉 '회음후전(淮陰候傳)'에 '패군(敗軍)의 장(將)은 용맹을 말하지 말 것이며, 망국(亡國)의 대부(大夫)는 나라 일을 말하지 말라' 하였다.

망신(忘身), 망가(亡家), 망사(忘私)

제 몸을 생각지 않고, 제 집을 생각지 않고, 자신을 생각지 않는 삼망(三忘)이 백성의 공복(公僕)된 자의 마음이어야 한다는 뜻. 〈한서〉에 '신(臣)이 되려는 자는, 주이(主耳)에는 몸을 잊고, 국이(國耳)에는 집을 잊고, 공이(公耳)에는 사(私)를 잊는다' 하였다. 주이(主耳)는 군주(君主)의 말에 귀를 기울인다는 것으로, 즉 군주의 말. 국이(國耳)는 나라의 말 혹은 뜻. 공이(公耳)는 민중의 말, 뜻을 좇아야 한다.

맹호(猛虎) 실기(失機)하면 쥐가 된다.

우수한 인물도 때를 놓치면 둔물(鈍物)이 된다. 〈한서〉 '동방삭전(東方朔

傳)'에 '이를 쓰면 범이 되고, 쓰지 않으면 쥐가 된다' 하였다.

몰랐다는 구실로 책임을 면하지 못한다.

국민이 법을 몰랐다고 법의 제재를 벗어 날 수는 없듯이, 위정자가 민생의 고통을 몰랐다고 변명이 서지 않는다. 러스킨의 말.

문사(文事)가 있는 자(者)는 반드시 무비(武備)가 있다.

문사(文事)는 문화. 문화국가가 되려면 반드시 군비를 겸전해야 한다. 문무(文武)는 수레의 두 바퀴와 같이 나란히 서야 하며, 한쪽에 치우치고 한쪽이 빠질 수 없다. 〈사기〉 '공자가(公子家)'에 나오는 말. 스위스 같은 중립국에도 군비는 있다.

문신(文臣)은 돈에 애착하지 않고, 무신(武臣)은 죽음을 아끼지 않는다.

문관(文官)은 고결하고 금전에 마음이 끌려서는 안 되며, 무관(武官)은 나라를 위해서 신명을 버릴 각오가 늘 되어 있어야 한다는 뜻. 〈송사(宋史)〉 '악비전(岳飛傳)'에 '어느 사람이 악비(岳飛)에게 물어 가로되, 어떤 때 천하는 태평하는가. 비(飛) 대답하여 가로되, 문신(文臣)이 돈을 애착하지 않고, 무신(武臣)이 죽음을 아끼지 않으면, 천하가 태평하리라' 하였다.

문(門)을 나서지 않고 천하를 안다.

심오한 도리에 도달한 사람은 집안에 가만히 앉아서도 세상의 대세를 안다는 뜻. 이를 위대한 정치가의 자질이라 할 것이다. 〈노자〉에 나오는 말로, '문을 나서지 않고 천하를 알며, 창문을 내다보지 않고 천도(天道)를 안다' 하였다.

발본색원(拔本塞源)

〈좌전〉에 나오는 뿌리를 뽑고 근원를 막는다는 말이다. 어떤 혼란스런 일이 악(惡)의 근본 원인이 되는 것을 제거한다는 뜻.

백락(伯樂)의 일고(一顧)

남이 알아 주지 않던 말인데 말 감정을 잘 하는 백락이 보고 좋다 하니, 대번에 말 값이 뛰었다는 고사에서 나온 말. 유능한 인물이 그를 알아 주는 명군(名君)이나 현명한 재상의 눈에 띄었을 때 쓰이는 말. 〈전국책〉에 '한 사람이 백락(伯樂)을 찾아 와서 하는 말이 저에게 준마(駿馬)가 있사온데, 팔려고 연 사흘 아침장에 나가 서 있었으나 말을 붙이는 사람조차 없습니다. 원컨대 한 번 오셔서 보아 주시면 대접해 올리겠습니다. 이 말을 듣고 백락이 가서 말을 보고 돌아서니, 즉시로 사람들이 몰려 들며 말 값이 십배로 뛰올랐다'고 전한다.

백성의 소리는 신(神)의 소리

민중이 다 입을 모아 하는 말은 신(神)의 뜻이라는 것. 그러므로 위정자는 민중의 뜻을 정치에 반영해야 한다는 말. 독일의 이언.

백성의 소리는 하늘의 소리이다.

(The people's voice, God's voice.)

'하늘에 입이 없고, 사람으로 말하게 한다' 라는 말도 있다.

백성을 가장 존귀히 할 것이며, 사직(社稷)은 그 다음, 군주(君主)는 그 밑으로 가볍게 여기라.

(民爲貴하고 社稷次之하고 君爲輕이라.)

나라를 구성하는 분자는 백성이니, 백성이 가장 존귀한 것이며, 사직(社稷) 즉, 국토는 그 다음이며, 군주의 위치는 세번째이다. 백성과 국토를 소홀히 해서는 군주의 위치도 허물어진다는 뜻. 전제군주의 전권을 간한 말로, 〈맹자〉'진심하편'에 나오는 말. 사(社)는 땅의 신(神)을 말하며,

직(稷)은 곡물(穀物)의 신(神)을 말함. 사직(社稷)은 국가 자체를 말하기도 하며, 여기서는 국토를 가리킨 말.

백성이 좋아하는 것을 좋아하고, 백성이 미워하는 것을 미워한다.

위정자는 백성의 뜻이 어디 있는가를 통찰하여 그 뜻에 맞도록 정치를 해야 한다는 말. 〈시경〉 '소아편(小雅篇)'에 나오는 말.

법은 만드는 자 있으면 법망(法網)을 뚫는 자 있다.

법을 만들면 그것을 뚫고 어기는 자가 있게 마련이라는 뜻.

법은 빛이다.

법은 빛같이 밝으며, 우러러 볼 것이라는 뜻. 구약 '잠언' 제6장에 나오는 말로, 법이 흐리면 나라의 앞날은 어둡다는 뜻. 영국의 이언.

법률은 몰랐다고 통하지 않는다.

(Ignorance of the Law executes no one.)

법률은 일반 인민의 의사를 표현한 것이다.

국민은 각자 법을 지킬 책임과 의무가 있고, 국민의 의사에 반한 법률은 만들어서는 안 된다는 뜻. 루소의 말.

법률을 아는 것과 정의를 행하는 것과는 다르다.

지식이 곧 덕이 아닌 것과 같다. 아는 것과 행하는 것은 별개이며, 아는 자 반드시 잘 행하지 않으니 아는 것과 행하는 것이 다르다는 것을 찌른 말. 덴마크의 이언.

법률의 종말은 압제의 시초이다.

(End of law is beginning of tyranny.)

법률은 본래 민중의 행동을 구속 제한하는 것으로, 모든 것을 법만으로 다스리려고 할 때 결국 정치는 압제로 변한다는 뜻.

법률이 많은 곳에 정의는 그 만큼 적다.

'부패한 사회에는 많은 법률이 있다'는 말과 같은 뜻. 사회정의가 쇠퇴한 것을 법으로 다스리려고 하기 때문에.

부패한 사회에는 많은 법률이 있다.

(There are many laws in the putrified society.)

법망을 뚫는 악인이 많기 때문에 이를 방비하려고 자주 법을 만들어 내기 때문이다.

북을 치며 공격한다.

(鳴鼓而攻之)

어떤 잘못이나 죄를 정면으로 당당히 책망할 때 쓰이는 말. 〈논어〉 '선진편(先進篇)'에 '주공(周公) 밑에 있는 이수(李水)가 주공보다 부(富)를 축적하여 더 호화롭게 지내는데, 이는 백성의 세금을 사취하여 사복을 채운 것이라 하여 공자는 크게 노하였다. 너희들, 북을 치며 공격해 마땅하다' 이렇게 공자는 제자들에게 말했다.

불인(不仁)하면서 나라를 얻은 자 있으나. 불인(不仁)하면서 천하(天下)를 얻은 자는 없다.

(不仁而得國者는 有之矣나, 不仁而得天下는 未之有也라.)

여기서 말하는 나라는 지방을 말하며, 어질지 못한 자라도 지방의 제후쯤은 될 수 있으나, 천하의 높은 권좌에 오르지는 못한다는 뜻. 〈맹자〉 '진심편'에 나오는 말.

빈천하다고 그의 뜻을 함부로 휘어잡지 못한다.

(貧賤不能移)

가난하고 천하다 하기로, 그 견고한 뜻을 함부로 쥐어잡지는 못한다. '필부(匹夫)의 뜻을 빼앗지 못한다'는 말과 같다.

사람은 자유를 얻은 뒤 얼마 간의 세월이 지나지 않으면 자유를 사용하는 방법을 모른다.

해방된 노예, 독립을 얻은 민족 등은 상당한 세월을 경과하지 않으면 참된 자유의 의의와 그 사용법을 모르고, 다만 요구하는 것만이 자유인 줄 알거나, 또는 무턱대고 반항하는 것이 자유인 줄 믿는다는 뜻.

사람이 많을 때는 하늘을 이긴다.

사람이 많고 그 세력이 강할 때는 그 횡포가 천리(天理)를 이기고, 사(邪)와 악(惡)이 성공한다는 것. 〈사기〉 '오자서전(伍子胥傳)'에 '사람이 많으면 하늘을 이긴다. 그러나 하늘의 이치가 바로 잡히면 다시 사람을 이긴다' 하여, 불의의 승리는 일시적인 것이라는 뜻.

산이 뾰족하면 무너지고, 정도(政道)가 엄하면 나라가 위태롭다.

엄한 법을 펴 놓고 엄한 정치를 하여 백성을 숨막히게 하는 것은 결국 나라를 망치는 일이라는 뜻.

새가 없으니 활이 소용 없더라.

한참 부려 먹다가 목적을 달한 뒤에는 헌 신짝같이 내던진다는 뜻. 〈사기〉 '월세가(越世家)'에 '나는 새가 없고 보니 좋은 활이 소용 없고, 교활한 토끼가 죽고 보니 사냥개를 삶아 먹더라' 하였다. 전국(戰局)이 평정된 뒤에는 예전의 공신들이 무용지물이 되어 도리어 푸대접을 받거나 처형된다는 뜻.

선(善)은 오로지 중(衆)을 좇는다.

정치에 있어서 다수의 의견을 존중하라는 뜻. 〈좌진〉에 나오는 말.

성덕(盛德)한 사람은 난세(亂世)에 소외된다.

도덕 관념이 강한 사람은 난세에는 적합치 않다. 즉, 성덕의 인사는 평화 시에는 유용하게 쓰이지만, 난세에는 힘으로 돌진하는 자가 이긴다는 뜻.

소나기 전에 듣는다.

위정자는 여론이 비등하기 전에 사태를 통찰하여 미연에 시책을 마련하라는 뜻. 본래는 〈곡례(曲禮)〉에 있는 말로, 자식이 부모를 섬기는 기본을 가르친 말. '자식된 자는 소리 없는 곳을 들으며, 형체 없는 것을 본다'하였다. 부모의 희망, 가려운 곳을 미리 깨닫고 부모를 섬기라는 것인데, 지금은 주로 정치면에서 쓰인다.

순(舜)도 사람, 나도 사람.

역사상 한 위대한 공적을 남긴 순(舜)임금도 사람이고 나도 사람인데, 노력해서 그 만큼 못될 것이 없다는 분발하는 마음. 〈맹자〉 '이루하편'에 '순도 사람, 나도 사람. 순은 법을 천하에 베풀어 후세에 그 빛을 남겼도다. 나는 아직 일개 향인(鄕人)을 면치 못하고 있다. 이것이 심히 걱정이로다'하였다.

숭고한 사람들에게는 국가만큼 존귀한 것이 없다.

볼테르의 말.

실행할 수 없는 법률은 없느니만 못하다.

덴마크의 격언.

양을 기르는 목동의 직무와 국왕의 그것과는 비슷하다.

동양의 목민(牧民)사상과 공통된 생각이다. 키프로스 왕의 말.

양 한 마리가 댐으로 가니 모두 따라 간다.

(When one sheep goes to the dam, the rest follw.)

양은 선두에 선 자를 무조건 따르는 습성이 있다. 댐 속에 떨어져 죽는데도 모두 따라 간다. '한 마리가 미치니, 천 마리 말이 미친다'라는 말도 있다. 선악과 절도 잃은 군중심리를 말한 것.

어떠한 경우에도 국법에 의하여 시민은 서로 평화를 보전할 것이다.

그리스시대에 국법의 필요성을 설명한 플라톤의 말. 국법의 권위를 세우고 국법을 지키자는 법 사상이다.

어떠한 자유보다도 먼저 첫째로 양심에 따라 알며, 생각하며, 믿으며, 그리고 말할 자유를 우리에게 달라.

밀턴의 말.

어떠한 정부도 정부가 없는 것보다는 낫다.

무정부주의에 반대한 말.

어쩔 수 없었다는 말은 압제자의 입버릇.

책임을 피하고 정당화하려는 둔사(遁辭)로서 늘 '어쩔 수 없었다'는 말이 쓰여 왔다는 것. 밀턴의 말.

영어(囹圄)의 왕(王)보다는 자유스러운 새가 되라.

비록 고귀한 신분에 태어났어도 자유를 잃고 사느니, 차라리 일개 나는 새의 자유로운 몸이 낫다는 뜻. 덴마크의 이언.

영웅이 둘이면 같이 못 선다.

두 사람의 영웅은 같이 사이 좋게 일할 수 없다는 말. 필연코 두 사람 중 하나는 남고, 하나는 쓰러지는 싸움이 벌어진다는 뜻. 〈한서〉 '역식기전'에 '양웅(兩雄)은 같이 서지 못하며, 양현(兩賢)은 나란히 있지 못한다' 하였다.

영(令)은 가(苛)하면 듣지 않고, 금(禁)이 많으면 실행이 안 된다.

명령이 너무 가혹하면 그 명령에 좇지 않게 되고, 금하는 일이 너무 많으면 아무도 실행하지 않게 된다는 뜻. 〈여람(呂覽)〉에 보이는 말.

예(禮)는 화(和)에 이름을 으뜸으로 한다.

공자의 도덕사상의 기본이 예(禮)에 대한 풀이로서, 인화(人和)에 대한 평화적인 분위기가 예(禮)의 궁극 목적이라는 뜻. 〈논어〉 '학이편'에 나온다.

옛 일로 지금을 다스림은 시세의 변환을 모르는 것.

시대의 변천, 시세의 추이를 생각지 않고 무엇이든지 과거의 일을 규범 삼아 다루려고 하는 것의 착오를 지적한 말. 〈사기〉 '조세가(趙世家)'에 나오는 말.

왕이 그러니 백성도 그렇다.

(As is the king, so are the his people.)

왕자(王者)는 사해(四海)로써 집을 삼다.

일국의 왕, 원수는 사해(四海), 즉 널리 천하를 자기의 집으로 알아야 한다. 따라서 어진 정치가 널리 퍼지도록 해야 한다. 〈후한서〉에 '왕자(王者)는 사해(四海)로 하여금 집으로 삼고, 조민(兆民)으로 하여금 자식으로 삼는다' 하였다. 조민은 모든 백성을 많은 숫자로 들어 이르는 말.

왕후장상(王侯將相)이 어찌 씨가 따로 있겠는가.

씨는 혈통. 왕이 되고, 제후가 되고, 또 장군과 대신이 되는 혈통이 따로 없다. 모두 그 사람의 노력과 힘에 달린 것이며, 누구나 될 수 있다는 뜻. 〈사기〉 '진섭세가(陳涉世家)'에 나오는 말로, 실력이 문제라는 뜻.

용기는 있으되 예절이 없다면 결국 혼란이 온다.

국민에게 용기만 있고 예절이 없을 때는 사회질서가 문란해지며 혼란이
온다는 뜻. 〈논어〉 '태백편'에 나오는 공자의 말.

우리가 가장 풍족하게 살 수 있는 곳은 우리들의 나라 안이다.

정신적으로나 물질적으로나 국가를 떠나거나 혹은 국가를 잃었을 때는
개인의 행복도 없다는 것. 밀턴의 말.

우(禹), 집을 나간 지 8년, 세 번 문전을 지나면서도 들르지 않았다.

치수(治水) 공사의 큰 책임을 맡았던 우(禹)는 그 일 때문에 8년이나 집
을 비웠고, 자기 집 앞을 세 번 지나 갔지만 그리운 처자의 얼굴도 보지
않고 공무에만 열중했다. 우(禹)는 나중에 하(夏)의 시조가 되었다.

위대한 나라들이란 위대한 인물들을 낳는 나라들이다.

(Great countries are those that produce great men.)
디즈레일리의 말.

유언(流言)은 지자(智者) 앞에서 그친다.

현명한 사람은 유언비어 같은 것에 현혹되지 않으니 그 앞에서 멈춰지
고, 더 퍼지지 못한다는 뜻. 위정자가 유언비어를 함부로 믿어서는 안 된
다는 경계의 뜻이 포함되어 있다. 〈포자(苞子)〉 '대략편(大略篇)'에 '유
환(流丸)은 우묵한 땅바닥에 멈추고, 유언(流言)은 지자(智者) 앞에서 멈
춘다' 하였다.

의무는 쾌락보다 앞선다.

(Duty before pleasant.)
영국의 이언

의식(衣食)이 족해야 영욕(榮辱)을 안다.

(食足而知快樂)

사람은 굶주림과 추위에서 벗어난 뒤에라야 스스로의 몸을 다스리고, 명예와 부끄러움을 가린다. 그러므로 위정자는 첫째 할 일이 민생의 안정을 기해야 한다는 뜻. 〈관자(管子)〉 '목민편(牧民篇)'에 '고방에 먹을 것이 차야 예절을 알고, 의식(衣食)이 족해야 영욕(榮辱)을 안다' 하였다. 〈한서〉에는 '의식이 족해야 영욕을 알고, 겸양(廉讓)한 마음이 생겨 싸우지 않으리라' 하였다.

인륜(人倫)이 위에서 밝으면, 밑이 이를 따른다.

위에 위정자들이 분명하고 어두운 데가 없다면 아래로 백성의 지지를 받는다는 뜻으로, 〈맹자〉 '슬문공 상편(滕文公上篇)'에 나오는 말. 인륜(人倫)은 삼강오륜(三綱五倫)을 말한 것이며, 주자의 주석에 따르면 부자유친(父子有親), 군신유의(君臣有義), 부부유별(夫婦有別), 장유유서(長幼有序), 붕우유신(朋友有信)을 오륜이라 하였고, 그 중에서 부자유친, 군신유의, 부부유별을 삼강이라고 하였다.

인민(人民)에게 미움 받는 정치는 영속하지 못한다.

세네카의 말.

인민의, 인민에 의한, 인민을 위한 정치는 지상에서 소멸하지는 않는다.

(of the people, by the people, for the people.)

링컨이 게티즈버그에서 남북전쟁의 전사자를 조상하는 자리에서 행한 유명한 연설의 한 구절. 민주정치의 원칙을 말한 것으로, 수시로 인용되어 왔다.

일장일이(一張一弛)

활을 쏠 때 강하게 당길 때와 늦출 때를 말한 것. 〈예기〉 '잡기편(雜記篇)'에 나오는 말로, 백성을 대할 때는 강하게 할 때가 있고 늦출 때가 있으니, 완급(緩急)을 잘 하여야 한다는 말. 주나라의 문왕과 무왕은 다 현명한 정치가로서, 한 번 조였다가는 반드시 늦출 줄 알았고, 늦췄던 것은 다시 조임으로서 정치의 요체(要諦)로 삼았다.

자력(自力)으로 일어나고, 타국(他國)의 뜻에 좌우되지 않는 국민이라야 비로소 자유를 가졌다고 할 수 있다.

자주정신과 자유의사는 병행해야 한다. 자립정신이 없는 자는 노예근성이며, 이미 자유를 스스로 이탈하는 것이다.

자색(紫色)이 주색(朱色)을 빼앗는다.

정(正), 부정(不正)을 색깔에 비유한 말. 자색은 간색이며 부정의 색깔, 주(朱) 즉 붉은 색은 정색(正色)이며 원색(原色)이다. 부정한 자가 정당한 자를 물리치는 것을 미워한 공자의 말. 〈논어〉 '양화편(陽貨篇)'에 나온다.

자신을 제어할 줄 모르는 사람은 이를 자유의 인(人)이라고 말할 수 없다.

참된 자유는 자기의 올바른 의지를 위해서 자제하고 극기하는 것으로 보는 주장. 피타고라스의 말.

자신의 의사를 토로함은 자유인의 권리이다.

호메로스의 말.

자유가 방자(放恣)로 빗나갈 때, 전제권력이 그 허점을 뚫고 나오기 가장 쉽다.

위싱턴의 말.

자유가 없으면 평화도 질서가 없다.

(Where there is no liberty, there is no peace and order.)

독재 정치하에서는 억압된 평화와 억압된 질서가 있을 뿐이라는 뜻. 밀턴의 말.

자유가 있는 곳, 그 곳이 나의 고향이다.

프랭클린의 말.

자유는 건전한 제한에 비례해서 존재한다.

건전한 제한이 잘 준수되는 만큼 자유도 풍부하다는 뜻. 제한이 지켜지지 않는 곳에는 방종과 방자(放恣)가 있을 뿐이다. 다니엘 뷔에스터의 말.

자유를 잃는 것은 만사를 잃는 거다.

자유, 곧 생명이란 뜻. 독일의 이언.

자유의 최대의 적은 방종이다.

자유 민권의 햇불은 프랑스에서 전 세계에 퍼졌으며, 자유를 쟁취하기까지 무수한 험로를 밟아 왔다. 자유가 자칫하면 '방종'과 '무질서'로 빗나가기 쉬운 것을 프랑스 사람들은 뼈에 사무치게 체험했었다. 프랑스의 이언.

장관의 수염을 닦는다.

수염에 묻은 티를 닦아 준다는 것으로, 아첨 아부한다는 뜻. 〈송사(宋史)〉 '관준전(冠準傳)'에 이런 이야기가 있다. '준(準)'의 천거로 정위(丁謂)란 자가 벼슬길에 올랐는데, 준에게 매우 충실하였다. 어느 날 회식 중에 준이 음식을 먹다가 찌꺼기가 수염에 묻었는데, 이것을 보고 정위는 넌지시 일어나 닦아 주었다. 이때 준은 웃으며 말하기를 장관을 위하여 수염을 닦아 주는가 하였다. 정위는 이때 몹시 부끄러워 하였다.'

재물은 나라의 생명이다.

국가의 기본은 재정(財政)이라는 뜻. 〈당서(唐書)〉에 나오는 말로, 나라도 한 가정과 같이 경제적인 기반이 서지 않고는 평화를 유지 못한다는 뜻.

적국(敵國)과 외환(外患)이 없으면, 그 나라는 망한다.

나라 전체가 늘 긴장해 있는 것이 오히려 나라를 튼튼히 한다는 뜻. 안일과 해이된 민심이 도리어 나라를 망하게 한다는 말. 〈맹자〉 '고자편'에 나오는 말.

절대의 자유는 비인간적이다.

(Absolute freedom is inhuman.)

절대의 자유란 인간에게 있을 수 없다. 어느 정도 제한된 자유, 그것이 인간에게 주어진 자유라는 뜻. 사회생활에 있어서 사회의 질서유지상 요구하는 제약이 있으니, 이를 존중해야 한다는 뜻.

정의보다 힘이 앞선다.

(Recht geht vor Macht.)

독일의 슈애린의 말.

정의를 지키되 두려워하지 말라. 그대가 지향하는 모든 목적은 그대의 국가를 위함이며, 그대의 신(神)을 위함이며, 진리(眞理)를 위함이어라.

세익스피어의 말.

정치가로서 위훈(偉勳)을 세우려면 권력에 수반하여 근신(謹身)을 잃지 말 것이며, 운명에 수반하여 덕행을 잃지 말아야 한다.

권력을 쓰는 데 근신하고, 좋은 운을 탔다고 교만하지 말며 덕있게 행동하라는 뜻. 플라톤의 말.

정치는 사람에게 있다.

(爲政在人)
정치의 운용은 사람에게 달렸다는 뜻. 〈중용〉에 나오는 말.

정치를 하는 자가 누구에게나 다 잘하려다가는 한이 없다.

위정자는 개개인에게 부딪치는 대로 은혜를 베풀고 있다가는 한이 없다.
정치의 요(要)는 넓은 시야에서 커다란 덕으로써 할 일이지, 작은 눈앞의
혜택으로 해서는 안 된다는 뜻. 〈맹자〉'이루하편'에 나오는 말.

정치학에 있어서 가장 해로운 것은 철학적 정신의 편중이다.

정치에는 철학이 있어야 하지만, 유동하는 현실을 무시하고 고매한 철학
적인 원칙만 내세우다가는 현실에 맞는 정치를 못하게 된다는 뜻.

제왕은 간신을 좇지 말라. 그렇지 않으면 간신히 행한 나쁜 짓도 나
의 소위로 알게 된다.

플라톤의 말.

제왕의 가장 확실한 호위는 병사가 아니며, 돈이 아니며, 양심이다.

페트라크의 말.

좋은 정부에는 좋은 인민보다 더 좋은 기계는 없다.

아무리 문명의 이기(利器)를 자유자재로 구사할 수 있다 해도 나라의 안
녕은 국민의 협력이 기본이며, 좋은 국민을 가졌느냐 못 가졌느냐가 더
중요하다는 말.

죄가 분명치 않은 것은 가볍게 하라. 공(功)이 분명치 않은 것은 무
겁게 하라.

알쏭달쏭한 죄를 무겁게 추궁하지 말며, 약간 의심스러운 공적이라도 상
을 주는 데 인색하지 말라는 말. 죄는 가볍게, 상은 후하게 하라는 뜻.
〈서경〉'대안편(大安篇)'에 나오는 말.

중용(中庸)의 길은 진리건만, 사람들이 이를 좇지 않은 지 오래다.

사람의 생각과 행동이 한쪽으로 치우치며, 중용의 덕에서 멀어져 있음을 개탄한 〈중용〉 속의 말. 공자가 중용의 사상을 내세웠지만, 백성들은 마이동풍이었다.

중원(中原)의 사슴을 좇다.

중원(中原)은 나라의 중앙부, 즉 국가를 의미함. 사슴은 정권을 가리킨 말. 위징(魏徵)의 시에 나오는 말로, 정권이나 선거전에 쓰이는 말.

중화(中和)가 이루어지면 천지(天地)가 올바르게 자리 잡으며, 만물이 키워진다.

〈중용〉에 나오는 말로, 중화(中和)는 한쪽으로 기울지 않는다는 뜻. 그럼으로써 상하가 올바르게 되고, 모든 것이 순조롭게 발전해간다는 것으로, 정치의 중도(中道)를 말한 것. '지혜로운 사람은 앞으로 닥칠 위기를 통찰한다' 하였다.

쥐없는 집 없고, 가시 없는 장미 없다.

(No house without a mouse, no rose without a thorn.)
어느 곳 어떤 곳에도 나쁜 분자 혹은 나쁜 요소가 있다는 뜻.

지자(智者) 싹트기 전에 안다.

지자는 일이 이미 일어나기 전에 미리 그 위험을 알아채고 대비한다는 뜻. 특히 여기서는 반란과 폭동을 의미한다. 〈전국책〉에 '평범한 사람은 지금 무사한 것만 생각하고, 앞으로 무사할 것을 알지 못한다' 라고 했다.

지혜로운 자가 있어도 뒷일을 감당 못한다.

이미 망칠 대로 망쳐 놓은 뒤처닥거리는 아무리 지혜로운 사람이 나서도 수습이 안 될 때 쓰이는 말. 〈손자(孫子)〉 '작전편(作戰篇)'에 '제후 그

폐단을 보고 듣고 일어나니 지자(智者) 있어도 그 뒤를 감히 감당 못하더라' 하였다. 일단 혼란이 도를 넘은 뒤에는 수습하기에 때가 늦었다는 뜻.

참새의 천 마디보다 학의 일성(一聲)

평범한 사람들의 천 마디보다 뛰어난 인물의 한 마디가 강한 효력을 나타낸다는 말.

천근의 법 속에는 한 돈 중의 인정도 없다.

영국의 이언으로, 법의 가혹함을 말한 것.

천리마 있어도 한 사람의 백락(伯樂) 없다.

'천리마도 백락을 만나지 못했다'고도 한다. 백락은 예전에 말을 잘 고르기로 유명했던 사람. 본명은 손양(孫陽). 재능이 있어도 이를 발견해서 쓰는 사람이 없다는 뜻. 한유(韓愈)의 〈잡설(雜說)〉에 '세상에 백락이 있고서 천리마 있다. 천리마는 늘 있지만, 백락은 자주 있지 않다' 하였다.

천리준마(千里駿馬) 보고 쥐 잡게 한다.

쥐 잡는 일은 작은 일. 천리 뛰는 일은 큰 일. 큰 인물에게 작은 일을 맡겼을 때 쓰이는 말.

천하와 더불어 즐기고, 천하와 더불어 근심한다.

(樂以天下 憂以天下)

위정자는 민중의 즐거움을 자신의 즐거움으로 알고, 민중의 근심을 자신의 근심으로 알라. 〈맹자〉 '양혜왕하편'에 '즐거움을 천하와 더불어 하고, 근심을 천하와 더불어 하라. 그리고서 왕으로서 왕답지 못한 자 아직 없었다' 하였다.

천하의 대본(大本)은 화(和)에 있다.

국정의 대본(大本)은 상호간의 인화가 기본이라는 뜻. 여야(與野)의 갈등과 관민(官民)의 대립과 노자(勞資)의 투쟁이 격하면, 국가의 발전을 저해한다는 말.

철학자가 다스리고 다스리는 자가 철학자인 나라는 행복하다.

위정자에게 철학적인 깊이를 요구한 말. 플라톤의 말.

평화로운 때의 애국심은 다만 사람들이 앞뜰을 쓸고, 가업에 충실하며, 세상 일을 학습하여 나라의 번영을 기하는 데에 있다.

괴테의 말.

피마(疲馬)는 매를 두려워 안 한다.

지친 말은 아무리 매질을 해도 움직이지 않는다. 국민이 생활고에 지쳐 있을 때는 법도 안중에 없게 된다. 〈염철론(鹽鐵論)〉에 '피마(疲馬)는 매를 두려워 않으며, 폐민(弊民)은 형법(刑法)을 겁내지 않는다' 하였다. 같은 뜻의 말로 '굶주린 나귀는 매질을 해도 이를 맞는 매를 세지 않는다 (The starving ass does not count the blows.)' 가 있다.

필부(匹夫)의 뜻도 빼앗지 못 한다.

필부의 뜻은 보잘 것 없는 천한 사나이가 지닌 뜻. 여기서는 사람마다 제각기 뜻이 있는데, 위에서 명령으로 함부로 휘어잡지 못한다는 뜻. 정치가는 민중을 명령으로 다스리려고 해서는 안 되며, 반드시 그 뜻을 존중해야 한다는 말.

하나의 깃발, 하나의 국토, 하나의 마음, 하나의 손, 하나의 국가 영원히.

(One flag, one land, one heart, one hand, one nation evermore.)

애국심의 극치를 보여 주는 말.

하나의 이익을 꾀하는 것이 하나의 해를 치우니만 못하다.

새로이 이로운 일을 한 가지 일으키는 것보다는 원래의 해를 한 가지라도 고치는 것이 더 급하다는 뜻. 정치의 소극적인 면을 지적한 말.

하달(下達)은 간(簡)으로써 하고, 무리를 다스림은 관(寬)으로써 하라.

〈시경〉에 나오는 말로, 행정상의 지시는 간명해야 하며, 민중을 다스리는 방법은 엄해서는 아니 되며 관대해야 한다는 뜻. 정치의 요제는 간명(簡明)과 관대(寬大)가 모토라는 말.

하루 하루 새로우며, 또 날마다 새로워야 한다.

(日日新又日新)

오늘은 어제의 되풀이가 아니며, 하루 하루 전진하는 기백과 혁신의 의기가 필요하다는 뜻. 〈대학〉에 나오는 말이다.

학정(虐政)은 범보다 사납다.

〈예기〉 '단궁편(檀弓篇)'에 나오는 말. 어느 날, 공자가 제자를 데리고 태산 근방을 지날 때 한 부인이 묘 앞에서 울고 있었다. 공자가 그것을 보고 제자인 자로(子路)로 하여금 까닭을 알아 보게 하였더니, 부인이 대답하기를, '오래 전에 시아버님이 범에게 물려 가더니, 다음에는 남편이 또 범 때문에 죽고, 이번에 또 자식이 범에 물려 죽었습니다.' 하였다. '왜 그같이 무서운 이곳을 진작 떠나지 않았던가?' 하고 공자가 물었더니, 그 부인은 대답하기를, '하지만 이 곳에는 학정(虐政)은 없습니다.' 하였다. 공자는 제자들을 보고 '너희들, 잘 기억해 두어라. 학정은 범보다 무서운 것이다.' 하고 말했다.

홍수는 어진 이가 미워하는 바다.

치수(治水)가 얼마나 중요한 일이며, 그 피해가 얼마나 백성을 괴롭히고 있음을 이 한 마디에서 알 수 있다. 따라서 위정자간에 치수는 옛부터 중요시 되었으며, 우(禹)가 팔년 간 집에 들어가지 않고 치수공사에 헌신했던 고사(故事)는 이를 증언하고 있다.

화(和)는 천하의 달도(達道)이다.

달도(達道)는 오륜(五倫)의 별칭. 화(和)는 고금을 통해 인간생활의 기본이라는 뜻. 〈중용〉에 '희노애락이 아직 발로되지 않은 것이 중(中)이며, 발로되어 모두 마디에 맺혀지는 것이 화(和)라' 하였다.

화(和)로써 화(和)에 이긴다.

국민의 기분이 부드러워져야 한다. 그러면 자연 생활도 넉넉해진다는 뜻. '화'는 넉넉하다는 뜻이며, 아래의 '화'는 풍(豊)의 뜻이다. 이것은 개인 생활에도 마찬가지이며, 넉넉한 마음으로 화합하면 넉넉한 생활을 자연 가져올 수 있다는 뜻. 〈한서〉에 나오는 말.

환과고독(鰥寡孤獨)은 천하의 궁민(窮民)이며, 호소할 데 없는 자이다.

환(鰥)은 늙은 홀아비, 과(寡)는 남편 없는 나이 먹은 여자. 고(孤)는 어려서 부모 없는 자, 독(獨)은 늙어 자식 없는 자. 이 네 경우의 사람은 가장 외롭고 의지할 데 없는 가엾은 사람이니, 위정자는 특별히 고려해야 한다는 뜻. 〈맹자〉 '양혜왕편'에 나오는 말.

황금을 위해 자유를 파는 자는 노예에서 오래 벗어나지 못한다.

개인이나 국가나 황금에 예속되어서는 안 된다는 뜻. 자유는 황금보다 강하다는 뜻을 강조한 말. 호메로스의 말.

8

전쟁 · 평화에 대해

강장(强將) 밑에 약졸(弱卒) 없다.

장군이 강하면 그 밑에 있는 병졸들도 용감하게 싸우게 된다는 뜻. 고대로부터 전해오는 속담으로서, 소식(蘇軾)의 글에 이를 인용하고 있다.

거북이 등을 물다가 파리는 제 이빨 부러뜨렸다.

(The fly that bites the tortoise breaks its beak.)

무모한 싸움을 비유한 말.

계획은 비밀리에 하지 않으면 성사하기 어렵다.

계획은 치밀하고 또 비밀이 보장되지 않으면 좌절되기 쉽다는 뜻. 역(易) 계사(繫辭)에 '모의는 면밀치 못하면 성사가 방해되니, 이로써 군자는 깊이 자중하여 함부로 말을 하지 않는다' 하였다.

계획은 유악(帷幄) 속에서 세우고, 승리는 천리 밖에서 거둔다.

유악(帷幄)은 막(幕)의 뜻. 즉, 작전계획을 세우는 본부, 작전 계획을 참모 본부에서 세워 그 명령을 멀리 일선 부대에게 전달하여 싸움을 승리로 이끈다. 〈한서〉 '고제기(高帝紀)'에 나오는 말.

군사를 동원하여 난을 평정하고, 폭력을 치는 데는 반드시 의(義)로써 한다.

전쟁은 대소를 막론하고 반드시 명분이 뚜렷해야 한다. 그것이 부득이한 정의를 위한 군사라는 것을 내외에 밝힐 수 있어야 하고, 또 그래야 내외의 지지를 받는다는 뜻. 〈장씨 총서(張氏叢書)〉에 나오는 말.

군사를 키우는 데 천일, 이를 쓰는 데는 하루 아침

자위(自衛)를 위하여 오랫동안 준비한 군비도 이것을 사용하는 것은 어느 한순간이다. 〈수호지(水湖志)〉에 나오는 말.

군양(群羊)을 모아 맹호(猛虎)를 친다.

약한 나라가 연합해서 강대국에 대항한다는 뜻. 전국시대에 소진(蘇秦)이 한(韓), 위(魏), 조(趙), 연(燕), 초(楚), 제(齊) 여섯 나라를 자기 편으로 연합시켜 진(秦)과 맞서려고 공수동맹(攻守同盟)을 맺은 것에서 나온 말.

군자(君子) 싸움을 피하지만, 싸우면 반드시 이긴다.

〈맹자〉 '공손축하편'에 나오는 말로, 분명한 도리(道理)에 입각하지 않는 한 싸움을 피해야 한다는 뜻.

그를 알고 나를 알면 백전(百戰)이 위태롭지 않다.

적의 장단점을 알고 이쪽의 장단점도 알고 있다면 절로 운용의 묘를 얻을 수 있으니, 그 싸움은 유리하게 전개해 나아갈 수 있다는 뜻. 〈손자〉 '모공편(謀攻篇)'에 나오는 말.

그를 알지 못하고 나를 알면 1승 1패.

적의 장단점은 모르지만 자신의 장단점을 알고 이를 잘 운용하여야 승부는 겨우 1승 1패의 호각(互角)에 이른다는 것. 〈손자〉에 나오는 말.

그를 알지 못하고 나를 알지 못하면 싸움에는 반드시 진다.

〈손자〉에 나오는 말.

근신(謹愼)으로써 적을 정복하는 것은 정념(情念)에 맡겨 이를 정복하는 것보다 필승을 기할 수 있다.

감정보다는 이성으로서 적을 업신여기지 말고 조심하여 다루는 것이 필승의 길이라는 뜻. 파브리우스의 말.

나는 가장 정당한 전쟁보다 차라리 부정한 평화를 취한다.

전쟁의 잔인성을 극도로 저주한 말. 여하한 평화도 전쟁의 비참에 비하면 낫다는 뜻. 시에로의 말.

노여움은 역덕(逆德)이다.

노한다는 것은 덕과는 반대이다. 즉, 덕에서 벗어난다는 뜻.

달팽이 뿔 위에서의 싸움

달팽이 뿔 위에 살고 있는 벌레들끼리 싸운다는 뜻으로, 극히 작은 자들의 싸움을 말함. 〈장자〉의 우화(寓話)에 있다. '달팽이의 왼쪽 뿔에 자리잡은 자는 촉씨(觸氏), 오른쪽 뿔에 자리잡은 자는 만씨(蠻氏)라 한다. 마침내 서로 영토를 넓히려고 싸우다 십여일 싸움 끝에 수만의 시체를 남기고 멎었더라' 하였다.

대궁(大弓)의 화살도 그 종말은 얇은 비단을 뚫지 못한다.

강한 화살도 마지막의 지친 힘으로는 얇은 비단조차 뚫을 힘이 없다. 즉, 영웅도 쇠하면 무능해진다는 뜻. 〈한서〉 '한안국전(韓安國傳)'에 '큰 활의 화살의 종말은 얇은 비단을 뚫지 못하고, 강풍의 종말은 새털조차 나부끼지 못한다' 하였다. 〈사기〉에도 같은 말이 있다.

대장을 쏘려거든 먼저 말을 쏘아라.

단번에 목표에 달려들지 말고 그 목적을 이루는 데 필요한 것부터 함락시키라는 뜻. 중국의 이언.

만졸(萬卒)은 얻기 쉽고, 일장(一將)은 얻기 어렵다.

병졸은 징집하면 얼마든지 그 수효를 채울 수 있지만, 지휘관인 대장격 인물은 그리 쉽게 얻을 수 없다. 평범한 사람은 많고, 통솔할 사람은 귀하다는 뜻.

목 마를 때 우물 파고, 난리난 걸 보고 활 만든다.

당장 목이 마른데 이제 우물을 파서 언제 그 물을 마시겠는가. 적군은 눈앞에 다가 오는데 이제 활을 만드니 어찌 적을 막을 것인가. 미리 준비 없음을 비유한 말로, 〈설원〉에 나온다.

배수(背水)의 진(陣)

강이나 바다를 뒤에 업고 적과 대치해 싸우는 경우. 피할 곳은 물밖에 없으니 후퇴할 수는 없고 필사의 각오로 적을 격파하려는 것. 한신(韓信)이 배수(背水)의 진(陣)을 이용하여 조(趙)군을 격파한 고사에서 나온 말. 필사의 각오로 승부를 내려 할 때 쓰인다.

백전백승(百戰百勝)은 지선(至善)이 아니다.

백번 싸워 백번 이겼다고 점수로 백점은 딸 수 없다. 〈손자〉'모공편(謀攻篇)'에 '백전백승은 가장 좋은 것은 못 된다. 싸우지 않고 상대편의 병력을 굴복시키는 것이 선(善) 중의 으뜸이다' 하였다. 싸워 상대를 굴복시키고 평화를 얻는 것보다 싸우지 않고 그 목적을 달하는 것이 차원이 높은 정책이라는 뜻.

병력으로써 하기 전에 모름지기 백 가지 온화책을 시험해 봐야 한다.

전쟁은 어디까지나 마지막 수단이며, 인내심으로 평화적인 수습을 꾀해야 한다는 뜻. 칸트의 말.

병(兵)은 거짓을 피하지 않는다.

전쟁 때는 적을 속이는 일을 꺼릴 필요가 없다. 한비자의 말에 '병진(兵陣) 사이에는 사기(詐欺)를 꺼려하지 않는다' 하였다. 사기적 수단도 승리를 위해서는 동원되어야 한다는 뜻.

병(兵)은 궤도(詭道)이다.

궤변은 정론(正論)의 반대. 궤도(詭道)는 정도(正道)의 반대로, 정정당당치 않은 것. 전쟁에 있어서는 정도만으로는 안 된다. 기계(奇計), 사술(詐

術)을 쓰는 것이 당연하다는 뜻. 〈손자〉 '모계편(謀計篇)'에 나오는 말.

병(兵)은 신속을 존중한다.

재빠르게 기회를 포착해서 적의 허점을 공격하는 것. 〈위지(魏志)〉에 '태조(太祖)가 원상(袁尙)을 치려할 때 자문에 응하던 가(嘉)가 대답하기를, 병(兵)은 신속(神速)을 존중한다'하였다. 치려거든 기회를 보아 빨리 치라는 뜻.

병(兵)은 졸속(拙速)을 듣다.

군(軍)의 작전은 졸속한 대로 빨리 계획을 세워 밀고 나아가란 뜻. 〈손자〉 '작전편(作戰篇)'에 '병(兵)은 졸속(拙速)을 듣고 오래 생각해야 할 교묘한 작전은 뒤로 돌린다'하였다. 불완전한 대로 빨리 행동하는 것이 낫고, 안전을 기하려고 시일을 지연해서는 안 된다는 뜻.

사내를 낳지 말고, 계집애를 낳아라.

당대(當代)의 시인 두보(杜甫)의 시에 나오는 구절. 당대에는 병화(兵火)가 잦아 남자는 모두 병정으로 뽑혀 가서 살아 돌아오는 자가 적은 것을 보고 한 말. '병차행(兵車行)'이란 시에 '생각지 않을 수 없는 것이 사내를 낳으니 좋지 않고, 오히려 여자를 낳으니 좋더라. 여자는 낳으면 근린(近隣)에 시집가서 살지만, 사내는 낳으면 금방 땅에 묻히어 잡초의 거름이 되더라'하였다.

사람은 승리를 얻는 방법은 알고, 그것을 이용하는 방법은 모른다.

전후(戰後)의 경영(經營)이 중요하다는 뜻. 일의 뒤처리를 소홀히 하지 말라.

사람 하나를 죽이면 살인죄가 되고, 백만인을 죽이면 영웅이 된다.

채플린의 영화 '살인광 시대'에 나오는 대사.

삼십육계 도망치는 것이 상계(上計)다.

흔히 '삼십육계 줄행랑' 이란 말을 쓰는데, 본시 전쟁용어로, 정세가 불리하여 적과 대항할 다른 묘책이 없으면 일단 후퇴하는 것이 상책이란 뜻. 〈제서(齊書)〉 '왕경측전(王敬則傳)' 에 나오는 말.

싸움에 이겨 장사가 우쭐하고 병졸이 태만하면 반드시 진다.

〈한서〉 '항적편(項籍篇)' 에 나오는 말로, 한 때 이겼다고 안심하고 군규가 문란하면 적의 반격을 받아 반드시 진다는 뜻.

싸움에 이기기는 쉬워도 이겨서 지키기는 어렵다.

전쟁에 이기는 것보다 이긴 성과를 보전하기란 더 어렵다는 뜻.

싸움을 즐기는 자는 죄를 즐긴다.

싸움을 즐기는 자는 스스로 죄에 빠지는 것을 원하는 어리석은 자라는 뜻. 구약 '잠언' 제17장에 나오는 말.

싸움의 시초는 둑에서 물이 새는 것과 같다.

싸움의 발단은 사소한 것이며, 그것이 커져서 파멸로 몰아 넣는다는 뜻. 구약 '잠언' 제17장에 '싸움의 시작은 둑에 물이 새는 것 같다. 그러므로 싸움이 일어나기 전에 미리 막아야 하느니라' 하였다. 둑에서 새는 물은 처음에는 적지만, 내버려 두면 둑까지 허물어지게 됨을 비유한 말.

세계에 국가의 복잡성이 존재하는 이상, 전쟁은 세계역사가 끝날 때까지 계속된다.

드라이든의 말.

소적(小敵)이라고 업신여기지 말고, 대적(大敵)이라고 두려워하지 말라.

〈좌전〉 '희공20년(僖公二十年)' 에 '나라가 작다고 업신여기지 말 것이며, 방비가 있으면 적이 많기로 두려울 것이 없다' 한 데서 나온 말.

시작은 처녀와 같이, 종말은 탈토(脫兎)와 같이

전쟁에 있어서 처음에는 수줍은 처녀의 자세로 조용히 있다가, 적이 방심하는 틈을 타서 나중에 달아나는 토끼처럼 날쌔게 공격을 하여 적을 혼란케 하라는 뜻으로, 무슨 일이든지 처음부터 서둘지 말고 나중에 피치를 올리라는 뜻. 〈손자〉 '구지편(九地篇)'에 '시작은 처녀와 같이 하면 적측에서 문호를 개방한다. 이때 탈토(脫兎)와 같이 달리면 적은 급습을 받고 피하지를 못할 것이다' 하였다.

악비(岳飛) 말하되, 진을 친 뒤에 싸우는 것은 병법(兵法)의 상식이다. 운용(運用)의 묘(妙)는 일심(一心)에 있다.

적도 진을 치고 이쪽도 진을 치고 있는 동안까지는 싸움의 초석을 놓은 것이고, 어떻게 용병(用兵)하고 어떤 방법으로 싸울 것인가. 이러한 기략(機略)은 일심(一心), 즉 머리에서 짜내야 한다는 말.

양호(兩虎) 상쟁(相爭)하면 서로 살지 못한다.

강한 자끼리 싸운다면 그것이 국가간이건 또는 두 영웅 사이건, 한쪽이 완전히 패하고 한쪽이 완전히 승리할 수는 없다. 서로 힘이 강하니 양쪽이 다 거꾸러진다는 뜻. 〈사기〉에 나오는 말.

영국은 각자가 자기 의무를 다할 것을 바라고 있다.

(England expects that every man will do his duty.)
1905년 넬슨 제독이 프랑스와 에스파니아의 연합함대를 트라팔가 해상에서 격파할 때 휘하 함대에게 발한 신호.

와신상담(臥薪嘗膽)

와신(臥薪)은 방 대신 장작 섶에 눕고 쓸개를 맛본다는 뜻으로, 마음먹은 일을 이루기 위해 괴롭고 어려운 일을 참고 견딘다는 뜻. 〈오월춘추(吳越春秋)〉에 나오는 고사.

완력으로 이긴 것은 절반 승리에 그친다.

힘으로 정복된 자의 마음 속에는 불만이나 복수심이 남아 있다. 덕(德)으로 굴복시켰을 때라야 온전히 따른다는 뜻. 밀턴의 말.

용병(用兵)의 길은 마음을 공격하는 것이 으뜸이다.

전쟁 때 적의 마음을 공격하는 것이 가장 효과적이라는 말. 무력보다 평화 공세가 중요하다. 심리작전의 중요성은 고대에 이미 작전가들 사이에 인식되고 있었다. 〈촉지〉에 나오는 말.

일기당천(一騎當千)

혼자 천의 적을 대항하는 것을 이르는 말. 이능(李陵)이 소무(蘇武)의 글에 답(答)하는 글에 '지친 병사가 다시 싸울 때는 일(一)로써 천(千)을 당할 수 있다' 하였다. 지친 병사는 수효가 많아도 겁낼 것이 없다는 뜻. 〈북사(北史)〉에는 '강간(强幹) 일인(一人) 천(千)을 당한다' 하여 소수의 정예부대는 적의 대군을 당하기 어렵지 않다는 의미로도 쓰인다.

일(逸)로써 노(勞)를 기다린다.

〈손자병법〉에 나오는 말로. 일(逸)은 움직이지 않고 대기하고 있는 상태. 노(勞)는 이와 반대로 움직이며 피로한 상태. 적과 싸울 때 나아가서 치는 것과 기다렸다가 적을 치는 것이 있는데, 여기서는 후자(後者)를 말한 것. 이것은 적병이 원방에서 쳐들어왔을 때 그들은 반드시 피로해 있을 것임으로 이쪽에서는 편안히 몸을 쉬고 대기하고 있다가 친다는 뜻. 본문은 '가까이 있으면서 먼 것을 기다리고, 일(逸)로써 노(勞)를 기다리고. 포(飽)로써 기(饑)를 기다린다. 이것이 힘을 다스리는 것이다' 라고 되어 있다. 여기서 포(飽)는 배부르다는 뜻, 기(饑)는 굶주린다는 뜻이다. 즉, 적을 주리게 하고, 이쪽은 배부르게 먹고 싸운다는 말이다. 요컨 대 적을 악조건에 놓이게 하여 힘을 빠뜨리게 하고, 이쪽은 좋은 조건하 에서 힘이 솟아나게 한다는 뜻.

일부(一夫)가 지키는 관문(關門)을 만부(萬夫)가 열지 못하더라.

지키는 것은 한 사람인데 만 명이 공격해도 열지 못할 만큼 요새로서 견 고하다는 뜻. 이백(李白)의 시에 나오는 말.

일승(一勝) 일패(一敗)는 병가지상사(兵家之常事)

전쟁에 있어서 이기고 지는 것은 예사이며, 이러한 국부적인 전투의 1승 1패에 대해서 웃고 울고 할 것이 아니라 최후의 승리가 문제라는 뜻. 〈당 서〉 '배도전(裴度傳)'에 나오는 말.

자식이여, 방패를 들고 돌아오라. 그렇지 않으면 방패를 타고 돌아 오라.

자식을 전지에 내보낼 때 스파르타의 어머니가 한 말. 방패를 가지고 돌 아오라는 것은 적을 무찌르고 당당히 이기고 돌아오란 뜻이며, 방패를 타고 오란 것은 방패에 실려 죽어 돌아오라는 뜻. 개선하든지 그렇지 않 으면 명예의 전사를 하라는 격려의 말.

잘 싸우는 자는 노하지 않으며, 잘 이기는 자는 싸우지 않는다.

강자는 여유를 지키며, 쉽게 노하지 않는다. 그리고 승리란 반드시 입 끝 의 싸움으로 거두는 것이 아니라는 뜻. 노자의 말.

장수가 외방에 있을 때는 군명(軍命)을 다 받지 못한다.

장수가 먼 거리에 있는 전지에 가 있을 때는 일일이 중앙의 훈령을 들어 일을 처리할 수 없으며, 때로 독단으로 처리하지 않을 수 없다는 뜻. 〈사 기〉 '손자전'에 나오는 말.

장수를 삼대(三代)하면 망한다.

군의 대장 노릇을 삼대에 걸쳐 하면 그 자손이 망한다는 뜻으로, 그 이유를 〈사기〉에서는 '그 살벌함이 허다하기 때문이로다' 하였다. 대대로 많은 사람을 살육한 보복을 받는다는 뜻.

전쟁에 있어서도 전쟁이 최후의 목적은 아니다.

최후의 목적은 평화에 있다는 뜻. 세익스피어의 말.

전쟁, 오호 전율할 전쟁

(Bella! horrids bella!)

전쟁을 죄악시한 말.

전쟁은 지옥의 귀신

(War is a demon of the hell.)

전쟁을 저주한 말. 세익스피어.

전쟁은 평화를 위한 목적 이외에는 할 것이 아니다.

시세로의 말.

전쟁의 클라이맥스는 제1탄이 발사되기 직전 전쟁 준비가 완료된 순간이다.

이때 이미 성패는 결정이 나 있다는 뜻. 충분한 승산 없이 전쟁에 돌입해서는 안 된다는 뜻.

죽은 공명(孔明)이 산 중달(仲達)을 도망치게 하다.

죽은 제갈공명이 적의 주장(主將) 사마중달(司馬仲達)로 하여금 도망치게 하였다는 말. 촉한(蜀漢)의 재상인 공명은 숙적인 위나라의 사마중달이 이끄는 대군과 오장원(五丈原) 벌판에서 각기 진을 치고 대치하고 있었다. 때는 기원전 234년, 공명의 나이 54세에 갑자기 병으로 진중에서 죽었다. 이 소문을 들은 중달은 때가 이르렀다고 좋아하며 대군을 끌고 쳐들어왔다. 공명의 부하 장군 양의(楊儀)는 공명에게서 받은 작전대로 군사를 이끌고 중달을 요격하러 기를 날리고 북을 울리며 보무당당히 나섰다. 이를 본 중달은 공명이 죽었다는 것은 모략이고 자기를 끌어들여 치려는 계략인 줄 알고 기를 말아 들고 도망치고 말았다고 한다.

지(地)의 이(利)는 인(人)의 화(和)만 못하다.

(地利不如人和)

전쟁은 요새의 지리적인 이점을 이용하는 것이지만, 그것보다도 중요한 것은 상하 장병 간에 화합하고 단결된 힘의 역할이 더 중요하다는 뜻. 〈맹자〉 '공손축하편'에 나오는 말.

칠종칠금(七縱七擒)

일곱 번 잡았다가 일곱 번 놓아 준다는 뜻. 공명을 괴롭히던 남방의 적장 맹획(孟獲)이란 자가 있었다. 성격이 거칠며 안하무인. 끈질기고 사나운 자였다. 한 번 싸움에 그를 포로로 잡았더니, 이번에는 질 걸 진 것이 아니고 자기가 너무 조심했기 때문이라고 하였다. 공명은 웃으며 그를 놓아 주었다. 두번째 싸움에 또 붙들렸다. 그래도 맹획은 호언장담하며, 실력으로 진 것이 아니라고 버텼다. 세 번, 네 번, 일곱번째 잡혔을 때 공명은 또 그를 놔 주었다. 공(公)은 하늘이 돕는 위력이라 하며, 남인(南人)은 그 후 다시 반항하지 않았다 한다. 반항하는 자를 힘으로 굴복시키는 것보다 덕으로써 하는 것이 더 효과적이라는 것을 말한 고사이다.

칼을 든 군인이 있고, 호미 든 군인이 있다.

일선에서 칼을 들고 싸우는 군인이 있는 반면에, 뒤에서 농부가 호미를 들고 곡식을 가꾸기에 애쓰고 있는 것도 잊어서는 안 된다. 후방의 힘이 더 강하다는 뜻. 라스킨의 말.

파죽지세(破竹之勢)

대나무를 쪼갤 때 첫 번 마디를 트여 놓으면 다음 마디는 따라 갈라진다. 공격이 급하고 맹렬하여 상대편이 감당하기 어려울 때 쓰는 말. 〈진서〉 '두예전(杜豫傳)'에 '이제 군대의 위세는 절정에 달했다. 마침내 대를 쪼갤 때와 모양과 흡사하다. 칼날을 받은 마디마디 갈라지고 말 것이로다' 하였다.

패전(敗戰)같이 비참한 것은 없지만, 승전(勝戰) 또한 비참하다.

(Nothing but a battle lost can be so melancholy as battle won.)

전쟁은 진 자는 물론 이긴 자에게도 그 타격은 별로 차이가 없다는 뜻. 웰링톤의 말.

평화는 예술의 보모(保姆)이다.

(Peace is the murse of art.)

예술은 평화라는 보모의 손에서 키워진다. 평화가 없는 곳에는 예술이 자라지 않는다는 뜻. 셰익스피어의 말.

평화는 이 세상에서 축복 받을 것들 중에서 가장 가치 있는 것이다.

(Peace of all worldly blessings, is the most valuable.)

평화는 인간의 행복한 자연상태이며, 전쟁은 인간의 타락이며, 또 치욕이다.

(Peace is the happy natural state of man, war his corruption and his disgrace.)

평화에도 승리가 있다. 그것은 전승에 못지 않게 칭찬 받을 일이다.

평화적 수단으로 해결할 수 있다면 그것은 전쟁을 통하지 않은, 같은 승리라는 뜻. 밀턴의 말.

하나를 듣고 열을 안다.

(聞一知十)

〈논어〉 '공치장편(公冶長篇)' 에 '공자가 자공(子貢)에게 묻기를, 너와 안회(顏回)하고 누가 머리가 더 좋으냐. 자공이 대답하기를, 제 어찌 안회를 따르겠습니까. 안회는 하나를 들으면 열을 알고, 저는 하나를 들으면 둘밖에 모릅니다' 라고 한 데서 나온 말.

하나에서 모든 것을 배운다.

(From one learn all.)

사물의 일단(一端)을 보고 그 전체를 파악하는 혜안(慧眼).

하루를 따뜻이 하고 열흘을 식힌다.

(一日暴之요 十日寒之라.)

하루 공부하고 열흘 동안 게으름을 핀다는 뜻. 공부 뿐만 아니라 무슨 일이든지 숙달하려면 계속 해야지, 중단해서는 효과를 못 거둔다. 〈맹자〉 '고자상편' 에 나오는 맹자의 말.

하루의 스승도 평생 아버지같이 알라.

스승의 은혜를 잊지 말라는 뜻.

학교의 문을 열면 옥문(獄門)이 닫혀진다.

범죄는 무교육에서 오는 것이니, 교육의 시설이 넓어질수록 범죄자는 줄어들 것이라는 뜻. 즉, 교육은 범죄를 맞는 근본 책이란 뜻. 빅톨 위고의 말.

한 장군의 공명 뒤에는 만골(萬骨)이 구른다.

싸움에 이겨 한 사람의 장수가 공명을 떨치는 그 뒤에는 죽어 넘어진 수많은 병사의 희생이 있다는 뜻. 당조송(唐曹松)의 시에 있는 구절.

확실한 평화는 마침내 올 승리보다 낫다.

승리는 영광이겠지만, 싸움이 계속된다면 그 만큼 희생이 따른다. 확실한 평화를 목전에 장악할 수 있다면 미구의 승리보다 당장 강화를 맺어 평화를 얻는 것이 현명하다는 뜻. 한니발의 말.

후생(後生)이 가외(可畏)

여기서 후생은 나중에 난 사람, 즉 후배나 후진 등을 가리킨 말. 앞으로 어떤 큰 인물이 될지 모르니, 존중하라는 뜻. 〈논어〉에 나오는 말.

훈계는 사십까지

인격 도야(陶冶)는 40세가 한계라는 말. 40을 공자는 불혹(不惑)이라 하여, 인격 형성의 절정기로 삼았다. 인생의 삼분의 이를 걸어 온 나이에 아직 주견이 서지 않았다면 무엇을 가르쳐도 소용없는 일이다.

9

교육에 대해

가르치는 데는 술(術)이 많다.

(敎迹多術)

교육의 방법에는 여러 가지 종류가 있다. 일변도로 어떤 고정된 방법만이 상책이 아니다. 예를 들면, 가르치지 않고 네멋대로 하라고 내버려 두는 것도 하나의 교육이다. 이로써 본인이 분발하여 수학에 열을 올린다면 교육적 효과를 거둔다는 뜻. 〈맹자〉 '고자하편'에 나오는 말.

가문도 좋아야 하지만, 그것보다 교양이 더 중하다.

태생(胎生)은 운명적인 것이고, 교양은 후천적인 것이다. 이미 좋은 집안에서 태어났으면 그 결로 큰 행복을 얻은 것이지만, 그러나 인간의 가치는 후천적으로 쌓아 올린 교양에 달려 있으니, 배우고 여러 가지 경험을 통해 수양을 게을리 않아야 성공한다는 뜻.

교육은 국가를 만들지는 못하지만, 교육 없는 국가는 멸망을 면치 못한다.

교육은 국가를 보전하는 근본이 된다는 뜻. 루즈벨트의 말.

교육은 기계를 만드는 것이 아니라, 사람을 만드는 데 있다.

주입식 교육을 배제하고 자유로우면서 창조를 존중하는 교육을 해야 한다는 뜻. 루소의 말.

교육은 인간의 성질을 변경하는 것이 아니다. 다만 이를 잘 보수하는 것이다.

교육으로 그 사람의 선천적인 성격까지 변경시키려는 것은 무리한 일이며, 또 그것은 되지도 않는다. 자기의 개성을 알고 활용하는 길을 가르쳐주고, 장점을 키우고 단점을 깨닫게 하는 역할을 한다는 뜻. 아리스토텔레스의 말.

교육을 받지 않는 것은 태어나지 않으니만 못하다. 왜냐하면 무식은 불행의 근원이기 때문이다.

폴라톤의 말.

교육의 비결은 생도를 존중하는 데 있다.

(The serect of education lies in respecting the pupil.)

생도의 인격을 존중하고, 생도의 편이 되어 생도의 장점을 사랑하고, 결코 그 죄악을 쑤셔 내지 말아야 한다는 뜻.

군자(君子)의 가르침에 다섯 가지가 있다.

교육을 받는 자의 성질과 경우에 따라 교육법을 대체로 다섯 종류로 분류한 맹자의 말. 그 다섯 가지 가르침에는 첫째, 계절의 비가 초목을 적시듯 자연히 감화시키는 방법. 둘째, 도덕적인 면을 가르쳐 그 방면의 실천가가 되게 하는 것. 셋째, 주로 재정(財政)면의 전문 지식을 주는 것. 넷째, 질문 응답의 형식으로 가르치는 방법. 다섯째, 먼 곳에 살고 있는 자를 사숙케 하여 스스로 몸을 닦게 하는 방법이 있다..

그늘의 나무도 때가 오면 꽃이 핀다.

그늘의 나무는 발육이 더디므로 자연히 양지 바른 곳에 있는 나무에 비해 늦게 꽃이 피게 마련이다. 사람도 지육(知育)의 발달이 더딘 아이가 있으니, 이를 부모가 조급히 채찍질할 것이 아니라 느긋하게 가르쳐 주고 기다리는 것이 필요하다.

그 일보다 한단 상급의 인간이 되도록 교육시키는 것보다는, 한단 상급의 일을 주는 것이 훨씬 낫다.

입으로 귀에 옮기는 교육보다 실제 체험시키는 것이 더 효과적이라는 말.

그 지(智)는 따를 수 있어도, 그 우(愚)는 따르지 못한다.

(其知可及이나 其愚不可及이라.)

현명한 것은 웬만한 사람이면 다 흉내를 낼 수 있지만, 그 우직스러운 행동은 보통 사람이 좀처럼 따르기 어렵다는 뜻. 이에 대한 고사(故事)는 다음과 같다. 영무자(寧武子)는 위나라의 대부인데, 처음에 문공에 사관하였다. 문공은 도(道)로써 정치의 근본을 삼았다. 이때 무자는 별로 눈에 뛰어나는 일은 못했다. 말하자면, 별로 실수는 없었지만, 또 크게 공을 세운 것도 없이 무사히 자기 직책을 한 셈이다. 이를 공자는 지(智)라 하였다. 이 정도의 지(智)는 누구든지 흉내낼 수가 있다는 것. 그 후 무자는 다시 성공(成公)을 섬기게 됐다. 성공에게는 일정한 정치적 이념이 서 있지 않았다. 따라서 나라 사정은 매우 혼란해 있었다. 이때 무자는 전력을 다하여 나라를 구하려고 애썼으나, 뜻대로 되지 않았다. 다른 사람들은 위나라를 버리고 다른 군주를 찾아가는 마당에 그만은 혼자 지켰다. 그의 충직함은 하나의 우(愚)라고 공자는 평했다. 이러한 우(愚)는 남이 쉽사리 흉내를 낼 수 없는 것이라고 했다. 공자는 이러한 우(愚)는 오히려 칭찬하고 있다. 〈논어〉 '공야편(公冶篇)' 에 나오는 이야기.

나라의 기초는 소년을 교육하는 데 있다.

디오게네스의 말.

나무는 어릴 때 휘어잡아야 한다.

(The tree must be bent while it is young.)

인간의 습관이나 성질을 고치려면 어릴 때 뼈가 굳기 전에 서둘러야 효과적이라는 뜻.

남을 가르치는 일은 스스로 배우는 일이다.

(Teaching others teaches yourself.)

가르치는 과정에서 자신이 깨닫는 바 있고, 또 남을 가르치려면 자신이 늘 공부를 해야 하기 때문이다. 영국의 이언.

너의 눈꺼풀이 닫혀 있지 않게 하라.

늘 눈을 크게 뜨고, 새 시대의 사상을 배우라는 뜻. 구약 '잠언' 제6장에 '너의 눈이 잠들게 하지 말 것이며, 너의 눈꺼풀이 닫아 있지 않게 하라' 하였다.

널리 배우고 자세히 묻고, 신중히 생각하고, 명백히 깨치고, 지그시 실행할 것.

이 다섯 가지가 인격을 이루는 교육내지 수양의 안목이란 뜻. 〈중용〉에 있는 말.

대장(大匠)은 졸공(拙工)을 위해서 먹(墨)과 줄을 바꾸지 않는다.

대장(大匠)은 명공(名工)의 뜻. 제자가 서툴다고 먹이나 줄 같은 재료를 달리하지 않는다. 교사가 열등한 학생을 위해서 특히 진리를 굽혀서 가르치지는 않는다는 뜻. 〈맹자〉'진심상편'에 나오는 말.

대천재를 발견하는 것은 쉽다. 그러나 원만한 사람을 발견하기는 오히려 어렵다.

교육은 대천재를 만드는 데 목표를 둘 것이 아니라, 원만한 인격을 만드는 데 힘을 써야 한다 뜻. 에머슨의 말.

독서 백편(讀書百遍) 뜻이 절로 통한다.

〈위략(魏略)〉에 나오는 말로, 난해한 글도 되풀이 해서 자꾸 읽으면 자연 그 뜻을 알게 된다는 뜻.

독서삼도(讀書三到)

주자의 〈훈학제규(訓學齊規)〉에 '나 생각 하건대, 읽는 데 세 가지 요령이 있더라. 심도(心到), 안도(眼到), 구도(口到)가 그것이다. 세 가지 중, 심도(心到)가 가장 급(急)하더라' 하였다. 눈으로 보고 입으로 소리내어 읽고, 마음으로 회득(會得)한다. 이 세 가지 중에 제일 중요한 것이 마음 속에 소화시키는 것이라는 뜻.

독서상우(讀書尙友)

책에서 읽고 볼 수 없었던 옛 사람의 정신이나 모습을 벗으로 삼는다는 뜻. 책을 통하여 고인(古人)을 벗한다. 〈맹자〉 '만장하편(萬章下篇)'에 맹자가 한 말.

독서에 심해(甚解)를 바라지 않는다.

심해(甚解)는 완전한 이해(理解). 책을 읽고 난해한 구절에 부딪치는데, 그런 대목을 억지로 알려고 애쓸 것은 없고, 그대로 덮어두라는 말. 도연 명(陶淵明)의 〈오류선생(五柳先生)〉에 나오는 말로, 의문을 캐려고 애써 시간을 소비하지 않아도 절로 깨칠 시기가 온다는 뜻. 독서의 이해란 연 령과 체험이 부족하여 이해하지 못하는 경우도 있으니, 이런 것은 남의 주석보다 스스로가 그 나이에 달하고, 또 그 체험을 몸소 했을 때 참되게 이해된다는 뜻.

뒤에 기러기 앞선다.

후진이 선배보다 뛰어났을 때 쓰이는 말로, '청출어람(靑出於藍)'과 같 음.

많이 배우면 몸이 지친다.

무작정 머리 속에 지식을 많이 쓸어 넣는 것이 좋은 것은 아니다. 중심되 는 요점만 알면 된다는 뜻. 구약 '전도서' 제12장에 '많은 책을 지으려면 끝이 없다. 많이 배우면 몸이 지친다. 전체의 귀결을 알면 되느니라' 하 였다.

매질을 아끼면, 아이를 그르친다.

(Spare the rod and spoil the child.)

자제의 교육은 엄격해야 한다. 영국의 이언.

맹모단기(孟母斷機)

맹자의 어머니가 짜던 베를 끊어서 맹자가 학업 중도에 집에 돌아온 것을 경계한 고사(故事). 〈열녀전(烈女傳)〉에 의하면, '맹자가 얼마큼 컸을 때 스승을 정하고 그 곳에 학문을 배우기 위해 집을 떠나 있었다. 어느 날 맹자는 갑자기 집에 돌아왔다. 그때 어머니는 베를 짜고 있었는데, 학문은 얼마만큼이나 나아갔느냐 하고 물었다. 맹자는 별로 나아가지도 못했습니다. 하고 대답했다. 그러자 어머니는 옆에 있는 칼을 들어 짜고 있던 베필을 자르면서 말했다. 네가 학문을 하다 말고 돌아오는 것은 내가 짜다 말고 베필을 자른 것이나 다름없다. 이 말을 들은 맹자는 매우 황송하여 반성하고, 그로부터 주야로 공부를 열심히 하였고, 후에 자사(子思)의 문중(門中)의 사람을 스승으로 정하고 배워 결국 명유(名儒)가 되었다'고 한다.

맹모삼천(孟母三遷)

맹자의 어머니가 세 번 이사를 하여 가며 맹자를 교육시킨 고사에서 나온 말. 처음에는 교외에 살았는데 근방에 묘지가 있어, 아들이 죽은 사람을 묻는 것을 보고 그 흉내를 내는지라 장터로 이사를 했다. 이번에는 시장 근방이라 아들이 장사아치들이 사고 파는 흉내를 내며 노는지라. 세 번째로 학교 근방으로 이사를 하였다. 맹자는 매일같이 학교에서 글을 배우는 놀이를 하고 놀았다. 어머니는 이로써 안심하고 그 곳에 정주했다고 〈열녀전〉에 기록되어 있다.

먼저 천국에 드는 자는 소년 소녀를 가르친 사람이다.

초, 중등 교육에 종사하는 사람들의 책임이 중하며, 그들을 존중해야 한다는 뜻. 페르시아(지금의 이란)의 경전에 나오는 말.

묻지 않는 자는 무식으로 끝난다.

모르는 것을 아는 척하고 묻지 않고 덮어두면 영원히 깨질 날이 없다. 모르는 것은 부끄러워 말고 적극적으로 물으라.

사람에는 고하(高下)가 없고, 마음에는 고하(高下)가 있다.

〈학우초(學友抄)〉에 나오는 말로, 사람의 본질로서는 높고 얕은 차별이 없지만, 마음의 높고 얕음에 따라 사람의 가치는 구별이 된다.

사람은 날 적부터 알지는 못 한다.

교육의 중요성을 말한 것.

사람은 살쪘다고 귀하지 않다. 지(知)가 있음으로써 귀한 것이로다.

〈실어교(實語敎)〉에 '산이 높다고 귀한 것이 아니고, 나무가 있으므로 귀하도다. 사람이 살쪘다고 귀하지 않으며, 지(知)가 있음으로써 귀하도다' 하였다.

사람이 생후(生後) 삼개월간에 깨치는 것은 성장 후 대학에서 삼년 간 깨치는 분량보다 많다.

쟌 파울의 말.

사부가 지나치게 엄하면 자립의 뜻을 방해한다.

교사가 너무 엄격해서 아동의 행동이나 사색을 일일이 간섭하면 아동이 활기를 잃고 적극성이 저해된다는 말. 엄하되 치우치지 말고, 관대하되 빗나가지 않게 하는 것이 중요한 일이다.

상지(上知)와 하우(下愚)는 바꿀 수 없다.

(上知與下愚는 不移)

상지(上知)는 수재, 하우(下愚)는 멍청이, 아무리 교육을 잘한다 해도 멍청이를 수재로 만들 수는 없고, 수재를 멍청이로 바꿀 수도 없다. 즉, 교육의 한계를 말한 것. 〈논어〉 '양화편' 에 나오는 말.

생각지 않고 읽는 것은 씹지 않고 먹는 것과 같다.

생각하면서 읽고, 읽으면서 생각하는 것이 독서의 자세라는 뜻. 그래야 독서가 정신의 영양소로서 효과를 거둔다.

서투른 치료는 병보다 나쁘다.

(The bungling remedy is worse than the disease.)

아이들의 조그만 결점을 고치려다가 그 방법이 적당치 않아, 아이들의 마음을 빗나가게 하는 일을 말한다.

석가에게 설법, 공자에게 어도(語道)

석가에게 불법을 말하고, 공자에게 인도(人道)를 설교한다는 뜻으로, 사도(斯道)의 전문가에 대해서 그 방면의 강의를 한다는 말.

선(善)이 쌓이면 습성이 된다.

〈진서〉에 '중인(中人)의 성(性)은 가르침에 따라 변한다. 선(善)을 쌓으면 습성이 된다' 하였다. 배워 습관을 들이면 그것이 제2의 천성이 된다는 뜻. 습성은 배워 얻은 성품. 천성(天性)의 반대.

썩은 나무에 새기지 못하고, 썩은 벽을 바르지 못한다.

썩은 나무에 조각을 해서 무슨 보람이 있고, 썩은 벽을 다시 발라 무슨 보람이 있겠느냐. 교육에 있어서 장래성이 없다고 단념한 말. 공자가 제자인 재예(宰豫)가 낮잠 자는 것을 보고 노하여 이 말을 하였다 한다. 낮잠 자는 정도로 이처럼 몹시 꾸짖은 것을 보면, 공자는 지덕(至德)의 인(人)

이지만, 교육에는 몹시 엄했던 모양이다. 재예에 대해서 자세한 기록이 없으나, 아마도 낮잠 잔 것이 한 번이 아니고, 평소의 학습하는 태도도 열성이 부족했던 모양이다. 학습하는 정신의 자세가 그래서는 안 된다는 뜻.

소경에게 어느 길로 가느냐고 묻지 말라.

(Don't ask which is the right way to the blind.)

장님은 길을 알 까닭이 없으므로 그 방면의 실력없는 자가 지도자로 혹은 교사로 나섰을 때 쓰는 말. 신약 '누가전'에 있다.

쇠는 뜨거울 때 쳐라.

(Strike while the iron is hot.)

순진성을 잃지 않았을 때 좋은 습관을 기르도록 단련을 시키라는 뜻.

습관은 어릴 때 이룬 것이 가장 완전하다.

말이고, 행실이고, 습관은 아직 어릴 적에 몸에 배인 것이 오래 가며, 큰 뒤에는 좋은 습관을 몸에 지니기 힘들다는 뜻. 어린이의 교육은 먼저 좋은 습관을 기르는 것이다. 베이컨의 말.

습관은 제2의 천성이다.

(Habit is a second nature.)

아이는 어른의 아버지다.

어른은 아이들에게 가르치는 동시에, 또 그 천진난만한 순수한 점을 배워야 한다는 뜻. 영국의 탐미파 시인 워즈워드는 '위인은 하루 한 번 이상 어린아이가 된다(The child is father to the man.)'고도 했다.

아이는 언제나 빛깔을 향한다.

(Children always turn to-wards the light.)

식물이 빛을 향하듯 아이들은 늘 밝은 곳을 향해 가려고 한다는 뜻. 그러므로 어린아이들에게 어른의 때묻은 어두운 구석을 주어서는 안 된다.

아이들과 놀며 즐길 수 있는 사람만이 교육자가 될 권리가 있다.

스토우 부인의 말로, 가르침은 엄해야 하지만 인간적으로는 늘 친근감을 도모할 수 있어야 교육자로서 자격이 있다는 뜻. 사제간에 간격이 있어서는 참된 훈육은 이루어지지 못한다.

아이들은 부모의 행동의 거울이다.

부모의 모든 행동은 그대로 거울에 비치듯 아이들에게 무의식 중에 반영된다. 그러므로 부모는 언제나 말과 행동을 삼가는 것이 자식에게 좋은 영향을 미친다는 말. 스펜셔의 말.

아침이 그 날을 나타내듯이, 유년(幼年)은 그의 성년(成年)을 나타낸다.

(Childhood shows the man as morning shows the day.)

아침의 일기 모양이 그 날의 일기 모양을 나타내듯이, 어릴 때의 모습을 보고 성년이 된 뒤의 모습을 능히 상상할 수 있다. 예외도 있지만, 대체로 이 판단은 맞는다. 밀턴의 말.

어떠한 교육도 역경 만한 것이 없다.

사람은 역경 속에서 많은 것을 배우고 깨친다는 말. 디즈레일리의 말.

어릴 적 스승이 그 아이의 운명을 좌우한다.

〈아라비안나이트〉에 나오는 말로, 감수성이 순수한 어릴 적의 감화나 영향이 일생을 통하여 깊이 뿌리 박히게 된다는 말.

열 살에 신동, 열 다섯에 재사(才士), 스무 살 넘어 보통 사람.

이런 어린이는 일종의 조숙형인데, 어느 시기에 가서는 급템포가 멈추고 보통 사람과 다를 것이 없게 된다. 이런 아이는 교육상 어떻게 다룰 것인지 하나의 과제를 제공한다.

오늘은 어제의 학생이다.

(To-day is the scholar of yesterday.)

즉, 어제는 오늘의 스승이다. 어제 일은 오늘 할 일을 가르쳐 준다. 과거의 경험에서 많은 것을 배워 오늘은 그것을 활용할 수 있기 때문에.

온고지신(溫古知新)

학습의 방법을 가르친 것으로, 이미 배운 것을 잊지 않도록 자주 복습하면서, 전통을 존중하고 시대의 변천에 따른 현대의 새 지식을 흡수한다는 뜻. 현대화만을 추구하다 보면 자칫 우리 고유의 전통적인 유산을 소홀히 하기 쉬우니, 역시 온고(溫古)에서 자신을 얻도록 하라는 말.

외덩굴에서 가지 열지 않는다.

(There is making on apples of plums.)

유전(遺傳)을 중요시한 말.

우산(牛山)의 나무, 전에는 아름다웠다.

우산(牛山)은 중국 제(齊)나라 동남에 있는 산. 옛날에는 수목이 울창하고 녹음이 우거지고 산세가 매우 아름다웠으나, 지금은 대국의 영토가 되어 나무가 다 베어지고 벌거벗은 산으로 변했다. 나무 뿌리에서 새 싹이 돋아 났지만, 그 산에 소와 양을 방목하는지라 나무순은 뜯어 먹히고 나무 하나없는 퇴폐한 산이 되고 말았다. 사람들은 이 산을 보고 옛부터 나무가 없었던 것으로 알고 있다. 〈맹자〉 '고자상편'에 나오는 말로, 맹자는 이 우산의 나무를 인간의 성질에 비유하고 있다. 현재 성실하지 못한 사람을 보고 본래 그 사람이 그렇다고 생각해서는 안 된다. 인간의 본성은 선(善)한 것인데, 정치나 교육이 잘못되어 사람이 변한 것이라는 뜻.

위좌(危座)하여 스승을 향하고, 안색에 부끄러움을 갖지 말라.

학습하는 자세를 말한 것. 위(危)는 고(高)의 뜻. 높이 앉는다는 것은 엉덩이를 높이고 반듯이 앉기 때문에 몸이 높아진다는 말. 또 얼굴 표정은 부끄러워하거나 수줍은 빛을 담아서는 안 되며, 단정하면서 떳떳이 배우라는 말. 한 마디로 말해서 엄숙한 자세의 필요성을 말한 것. 〈관자(管子)〉에 나오는 관중(管仲)의 말.

이를 어찌하나, 이를 어찌할 것인가. 하지 않는 자는 나도 이를 어찌할 수 없다.

스스로 고민하고 방향을 찾으려고 애쓰지 않는 자에 대해서는 도울 여지가 없다는 뜻. 〈논어〉 '위령공편'에 나오는 공자의 말.

인생은 글을 아는 것이 우환의 시초로다.

(識者憂患)

소동파의 시에 '인생 글자를 아는 것이 우환의 시초로다. 성명을 겨우 쓰면 그것으로써 족할 것을' 하였다. 사람은 교육을 받고, 책을 많이 읽고 아는 것이 많을수록 인생의 허무함도 깊이 깨닫게 되고, 따라서 머리가 복잡하고 고민이 많아진다는 뜻. '돼지가 되어 즐기는 것보다 인간이 되어 슬퍼하리' 라고 한 소크라테스의 말과는 대조되는 말이지만 근본적으로는 같은 뜻으로, 소동파의 역설적인 표현이다. '지식이 늘수록 슬픔이 온다(He who increases knowledge increases sorrow.)' 는 말도 있다.

인(仁)을 당하여서는 스승에게도 양보하지 않는다.

인(仁)을 행함에 있어서는 비록 상대가 스승이라도 지지 않게 용감하게 하라는 말. 〈논어〉 '위령공편'에 나오는 공자의 말.

자식을 바꿔 가르친다.

(易子而敎之)

내 자식과 남의 자식을 서로 바꿔서 교육시킨다는 말. 제 자식은 가르치기가 힘들기 때문이다. 〈맹자〉 '이루상편'에 '공손축(公孫丑)이 맹자에게 묻기를, 군자는 자식을 가르치지 않으니 무슨 까닭인가. 맹자 대답하기를, 잘 되지 않기 때문이다. 가르칠 때 반드시 올바르기를 바라지만, 자식이 이에 따르지 않으면 노하게 된다. 노여움으로써 하면 일을 망치는 까닭이다' 라고 하였다. 명의(名醫)도 제 자식의 배는 가르지 못하고 다른 의사에게 메스를 맡기듯, 군자도 제 자식에 대해서는 침착하지 못하는 약점을 지적한 말.

자식을 키워 가르치지 않음은 아버지의 잘못이고, 가르쳐서 엄하지 않은 것은 스승의 태만이며, 아버지 가르치고 스승이 엄한데 학문을 이루지 못함은 자신의 죄다.

사마온공(司馬溫公)의 말로, 가정, 스승, 배우는 아이가 호흡이 맞지 않으면 안 된다는 뜻.

자신의 자유의사에 의하여 정당한 행실을 갖출 수 있도록 자식을 교육하는 것이 아버지의 임무다.

체렌스의 말.

재능이 없어도 인격은 갖춰야 한다.

(Kein Talent dochein charakter.)

특히 교육자에게 바라는 하이네의 말.

전진하는 교육자만이 남을 가르칠 자격이 있다.

시시각각으로 앞으로 나아가고 있는 교육자가 아니고서는 교육자로서 자격이 없다는 뜻. 낡은 지식을 녹음기처럼 입 끝에서 되풀이하고 있는 교사는 무능하다는 말.

제자는 그 스승보다 낫지 못하다.

신약 '루카전' 제6장에 나오는 그리스도의 말.

제자는 일곱 자 떨어져서 스승의 그림자를 밟지 않는다.

일곱 자는 사람 키의 기장. 스승을 따를 때는 그림자를 밟지 않을 만큼의
거리를 두고 뒤에 따른다. 그 만큼 존경의 뜻을 표한 말.

종교 없는 교육은 약은 악마)를 만들 뿐.

웰링턴의 말.

좋은 교육을 자손에게 남기는 것은 최대의 유산이다.

돈을 자식에게 남겨 주는 것은 무의미하다. 돈은 써 버리면 그만이고, 배
운 것은 닳지 않고 영원히 남아 있다. 자식을 위해서 문전옥답을 사지 않
는다고도 한다. 부모가 땀으로 이룬 재산을 자식이 물쓰듯 써 버리는 것
이 세상의 관례. 재산은 스스로의 땀으로 이룰 것이며, 물려 줄 것은 못
된다. 토마스 스콧트의 말.

진정한 가정 교육은 진정한 교육을 받은 어머니가 아니면 이룰 수
없다.

어머니가 교양을 갖추지 않고는 가정 교육은 제대로 이루어지기 어렵다
는 뜻.

질문을 두려워하는 자는 배우기를 부끄러워하는 거다.

(He Who is afraid of asking is ashamed of learning.)

배우는 데는 모르는 걸 솔직히 묻는 것이 중요하다.

천하의 영재를 얻어 교육함은 즐거움의 셋째다.

(得天下英才而教育之三樂也라.)

〈맹자〉'진심상편'에 '삼락(三樂)'을 들었는데, 하나는 양친이 구존하고 형제간에 무탈 무고한 것. 둘은 하늘을 우러러 보아 부끄러움이 없고, 땅에 엎드려 보아 부끄러운 일이 없는 것. 즉, 양심껏 살아온 자부. 셋이 영재를 교육하는 것이다. 옛 군자가 바란 세 가지 행복 속에는 재물도 지위도 들어 있지 않다. 이것을 보아도 옛날에는 교육을 극히 중요시했고, 이에 종사하는 사람은 스스로 크게 긍지를 가졌다.

청(青)은 남(藍)에서 나와 남색보다 푸르다.

(青出於藍)

제자가 그 스승보다 뛰어난 것을 말함. 〈순자〉'권학편(勸學篇)'에 '배움은 그치지를 말아야 한다. 청(青)은 남(藍)에서 나왔으나, 남(藍)보다 푸르다' 하였다. 어물어물하다가는 후진에게 떨어진다. 또 후진도 열심히 하면 선배를 이길 수 있다는 뜻.

태어날 때 이를 아는 자는 상(上)이며, 배워 이를 아는 자는 다음이고, 고생 끝에 이를 아는 자는 그 다음이고, 고생해도 깨닫지 못 하는 자를 하치로 한다.

공자가 나눈 인간의 네 가지 형. 여기에는 혈통이나 유전 같은 선천적인 여건을 으뜸에 놓았다. 확실히 선천의 자질로서 많은 것을 깨닫는 사람이 있다. 그러나 이는 그리 흔한 일은 아니며, 현대는 역시 후천적인 면을 중요시하고 있으며, 배워 알고 고생 끝에 깨닫는 이 두 가지 점이 인간 형성의 두 개의 주석(柱石)이 되고 있다 할 것이다.

포식난의(飽食暖衣) 일거(逸居)하며, 가르치지 않는다면 금수에 가깝다.

배불리 먹고 따뜻이 입고 편안히 있을 뿐, 교육하지 않으면 짐승과 다름 없다는 뜻. 위정자들이 국민 교육에 힘쓰지 않음을 경고한 말. 〈맹자〉'등문공상편(勝文公上篇)에 나온다.

한 사람의 양모(養母)는 백 사람의 교사와 맞먹는다.

현모(賢母)의 감화력이 위대했던 예는 에디슨의 어머니를 비롯하여 허다하다.

허(虛)로 가서 실(實)을 얻어 돌아오다.

빈 주머니에 든 정신 속에 지식과 덕을 얻어 채우는 것이 교육이라는 뜻. 즉, 교육은 정신적인 공백을 살찌게 한다는 말. 〈장자〉'덕충부편(德充符篇)'에 나오는 말.

형설(螢雪)의 공(功).

집이 가난하여 등잔 기름을 살 돈이 없어 반딧불을 모아 그 빛에 공부하고, 혹은 눈 온 밤에 눈빛의 반사로 책을 읽은 고사에서 나온 말로, 온갖 고생을 하며 학업을 이룰 때 쓰이는 말. 반딧불로 공부한 것은 중국 동진(東晉)시대의 사람 차윤(車胤)인데, 그는 안제(安帝) 때 이부상서(吏部尙書)의 높은 벼슬에 이르렀고, 성품이 충직하여 원현(元顯)의 전권(專權)을 안제에게 알리려다가 발각되어 원현의 박해를 받고 자살했다. 창가의 눈빛에 고학한 사람은 진(晉)나라 때의 사람 손강(孫康)인데, 그는 경조(吏兆)의 출신으로 나중에 벼슬이 어사장부(御使丈夫)에 이르렀다.

10

학문 · 예술에 대해

가장 아름다운 주제는 자네들 눈앞에 있다.

로댕의 유언 중의 말. 회화, 조각, 그 밖에 예술 전반에 걸쳐 주제나 소재가 없다고 불평할 것이 없다. 주변에 소재와 주제가 얼마든지 있으니, 구태여 미리 구할 필요가 없다. 문제는, 그 소재와 주제를 어느 각도에서 깊이 다루느냐가 문제이다.

거장(巨匠)이라 함은 모든 사람들이 이미 보고 난 것을 그 자신의 눈으로서 숙시(熟視)하는 사람이다.

로댕의 유언에 나오는 말. 다른 사람들이 아직 보지 못한 구석을 잘 보는 것이 거장의 눈이며, 남들이 버린 것 속에 남아 있는 아름다움을 주워내는 것이 거장의 하는 일이지, 결코 유달리 뾰족한 생각으로 기상천외한 작품을 내 사람들의 이목을 놀라게 하려는 속물과는 다르다. 어디까지나 진실을 깊이 캐 내는 진지한 태도, 이것이 거장의 예술적 양심이다.

건축물은 굳어진 음악이다.

음악과는 거리가 먼 것 같은 건축도 음악적인 아름다움이 있어야 한다는 뜻. 소리는 안 나지만 공기를 점령하는 점은 일치되며, 기둥과 지붕과 문과 벽과 이런 각 부문의 조화를 중요시한 말.

고상한 예술은 일개의 위대한 심령의 표현 이외에 다른 것이 아니다. 그러나 위대한 심령은 매우 드물다.

심령은 마음의 세계. 위대한 예술은 작가의 위대한 마음의 세계가 표현된 것이며, 기교에 능한 수작은 많지만, 진정 위대한 예술은 몇 안 된다는 뜻. 러스킨의 말.

고인(古人)의 조박(糟粕)을 핥는다.

장자가 시시한 고서적의 가르침을 존중하는 사람을 비웃은 말. 조박은 술재강이라는 뜻. 옛 삶의 언설이나 가르침을 비판의 눈으로 본다면 재강 만한 가치밖에 없는 것을 소중히 인용하고 받들 까닭이 없다는 뜻. '천도편(天道篇)'에 있는 말.

곡학아세(曲學阿世)

학문의 진리(眞理)를 굽히고 권력자나 세간의 뜻에 영합하는 것. 〈사기〉 '유림편(儒林篇)'에 '공손자(公孫子)는 정학(正學)을 지키며 말하기를, 학(學)을 굽혀서까지 세상에 아부하지 않는다'한 데서 나온 말.

교(巧)를 농(弄)하여 졸(拙)이 되다.

너무 기교를 부려 오히려 졸작을 이루었다는 뜻. 황정견(黃庭堅)의 〈졸헌송(拙軒頌)〉에 '교(巧)를 농하여 졸(拙)을 이루고, 뱀에 다리를 그려 넣다'라고 하였다. 지나친 기교는 뱀에 다리를 그려 넣는 것과 같다는 뜻. 진정한 기교는 오히려 기교의 키가 안 보이는 데 있다.

구이(口耳)의 학문(學問)

남에게서 귀로 들은 것을 그대로 남에게 옮기는 것을 말함. 〈장자〉'권학편'에 '소인(小人)의 학문은 귀로 듣고 입으로 내뱉는다. 입과 귀 사이 불과 네 치 어찌 그로써 일곱 자 큰 몸을 정화할 수 있겠느냐'하였다. 귀로 들어 입으로 뱉어 버리는 학문은 자신에게 아무런 도움이 되지 않으며, 공연히 남 앞에서 아는 척하는 것뿐이라는 말.

군자는 배우기를 부끄러워 하지 않고, 묻는 것을 부끄러워 않는다.

〈설원〉에 '군자는 배우기를 부끄러워 않고, 묻는 것을 부끄러워 않는다. 묻는 일은 지식의 근본. 염려(念慮)는 지식의 길이라'하였다. 의문나는 것을, 또 모르는 것을 묻지 않고 어떻게 지식을 넓힐 수 있을 것인가. 염려(念慮)는 고민 방황의 뜻. 고민하고 방황하면서 길을 찾게 된다는 말이다.

궁(窮)한 뒤에 교(巧)하게 된다.

시인이나 소설가나 그 밖에 예술에 종사하는 사람이 좋은 작품을 내게 되는 과정을 말한 것이다. 막혀 고민하면서 그 벽을 뚫고 나갈 때 좋은 표현을 얻고 좋은 작품이 나온다는 뜻. 구양수(歐陽修)가 매성유(梅聖兪)의 시집 서문에 쓴 말.

글은 사람이다.

(Le style est l'homme soi-m me.)

문체는 각기 사람에 따라 다르며, 그 사람의 개성과 특징을 그대로 나타내고 있다는 뜻. 1753년 프랑스 아카데미에서 당대의 과학자이며, 철학자이던 뷔퐁이 문장론(文章論) 강의를 하였는데, 그 때 나온 말이다. 그 후 이 말은 널리 퍼져 많이 인용되고 있다.

금서(琴書)로 낙(樂)을 삼는다.

금(琴)은 음, 서(書)는 독서(讀書)의 뜻. 음악과 독서를 낙으로 삼는다는 뜻. 〈위지(魏志)〉 '최담전(崔談傳)' 에 나오는 말. 도연명의 시에도 '금서(琴書)를 낙으로 삼고 근심을 잊는다' 하였다.

나를 아는 자는 그것은 오로지 춘추(春秋), 나를 죄(罪)하는 자도 역시 오로지 춘추(春秋)

공자가 자기의 저서인 〈춘추(春秋)에 대해서 한 말. 즉, 나를 이해하려는 사람은 〈춘추〉에서 하게 되고, 나를 욕하는 자도 〈춘추〉로 인할 것이다라는 말이다. 춘추는 군주의 사명을 논하고, 정치 도덕에 대한 그의 사상을 밝혔고, 역사적인 사실을 들어 당대로서는 매우 기탄 없는 비평이 가해진 글이었다. 이에 대한 책임과 신념을 나타낸 말로, 저술가의 당당한 모습이 엿보인다. 〈춘추〉는 맹자의 해석에 따르면, 천자(天子), 즉 군주의 뜻이라 한다. 〈춘추〉는 하나의 군주론(君主論)이다.

나 열다섯의 나이에 학문에 뜻하여, 삼십에 서고, 사십에 불혹(不惑)하며, 오십에 지천명(知天命)하고, 육십에 귀에 따르고, 칠십에 마음의 원하는 데로 따르며, 무리를 아니하였다.

공자가 자신의 학문 수양의 과정을 연대순으로 말한 것으로, 〈논어〉 '학이편'에 나오는 말. 삼십 세에 독립하고, 사십 세에는 주장이 딱 서서 흔들리거나 헤매는 일이 없었고, 오십 세에는 하늘의 뜻이 무엇인가를 절로 알았고, 육십 세에서는 유유자적했다는 말이다. 여기서 삼십 세를 이립(而立), 사십 세를 불혹(不惑), 오십 세를 지명(知命), 육십 세를 이순(耳順)이라 하여 연령의 별칭으로 삼는다.

낙서에 명필(名筆) 없다.

아무 데나 낙서하는 자체가 품성이 낮은 일이니, 품성이 부족한 사람에게서 좋은 필적이 나올 까닭이 없다는 뜻.

다른 것은 다 떨어져 나가지만, 예술만은 몸에 붙어 있다.

(Art holds fast when all else in lost.)

기술이나 예술은 몸에 고착하여 몸을 보전하는 힘이 된다는 뜻. 이와 반대로 '예(藝)는 몸의 원수'라는 말도 있다. 몸에 지닌 재주가 도리어 방해가 된다는 뜻.

당(堂)에 오르고 방에 들지 못 한다.

(升堂矣오 未入於室也라.)

학덕(學德)의 정도를 말한 것으로, 꽤 높은 위치에 도달했으나 아직 온오(蘊奧)를 다한 깊이에는 이르지 못했다는 뜻. 공자가 제자인 자로를 평한 말. 〈논어〉 '선진편'에 나온다.

때로 느끼어서는 꽃에도 눈물을 뿌린다.

두보의 시에 '때로 느끼어서는 꽃에도 눈물을 뿌리며, 이별을 안타까워

하여서는 새를 보고도 마음이 놀란다(感時花賤淚, 恨別鳥驚心)' 하였다. 다감섬세한 시심(詩心)을 말한 것.

도덕률은 예술률이다.
예술의 기본 정신은 도덕적인 테두리에서 벗어날 수 없다. 도덕과 예술의 일치를 주장한 말. 슈만의 말.

돈이 가득 든 돈주머니보다 차라리 서적이 가득 쌓인 서재를 가져라.

뜻이 이르는 곳에 붓이 따라간다.
〈춘저기문(春渚紀聞)〉에 나오는 소동파의 말. 문장은 첫째 무엇을 쓸까 하는 뜻이 분명해야 하며, 그 뜻이 되어 있으면 붓은 절로 그 곡절을 따라 미끄러져 나간다. 이는 문장도(文章道)에 통달한 문인의 예.

많은 것에 능한 사람은 다 잘 못한다.
(He who does all, never does well.)
사람의 능력에는 한계가 있고, 어떤 일을 성취하는 데도 피나는 노력이 따라야 한다. 한꺼번에 여러 일을 성취 못하는 법이니, 한 가지 길을 정하고 깊이 파고 들라.

모든 불멸의 작가는 그 충심을 토로한다.
(All immortal writers speak out of their hearts.)
라스킨의 말. 진실한 마음의 솔직한 고백에서 우러나온 작품이 아니고는 남을 감동시킬 수 없다. 생명이 긴 작품은 모두 그 작가가 자기의 진심을 솔직히 고백하고 전심을 다해 만들어 낸 것들이다.

모든 예술의 최고 과제는 형태를 빌려 한층 고상한 실재의 환영을 낳는 데 있다.

괴테의 말로. 형태라는 것은 어떤 모양으로, 무용에 있어서는 동작, 문학과 연극에 있어서는 이야기의 줄거리, 음악에 있어서는 감정의 모양을 말한다. '한층 고상한 실재의 환영을 낳게 한다'는 있었던 사실, 혹은 있음직한 실재의 단순한 복사나 모사(模寫)가 아니라는 것. 차원 높은 실제의 꿈을 그려내는 것이라는 뜻.

모든 위대한 노래는 참된 노래였다.

(All great song has been sincere song.)
라스킨의 말. 노래도 진실의 공감이 없이는 생명이 길지 못한다.

모든 책을 믿는다면 책이란 없느니만 못하다.

(盡信書則 不如無書)
〈맹자〉 '진심하편'에 나오는 맹자의 독서에 대한 비판적인 정진을 강조한 말. 아무리 고명한 성현이나 대학자가 쓴 책이라도 이를 무비판적으로 그대로 믿고 받아들여서는 안 된다. 더구나 군소의 여러 책들을 일일이 다 믿음으로 대하는 것은 독서의 근본 목적을 상실하는 까닭이다.

목동의 비웃음을 산 화백의 그림

옛날 중국에 어느 유명한 화공이 투우(鬪牛)의 그림을 그렸는데, 딴 사람들은 이를 보고 모두 감탄하는데 마침 목동이 이를 보더니 깔깔 웃으며 비판하였다. '소가 싸우는 걸 그렸다는데, 소가 싸울 때는 뿔에 힘을 주는데 이 그림은 꼬리를 휘두르며 싸우고 있다'고 하였다. 예술 작품은 첫째 그 대상의 실태(實態)에 어긋나서는 안 된다는 말.

목적 없는 독서는 산책이지, 공부가 아니다.

(Reading without purpose is sauntering, not exercise.)

무식한 자는 말싸움에서 지지 않는다.

무식한 자일수록 이치 불문하고 폭론(暴論)을 토하여 남에게 굴하지 않는다.

문인(文人)은 서로 경시(輕視)한다.

〈전론(典論)〉에 나오는 말로, 옛부터 문예에 종사하는 사람은 대체로 혼자 높이 재고, 다른 사람을 업신여기는 풍조가 있다.

미(美)는 감성에 의해 인식되는 완전하고 절대적인 것이다.

바움가르텐의 말. 이성에 의해 인식되는 미(美)도 있지만, 많은 경우 감성, 즉 감정적인 면에서 느껴지는 것이며, 일단 느껴지면 그것의 힘은 매우 강하다는 뜻.

미(美)는 객관적으로 정의를 내리기는 불가능하다. 미(美)는 주관적으로 인식된다.

미의식(美意識)이 각각이며, 주관적인 것을 말하고 있다. 미의식에는 보편성을 띤 것이 있고, 극히 주관의식에 좌우되는 것 두 가지로 보는 것이 타당하다.

미(美)는 느낄 수 있고, 또 만들 수 있다. 하지만 정의(定義)를 내릴 수는 없다.

에머슨의 말.

미(美)는 분노의 감정을 달래 준다.

추악한 것이 우리 감정에 불쾌한 반사를 보이듯, 미(美)는 유쾌하고 부드러운 빛을 던져 준다. 격했던 감정도 아름다움에 의해서 중화가 된다.

미(美)는 예술의 최고의 원리이며, 최고의 목적이다.

괴테의 말. 미적 감동이 따르지 않는 작업은 예술이라 할 수 없다. 미(美)

의 추구는 모든 예술의 생명이라는 뜻.

미(美)는 요사스런 할멈이다. 그 마력에 걸리면 신앙은 녹아 피가 된다.

셰익스피어의 말. 종교적인 굳은 신앙심도 감성에 호소하는 미(美)와 선택에 놓일 때 미(美)의 매혹이 훨씬 강하다는 뜻. 미(美)는 반드시 도덕적인 것만이 아님을 시사한 말.

미숙한 재간 자랑

사람은 그가 통달한 부문에 대해서는 자랑을 않고, 아직 통달치 못하고 미숙한 경지의 것은 곧잘 자랑한다는 인간 심리의 약점을 찌른 말. 〈동제기사(東齊記事)〉에 '구양영숙(歐陽永叔)은 항상 정사(政事)를 자랑하고, 문장(文章)을 자랑하지 않았다. 채군모(蔡君模)는 글씨를 자랑하지 않았으며, 여제숙(呂齊叔)은 바둑을 자랑하지 않았다. 하공남(何公南)은 음주(飮酒)를 자랑하지 않았고, 사마군(司馬君)은 청약(請約)을 자랑하지 않았다. 대개 모자라면 자랑이 나오는 법이다' 하였다.

미(美)에는 객관적인 원리가 없다.

미(美)란 무엇인가. 이에 대해서 근세 미학의 시조라 하는 바움가르텐 이후에 많은 학자와 예술가들이 이를 논했지만, 그 소론은 각인각색이며 의견의 일치를 못 보았다. 결국 미의 객관적 원리는 세우지 못한 채이다. 칸트의 말.

미(美)에는 형식미, 관념미, 표정미의 세 종류가 있다.

관념미는 내용의 미(美)를 말한 것. 위게르만의 말.

방 안에 책이 없으면 몸에 정신이 없는 것과 같다.

시세로의 말.

배우고서 때로 이를 복습하면 이 또한 즐거운 일이 아니던가.

(學而時習之면 不亦樂乎아.)

전날 배운 것을 가끔 복습하는 것은 학문에 정통하는 길이며, 자신의 사상을 깊게 하게 되니 즐겁다는 뜻. 〈논어〉 '학이편' 에 나오는 말.

배우는 것은 산에 오르는 것과 같다.

학문을 한다는 것은 마치 산에 오르는 것과 같은 것으로 배울수록 높아진다는 뜻. 〈서간(書幹)〉 '치학편(治學篇)' 에 나오는 말.

배우는 자는 우모(牛毛)와 같고, 성공하는 자는 인각(麟角)과 같다.

처음 뜻을 두고 학문의 길에 들어서는 자는 쇠털과 같이 흔하지만, 결국 성공하는 자는 기린의 뿔과 같이 귀하다. 초지 일관하지 못하고 중도에서 좌절하기 때문이다. 〈북사(北史)〉 '문원편(文苑篇)' 에 나온다.

배운 뒤에 부족함을 안다.

학문을 해 보고서 자기의 힘이 모자라는 것을 비로소 깨닫는다. 무슨 일이든지 하기도 전에 큰소리를 치는 자를 찌른 말. 〈예기〉에 나오는 말.

배워 생각지 않으면 어둡고, 생각하면서 배우지 않으면 위태롭다.

(學而不思則罔하고, 思而不學則殆니라.)

〈논어〉 '위정편' 에 나오는 공자의 말로, 배우고 연구하는 한편 사색하고, 사색하는 한편 또 독서와 연구를 게을리 해서는 안 된다는 뜻. 많이 읽기만 하고 비평 정신이 결여되면 자기 것으로 소화가 아니 되고, 사색만 일삼고 책을 안 읽고 남의 의견도 듣지 않고 실험도 안하면 머리가 멍할 뿐 해롭다는 뜻. 공자 자신도 '나 언젠가 종일 먹지 않고 밤새 자지 않고 사색에 잠긴 일이 있는데, 아무 얻는 것이 없었다. 책을 읽고 배우는 것만 못하더라' 하였다.

부당한 비평을 두려워하지 말라.

로댕의 유언 중의 한 구절. 부당한 비평을 받았다고 기분을 상하고 노하지 말고, 꾸준히 신조대로 정진하라는 말. 진정한 예술의 길은 비평 따위는 안중에 두지 않는다.

비록 두 손 없이 이 세상에 태어났더라도 라파엘은 대화가였을 것이다.

그림은 손으로만 그리는 것이 아니라. 대화가는 눈으로, 즉 심안(心眼)의 깊이에서 그림을 생산한다는 뜻.

사람은 글자를 쓰는 동물이다.

인간 이외에 글자를 사용하는 동물은 없다. 인문의 발달은 문자 발달에 비례하고 있다. 호메로스의 말.

시와 노래는 지식의 시초이며, 또 그 마지막이며, 사람의 정신과 더불어 영원하다.

각 분야에 걸쳐 시는 선구적 역할을 하며, 모든 예술은 또 시 정신을 그 마지막으로 한다는 뜻. 예술뿐 아니라 다른 분야의 지식도 그 속에 생명을 부여하는 것은 시 정신이다. 과학에도 시가 있다. 참된 과학자는 그 과학적인 업적의 종말을 시의 세계로 인도하고 있다. 시는 인간 정신의 정수이다. 워즈워드의 말.

시는 낳아진 것이지, 만들어 내는 것은 아니다.

(The poem is born not made.)

시는 시인의 시심(詩心)에서 우러나오는 것이며, 물건을 찍어 내듯 만들어 낼 수는 없다는 뜻. 시심이 가장 발랄한 것은 십대에서 이십대의 청춘 시절이다. 정열적인 자유분방한 좋은 시들이 대개 이 나이에 생산되고 있다. 젊은 시절에는 누구나 시심의 소유자이다.

시란 상상에 의해 빚어지고, 기교에 의해 조절된 정열적 감정이다.

(Poetry is passion which is illuminated by imagination and regulated by art.)

프란시스 그리아슨의 말. 시의 기반은 감정이며, 그 중에도 정열적인 감정이 시의 모체이다. 상상력과 기교가 잘 융합된 데서 좋은 시가 나온다는 말.

시인은 세상에 알려지지 않은 입법자이다.

디즈레일리의 말.

악(樂)은 사람을 다스리는 데 성(盛)한 것이로다.

〈순자〉에 나오는 말로, 음악은 정치의 여러 가지 의식을 장엄하게 하는 데 필요하다는 뜻.

양전만경(良田萬頃), 박예(薄藝)가 몸에 따른 건만 못하다.

좋은 전답이 만 마지기 있는 것보다 얇은 기능이라도 한 가지 몸에 지닌 것이 낫다는 뜻. 〈명심보감〉에 나오는 말. 〈안씨가훈〉에도 '재물이 쌓여 천만(千萬), 박예(薄藝)가 몸에 있는 것만 못하다' 하였다. 사람이 한 가지 기술을 익히는 것이 중요하다는 뜻.

어리석은 자는 놀라고, 지혜로운 자는 묻는다.

불의의 변을 당했을 때 어리석은 자는 놀라 당황하지만, 지혜로운 사람은 침착하게 그 원인과 실태를 추궁해 본다는 뜻. 비콘스 필드의 말.

연극의 참 목적은 인간 성격의 전시에 있다.

드라마에 있어서 인물의 성격의 중요성을 강조한 말.

영감(靈感)에 기대하지 말라.

가만히 앉아 있다가 영감이 떠오를 때를 바라는 것은 헛된 일이다. 인내가 강해야 한다. 영감을 바라지 말라. 그런 따위는 존재하지 않는다. '예술가의 유일한 특징은 지혜이며, 주의(主意)이며, 진실이며, 의지이다. 자네들의 일을 마치 성실한 직공이 하듯 하라' 하였다. 더 이상 부언 설명할 나위 없이 예술가에게 주어진 알찬 충언이다. 로댕의 말.

예술가는 계량기를 그 손이 아니라 그 눈에 갖지 않으면 안 된다.

화가인 미켈란젤로의 말이며, 주로 회화, 조각 등 미술 제작에 관한 작가의 자세를 말한 것. 피사물의 형태를 일일이 자로 재지 않더라도 심안(心眼)에 그것이 정확히 파악되어야 한다는 뜻. 이 말은 문학에도 마찬가지이다.

예술가는 그의 이상(理想)의 노예다.

예술가는 그의 꿈을 작품 속에 실현하는데, 그의 전노력과 삶의 보람이 바쳐져 있다.

예술가는 그 작품에 종속한다. 작품이 작가에게 종속하지는 않는다.

작품과 작가와의 관계를 말한 것으로, 일단 작품이 세상에 던져지면 그것은 작가 개인의 종속물이 아니며, 널리 세상의 공유물이라는 것. 작가는 오히려 그 작품에 종속된다. 노발리스의 말.

예술가는 사람이 그 작품을 보고 그 작가를 잃어버릴 때만이 참되게 칭찬 받는다.

훌륭한 예술작품은 이미 작가의 손을 떠난 것이며, 많은 사람들이 자기의 일부분 같이 이를 사랑하게 된다. 따라서 사람들은 그것이 누구의 작품이라는 것은 거의 염두에 없다. 이쯤 되어서야 칭찬 받을 만한 예술가라고 할 수 있다는 뜻이다.

예술가에게는 일체가 미(美)다.

로댕의 말. '형태 속에 들여다보이는 내부의 진실을 발견하기 때문이다. 그리고 그 진실이야말로 미(美)다. 경건하게 추궁해 보라. 그 때 당신들은 미(美)를 발견하지 않을 수 없을 것이다. 왜냐하면 당신들은 진실에 부딪힐 것이니까' 라고 로댕은 그 이유를 설명하고 있다. 진실, 즉 미(美)이며, 모든 사물이 존재하는 진실을 발견하게 되니, 이 세상 모든 것이 예술 창조의 소재가 된다는 뜻.

예술가에는 세 종류의 형이 있다.

첫째, 선(善)을 내세우며 이를 추구하고 악(惡)을 버리는 자. 둘째, 선악(善惡)을 함께 뭉쳐서 있는 그대로의 존재로서 깨달으며 이를 추구하는 것. 셋째, 악(惡)을 느끼며 이를 추구하며, 선(善)을 버리는 자. 러스킨의 말로, 톨스토이 같은 작가는 첫번째 타입. 자연주의 계열의 작가는 두번째 타입. '악(惡)의 꽃'을 쓴 보들레르 같은 시인은 세번째 타입에 속한다.

예술가의 천직은 인심의 심오(深奧)에 빛을 보내는 데 있다.

예술가는 그의 창작물로 사람 마음의 깊은 골짜기에 한 줄기 빛을 던져주는 것이 아니면 안 된다. 슈만의 말.

예술은 감정에 불과하다.

로댕의 유언 중의 한 구절. 그러나 양과 균형과 색채의 기교가 없고, 솜씨가 없이는 가장 날카롭고 발랄한 감정도 무력해져 버린다고 했다. 예술은 감정에 호소하는 감정을 표현한 것이며, 아무리 표현하고자 하는 감정이 뛰어난 것이라 해도 솜씨가 이에 따르지 않으면 안 된다는 뜻으로, 먼저 기교면의 수련이 잘 되어 있어야 한다는 뜻.

예술은 인간에게 빵은 아니지만, 적어도 포도주이다.

예술의 효능에 대해서 그것이 주식 만큼 중요한 것은 아니지만, 주식 다음에 한 잔의 포도주가 마시고 싶듯, 일종의 흥분제로서 필요하다는 뜻.
잔 파울의 말.

예술이 인정하는 가치는 인습을 깨는 데 있다.

인습의 테두리 안에서 우물거리고 있어서는 참신한 작품을 쓸 수 없다.
인습의 눈으로 예술을 본다면, 모든 예술은 위험하게 보인다고 그는 이
를 설명하고 있다. 고금동서를 막론하고 문제작은 늘 당대의 도덕관념에
도전했던 것을 상기케 한다.

옛 학자는 자신을 위해 하고, 지금의 학자는 남을 위해 한다.

(古之學者는 爲己러니, 今之學者는 爲人이로다.)
고래의 학문은 자기 자신의 수양이 목적이었는데, 지금은 남에게 박식을
보이고자 한다는 뜻. 〈논어〉 '헌문편(憲問篇)'에 나오는 말.

웅대한 시를 제작하려는 자는 그 생활을 웅대한 시로 만들어야 한다.

(Who wants to make a great poetry, he must make his life great
poetry.)
밀턴의 말.

웅변은 마음의 영혼을, 노래는 감정을 달래 준다.

(Eloquence the soul, song charms sense.)
밀턴의 말.

월설화(月雪花)가 한 눈에 보인다.

달과 눈과 꽃은 제각기 풍취 있는 풍물인데, 이 세 가지가 한꺼번에 눈앞
에 있다는 뜻으로, 미관(美觀)이 골고루 갖춰졌을 때, 즉 구경거리가 많
을 때 쓰는 말이다.

위편(韋編) 세 번 끊어진다.

위(韋)는 가죽. 옛날 중국의 책은 가죽으로 표지를 하여 요즘 책보다 몇 배나 견고했었는데, 그 가죽이 세 번이나 끊어졌다 하니, 그 책이 닳도록 숙독 애독했다는 것을 뜻함. 〈사기〉 '공자세가(孔子世家)'에 보이는 말로, 공자 자신이 밤 늦는 줄 모르고 그와 같이 독서에 열중했다고 한다.

음악은 공기의 시와 노래이다.

음악은 공기를 진동시킴으로써 사람의 귀에 전해지므로, 공기 속에 그려진 시다.

음악은 만이(蠻夷)의 마음도 달랠 수 있는 힘, 그리고, 암석을 녹이는 힘, 박달나무를 휘어잡는 힘이 있다.

만이(蠻夷)는 야만스런 이방인이라는 뜻으로, 거칠고 단단하고 딱딱한 것을 부드러운 음악의 힘이 다 이겨낼 수 있다는 말이다. 정념에 호소하는 음악은 사람의 마음을 부드럽게 하는 힘이 있다는 뜻.

음악은 맹수라도 달래는 힘이 있다.

(Music has a power to appease even a wild beast.)

영국의 이언.

음악은 예언자의 기술이며, 영혼의 동요를 가라앉히는 유일한 기술이며, 신이 우리에게 주신 것들 중에 가장 장대하고, 그리고 가장 유쾌한 것의 하나이다.

종교 개혁의 기수 루터의 말. 예언자의 기술이라 함은 사람을 선도할 수 있는 기술이란 뜻. 만약 음악이 인간 생활에서 자취를 감춘다면 어떠할까. 모래를 씹듯이 맛이 없고, 더 많은 죄악이 세상을 지배할 것이다. 이는 나폴레옹의 말로, 국민의 건전한 정서 유도에 있어, 딱딱한 설교보다 음악의 힘을 빌리는 것이 빠르고 효과적이란 면을 지적한 것.

음악은 이상적 인생의 예언이며, 시각에서 청각으로 번역된 신약의 무지개다.

(Music is a prophecy of what life is to be, the rainbow of promise translated out of seeing into hearing.)

신이 시각적으로 우리 인간에게 어떤 약속을 주지는 않았다. 아무도 신을 보지 못했다. 그러나 음악이 신의 뜻을, 신과 인간과의 약속을 귀에 들려 주는 오색 무지개와 같은 것이라는 뜻. 인간의 이상이 가야 할 방향이 아름다운 음악 속에 예언되어 있음을 감득할 수 있다는 뜻.

음악은 정신 속에서 일상 생활의 먼지와 때를 씻어 준다.

음악은 사람의 마음을 위로하고, 정화시키는 힘이 있다는 말. 바하의 말.

음악의 양상이 달라지면 이에 따라 국가 만반의 것이 모두 변화한다.

시대 감각의 변화는 단적으로 음악의 선율에 나타난다는 뜻. 음악이 가진 변모 속에 시대의 변모가 깃들고, 시대가 변모해가는 것이 음악에 재빨리 나타난다. 이것은 플라톤의 말이니, 2천 년 전에 벌써 그러했던 것이다.

음악이 있는 곳에 악은 없다.

음악은 인간의 마음에 부드러움을 불러 일으키는 것. 즉, 음악을 즐기는 사람의 마음 속에 모진 악이 깃들 수 없다는 말. 세르반테스의 말.

이를 아는 자는 이를 좋아하는 자만 못하고, 이를 좋아하는 자는 이를 즐기는 자만 못하다.

(知之者는 不如好之者요, 好之者는 不如樂之者니라.)

학문이나 도덕에 대해서 머리 속에 지식을 담아 두는 것보다는 그 원리를 좋아해야 한다. 한 걸음 더 나아가서는 배우고 깨치는 것을 낙으로 삼아야 한다. 즉, 낙으로 삼는 경지가 최고라는 뜻. 〈논어〉 '옹야편'에 나오는 말.

인도의 재보를 준다 해도 독서의 즐거움과는 바꿀 수 없다.

에드워드 기번의 말. 당시 영국은 인도를 보고(寶庫)로 알고 있었다. 학문과 예술은 폐와 심장과 같이 서로 도우며, 하나의 손실은 다른 하나를 위태롭게 한다. 톨스토이 양자(兩者)의 유기적 관계가 깊음을 말한 것.

임간(林間)의 홍엽을 태워 술을 메우고, 바위의 이끼를 털고 시 한 수를 짓다.

백거이(白居易)가 일찍이 태백봉 기슭에 살고 있을 때, 가끔 놀러 간 선유사(仙遊寺)의 뒷산의 일을 생각하며 읊은 시의 한 구절. 〈백씨문집(白氏文集)〉에 있다.

자유는 꿈의 국토에만 있고, 그리고 아름다운 것은 오로지 노래 속에 피는 꽃뿐이다.

시르렐의 말. 이 시대만 하더라도 자유는 꿈의 세계에서만 바라던 한갖 꿈이었고, 현실은 삭막하고 시와 노래 속에서 마음의 위로를 얻고 있었음을 이 말에서 엿볼 수 있다. 그 당시의 시인들이 꿈에 그리던 것들이 현대에 와서 꽃피고 열매를 맺은 것이 적지 않다. 시는 예언의 역할을 담당하고 있다.

저술가가 되려는 자는 먼저 학생이 되어야 한다.

한 권의 책을 지어 내려면 백 권의 책을 읽어야 한다는 말이 있다. 학생은 공부하는 입장, 저술가는 노상 공부를 해야 한다는 것. 드라이덴의 말.

전문(傳聞)은 모두 믿지 말라.

구양수의 〈춘추론(春秋論)〉에 나오는 말로, 학문에 있어서는 실험과 실증이 중요하다는 뜻.

정신의 영양
(Nutrimentum spiritus.)
일찍이 베를린 도서관에 걸려 있던 명구. 독서는 정신에 있어 영양분이라는 뜻.

조충전각(彫忠篆刻)
글을 짓는 데 너무 자구(字句)를 장식하는 것을 말한다. 이는 연소자나 초보자에게 흔히 있는 일이다. 〈법언(法言)〉에 '동자(童子)는 조충전각(彫忠篆刻), 장년은 그러지 않는다' 하였다.

종소리는 베개 머리를 쳐들고 들으며, 향로봉의 백설은 발을 젖히고 본다.
백거이가 향로봉 밑에서 지내고자 초암을 지었을 때 읊은 시. '해는 높고 푹 잔 잠이건만, 일어나기가 귀찮아 그대로 누웠다. 오막살이지만, 겹 미닫이를 하여 추위를 막고, 유애사(遺愛寺)의 종소리는 베개머리를 쳐들고 들으며, 향로봉의 하얗게 내린 눈은 창문의 발을 젖히고 내다보다.' 유유자적하고 담담한 심경을 읊은 것.

좋은 시인, 좋은 화가가 되려면 천재라야 한다.
괴테의 말. 천재의 소질과 노력이 합친 데서 창조적인 예술품이 나온다는 뜻.

좋지 못한 예술가들은 항상 남의 안경을 쓴다.
자기의 눈으로 보지 않고 남의 것을 모방하려드는 독창성 없는 예술가를 편잔 준 말. 로댕의 유언 중의 한 구절.

중맹(衆盲)이 코끼리를 더듬다.

일부분만 보고 시야가 전체에 미치지 못하는 것을 비평할 때 비유하여 쓰는 말. 옛날에 인도에서 여러 소경들이 한 마리의 코끼리를 둘러싸고 코끼리가 어떤 동물인지를 알기 위해 더듬어 보았다. 한 소경은 꼬리를 만져 보고 빗자루같이 길쭉한 것이라고 했고, 또 한 소경은 눈을 만져 보고 방울과 같은 거라 하고, 머리를 만져 본 자는 무슨 덩어리 같다고 하고, 이빨을 만져 본 자는 뿔과 비슷하다고 하고, 코를 만져 본 자는 굵은 밧줄 같다고 말했다. 〈육도경(六度經)〉에 나오는 말.

지식 없이는 정직함은 박약하여 쓸모가 없고, 정직하지 못하고 지식 있음은 위험하며 두려운 일이로다.

존슨의 말. 지식은 몸을 보호하는 것이로되, 악한 자가 지식을 악용할 때는 그 악을 가하고 한층 위험하다는 뜻.

지식은 우리가 하늘을 나는 날개다.

인간의 비약은 지식의 힘으로서 되는 것이라는 뜻. 세익스피어의 말.

지혜가 부르지 않는가, 깨우침의 소리가 들리지 않는가.

지혜나 깨우침은 늘 우리 주변에서 소리를 내어 우리를 부르고 있다. 그 소리가 들리지 않느냐. 어서 가서 지혜를 얻고, 깨우침을 몸에 지니라는 말이다. 즉, 학문을 닦고 경험을 쌓는 데 능동적이어야 한다는 뜻. 구약 '잠언' 제8장에 나오는 말.

지혜로운 자는 물을 즐긴다.

(知者樂水)

지혜로운 사람은 사리에 통달하고 있으며, 유동하며 조금도 멈칫거리는 데가 없는 것이 물의 흐름과 흡사하다. 그러므로 물을 즐긴다. 〈논어〉 '옹 야편' 에 나오는 말.

진정한 기술에 있어서는 인간의 머리, 손, 마음은 모두 서로 협동하는 법이다.

러스킨의 말. 진정한 예술품이란 손 끝이나 머리의 재간 끝으로 이루어지는 것이 아니라, 정신과 육체가 일치하여 이루어지는 것이라는 뜻.

진정한 웅변은 웅변을 웃는다.

참된 웅변은 일반적인 웅변의 개념, 즉 사람을 끄는 화술, 풍부한 용어, 적절한 비유, 사람을 매혹하는 제스처, 이런 것에 달린 것이 아니다. 이야기하는 사람의 인간으로서의 사상의 깊이가 문제라는 말. 파스칼의 말.

참된 예술은 예술을 웃는다.

로댕의 유언의 한 구절. 파스칼은 참된 웅변은 일반적인 웅변을 비웃는다 하였는데, 로댕은 파스칼의 말을 인용하여 같은 뜻을 예술에 적용시켰다. 파스칼은 화술의 묘나 제스처의 능숙 등으로 청중을 매혹시키며, 갈채를 받는 웅변을 치지 않고 인간으로서의 사상의 깊이가 문제라 하였다. 로댕의 말은 다음과 같다. '중요한 것은 감동을 받을 수 있어야 하고, 사랑하는 것이며, 희망하는 것이며, 전율하는 것이며, 산다는 것이다. 예술가이기 전에 인간이 되라는 점이다.'

책으로써 다루는 자는 말을 제대로 다루지 못한다.

말을 다루는 데는 실제 경험이 중요하며, 아무리 책에 쓰인 지식이 풍부하다 하여도 소용없다는 뜻. 탁상의 이론가를 배척한 말. 〈전국책〉에 '책으로써 다루려는 자는 말의 사정을 잘 알지 못하며, 무슨 일이 닥쳤을 때 이를 처리할 힘이 없다' 하였다.

책은 이를 펴 보지 않으면 나무 조각이나 다름 없다.

(Books are no better thran woods without beeing opened always.)
영국의 이언.

책이 없는 궁전에 사는 것보다 책이 있는 마굿간에 사는 것이 낫다.

학문의 소중함을 뜻한 말.

책은 그 사용법을 가르쳐 주지 않는다.

(Books can never teach the use of books.)

그 책에서 무엇을 얻고, 어떻게 실생활에 활용하느냐는 그 사람에게 달린 일이라는 뜻. 베이컨의 말.

책을 남용하면 학문은 죽는다.

남의 책에만 의존하고 자신의 사색을 하지 않는다면 그런 학문은 무가치하다는 뜻. 루소의 말.

천의무봉(天衣無縫)

천녀(天女)가 입고 있는 옷은 꿰맨 자국이 없다고 한다. 그와 같이 시문(詩文)에 있어서 조탁(彫琢)의 흔적이 없고, 자연스럽게 술술 써 내려 간 것이 아름답게 잘 된 것을 말한다.

큰 희열은 큰 공부에서 얻어진다.

괴테의 말로, 공을 드린 만큼 결실도 크다는 뜻.

태산 북두와 같다.

태산은 중국의 명산. 북두는 북두칠성, 혹은 북극성의 뜻. 사람들에게 높이 숭상을 받을 때 쓰인다. 〈당서〉 '한유진(韓愈傳)' 에 '당시에 학자가 이를 우러러 보기를 태산 북두와 같더라' 한 데서 나온 말. 태두(泰斗)하면 성현이나 대학자를 가리킨다.

펜으로 쓰여진 것은 도끼로 찍어도 망가지지 않는다.

글의 힘이 질기고 강한 것을 말함. 러시아의 이언.

펜은 칼보다 세다.

(The pen has a power more than the sword.)

영국의 이언.

학문과 지식은 소 입에서도 배우라.

아라비아의 이언으로, 학문과 지식을 얻는 데 상대를 가릴 것이 없고, 언제 어디서나 배우라는 말. 옆으로 다방면의 것을 알라는 뜻.

학문을 두는 데 따라 선악(善惡)으로 갈리니, 배꼽 아래가 좋고 코 끝은 나쁘다.

코 끝에 내걸고 보라는 듯이 선전하고 자랑하지 말라는 뜻. 배꼽 밑 으슥하게 간직하는 것이 좋다.

학문을 하는 데 삼요(三要) 있으니, 뜻과 근(勤)과 호(好)다.

학문을 이룩하는 데 세 가지 요점은 첫째 의지가 굳어야 하고, 둘째 근면해야 하고, 셋째 그 학문을 즐길 수 있어야 한다.

학(學)은 다(多)보다 정(精)을

옆으로 다방면의 것을 아는 것보다 한 가지에 대해서 정밀하게 연구하고 아는 것이 중요하다는 뜻. 〈공총자(孔叢子)〉에 있는 말.

회화(繪畵)는 나의 아내이며, 나의 손에서 된 회화는 내 자식이다.

그림은 내 아내와 같이 가까우며, 내 손으로 제작된 그림은 내가 낳은 자식이다. 즉, 그림은 내 생명이라는 뜻. 미켈란젤로의 말.

회화(繪畵)는 무성의 시이고, 시는 유성(有聲)의 회화이다.

(Painting is silent poetry, and poetry speaking painting.)

그림은 눈으로 보는 시이고, 시는 귀로 듣는 그림이다. 어느 것이나 근본은 시라는 뜻.

흔들리는 풀, 졸졸 흐르는 시냇물에도 사람이 귀를 기울인다면 모두 음악이다.

바이런의 말. 자연의 무심한 음향도 정념에 호소하면 음악적이다.

예술가가 예술을 창조하고 있는 동안은 하나의 종교가이다.

예술 제작에 임하는 자의 마음은 경건하고 전력을 다하지 않을 수 없음을 지적한 말. 쇼펜하우어의 말.

희곡은 인생의 올바른 초상(肖像)이라야 한다.

드라마, 즉 연극은 인생의 축도(縮圖)이며, 어떤 일그러진 각도에서 인생을 파악해서는 안 된다는 뜻.

11

종교 · 철학에 대해

가난한 자의 한 등

여기서 등은 절에 바치는 등(燈)불을 말함. 돈 있는 사람은 많은 등(燈)을 바친다. 가난한 사람이 정성으로 바친 한 개의 등불은 부자의 만등(萬燈)만 하다는 뜻.

가는 자는 이와 같던가. 주야를 쉬지 않고.

(逝者는 如斯夫 不舍晝夜로다)

공자가 어느 날 강가에 서서 물이 내려가는 것을 한참 보고서 한 말. 흘러와서 흘러 내려가는 물줄기 같이 사람도 순식간에 그 생(生)이 지나가는 것을 말한 것. 유구한 때의 흐름 위에 잠시 시야를 거치고는 자취를 감추는 인생의 허무함을 지적한 말이다. 〈논어〉 '자심편(子深篇)'에 있다.

결국 세계는 사상가에 의해 지배될 것이다.

맥드날드의 말.

고백하면 죄는 반감된다.

(A fault confessed is half redressed.)

참회는 십죄(十罪)를 멸한다고도 한다. 참회, 고백은 양심의 구함을 얻을 수 있으므로.

곤궁이 지나가면 권태가 얼굴을 내민다. 인생은 아무 것도 진실의 순수한 내용도 갖추지 않고 있다. 오로지 욕구와 환영, 이것으로 움직이고 있다.

쇼펜하우워의 말. 근심, 곤궁, 이것이 사람에게 긴장감을 주며, 그것이 풀리면 권태 상태가 온다. 편안한 것은 순간이며, 무위(無爲)한 그 상태는 인생의 아무런 내용도 이야기해 주지 않는다. 욕구에 시달리고 곤궁에 빠지는 등의 일이 반복되는 것이 인간 생활의 주축이 되는 것 같다.

구름이 대지에서 나왔듯이, 운명은 우리들 자신 속에서 나온다.

땅의 증기가 상공에 도달하여 운무(雲霧)가 되듯, 우리 자신의 입에서 나온 말과 행동이 내일의 운명에 작용한다. 너의 운명은 너의 품성의 여운이며, 결과이다.

권태는 절망의 이복형제

에센 바하의 '잠언'에 나오는 말. 절망의 한 가닥은 막다른 곤경에서 오고, 또 한 가닥은 아무 것도 곤경을 느낄 수 없는 무풍지대의 편안감에서 온다.

나는 하나의 종점을 확실히 알고 있다. 그것은 무덤이다. 거기 가는 데 인도자는 필요하지 않다. 문제는 여기서 거기까지 가는 길에 있다. 길은 한 가닥이 아니다.

노신(魯迅)의 무덤에 보이는 말. 누구나 죽는 것이지만, 어떻게 살다가 가느냐 삶 자체가 문제라는 말.

나는 생각한다. 고로 존재한다.

(Cogito, ergo sum.)

데카르트의 유명한 말. 데카르트는 스콜라학파에 반기를 올리고 기성 개념을 부인하고 백지로 돌아가서 회의적인 태도에서 출발했다. 그는 일단 모든 것을 과연 그런가 하고 의심했다. 이렇게 의심하고 있는 자야말로 '나 자신이다'라고 생각한 그는 드디어 '나는 생각한다. 고로 존재한다'라는 명제에 도달하여 여기에서 신선하면서 심오한 근세 철학의 꽃을 피웠다.

나 크게 싫어하는 것이 세상에 둘 있다. 학자로서 신을 믿지 않는 자와 무지하여 미신에 빠진 자, 이것이다.

마호메트의 말.

남 몰래 방에 들어가서 기도하라.

기도는 남보는 데서 남보라는 듯이 하여서는 안 된다. 진정 자기의 가슴을 열고 혼자 하라고 기도의 자세를 가리킨 그리스도의 말. 신약 '마태전'에 나온다.

남의 종교를 비웃지 말라.

각기 그를 믿는 사람은 엄숙한 것이니, 자파(自派)에 대한 독선적인 입장에서 타파(他派)를 멸시조소하는 것은 부당하다는 뜻.

너 무엇을 보고 어디로 가든지 그 곳에 신이 있다.

신의 힘이 미치지 않는 곳이 없다는 뜻.

너희들 나에게서 철학을 배울 것이 아니라, 철학하는 것을 배워야 한다.

칸트의 말. 철학의 이론을 많이 배우는 것보다 실제 생활면에서 철학적인 사고 방식과 철학적인 처리 방법을 익히는 것이 유익하다는 뜻. 즉, 실생활 위에 철학적인 사고를 응용하라는 말.

너희들 하느님과 재물을 함께 섬기지 못한다.

신약 '마태전' 제6장에 '사람은 두 주인을 겸해 섬기지 못한다. 혹은 이쪽을 미워하고 저쪽을 사랑하게 되고, 혹은 이쪽에 친하고 저편을 가볍게 여기기 때문이로다. 너희들 하느님과 재물을 겸해 섬기지 못하느니라' 하였다. 재물에 충실한 마음은 자연 이기적이니, 하느님의 뜻인 박애의 길과는 등을 지게 된다. 하느님을 취하고 재물을 버리느냐, 재물을 취하고 하느님을 버리느냐, 둘 중의 하나를 선택해야 한다는 말.

다행이로다. 가난한 자여, 신의 나라는 너희들의 것이로다.

가난하고, 주리고, 헐벗고, 병들고, 고통스런 얼굴로 유태전국에서 사람들이 모여 들어 그리스도에게 구함을 청하였을 때, 그리스도가 한 말. '마태복음' 제6장에 나오는 말로, 그 다음 구절은 '다행이로다. 지금 굶주린 자여, 너희들 실컷 먹을 날이 있으리라. 지금 우는 자여, 너희들 웃을 날이 올 것이다' 하였다.

당신의 꿈이 한 번도 실현되지 않았다고 슬퍼하지 말라. 비참한 것은 한 번도 꿈을 갖지 않은 사람이다.

에센 바하의 '잠언'에 나오는 말. 보다 높은 이상이란 것이 없다면, 인류는 그저 일하고 있는 개미떼와 다를 것이 무엇인가.

대사상(大思想)은 심장에서 나온다.

(Das grobe Denken kommt von dem Herz.)

쇼펜하우워의 말. 큰 사상은 대담한 사람에게서 나온다는 뜻.

대지에서 대지로. 무엇을 탄식하는가. 그 동안 넘치는 축복과 태양과 생명과 사랑을 받지 않았던가.

대지에서 나서 대지로 돌아가는 사이에 영위한 삶을 찬양한 말.

도덕의 시기는 계절과 함께 변한다.

괴테의 〈나의 생애에서〉에 나오는 말. 도덕 자체는 인간 생활을 정화하기 위한 규범으로, 인간 생활에 없어서는 안 될 것이지만, 도덕의 양상은 경우에 따라, 시대의 흐름에 따라 가변적이라는 뜻.

돌을 깨는 자는 그로 인해 다친다.

불행한 원인이 돌에 있는 것이 아니라, 돌을 깨는 그의 동작에 있다는 뜻. 모든 원인은 자신의 행동 속에 잠재한다. 구약 '전도서'에 나오는 말.

루터의 구두는 아무 동네의 목사에게나 맞지는 않는다.

(Luther's shoes do not every village priest.)

각 처에 산재한 목사들이 다 루터 같은 위대한 목사가 된다고는 할 수 없다는 뜻.

마음과 정신과 의지, 이 세 가지의 조화에서 확고한 도덕성이 생긴다.

마음은 팔 수도 살 수도 없는 것이지만, 줄 수 있는 보물이다.
플로베르의 '수상록'에 나오는 말.

마음의 괴로움은 마음 스스로가 안다.
구약 '잠언' 제14장에 나오는 말.

마음이 가난한 자는 다행이로다. 천국은 그 사람의 것이기 때문이로다.
신약 '마태전' 제5장에 나오는 말로, 마음이 가난하다함은 교만의 반대인 겸허의 뜻. 그리스도는 이러한 표현을 곧잘 했다. 천국은 겸허한 사람에게 가깝고, 교만한 사람에게는 멀다. 진정 행복한 사람은 겸허한 사람이며, 겸허하지 않고는 행복감을 느끼지 못한다.

만물은 신으로 차 있다.
신의 입김이 안 가 있는 물건이 없다는 뜻.

만약, 세계에 단 하나의 종교만 있다면 그는 교만 불손하게 되고, 전제적이 될 것이다.
프리드리히 대왕의 말로, 종교가 여러 종류 있는 것이 오히려 독선을 피하는 의미에서 좋다는 뜻.

만약 신이 존재하지 않는다면 신을 발명해야겠다.
신의 필요성을 강조한 말. 신이 없다면 인생의 종국은 너무도 삭막하다.

명철(明哲)은 보신(保身)한다.

사리에 밝으면 위태로운 데서 몸을 보호할 수 있다는 뜻. 〈시경〉에 '이미 명(明)하고, 철(哲)하면 그것으로써 몸을 보(保)한다' 하였다.

모든 남자는 나의 아버지, 모든 여인은 나의 어머니

모든 사람에게 가족적인 경애의 정을 가지라는 불교의 사상. 〈범강경(梵綱經)〉에 나오는 말.

모든 진리는 함부로 말할 것이 아니다.

(All truth is not to be told at all times.)

진리를 이야기할 때는 중대한 때라야 한다. 노상 입 끝에 올리면 받아 들이는 사람이 느끼지 못한다는 뜻. 영국의 이언.

모르면 죄가 없다.

(Without knowledge, without sin.)

작의나 고의성을 죄의 요인으로 삼는 까닭.

번뇌, 즉 보리

(煩惱卽菩提)

마음의 방향이 구도심(求道心)을 일으키게 한다는 말. 석가모니가 보리수나무 아래에서 오도(悟道)한 데서 보리는 구도심의 뜻.

불심(佛心)은 대자무량(大慈無量)

불교 정신의 정수는 무한대의 자비 정신에 있다는 뜻. 〈관무량수경(觀無量壽經)〉에 나오는 말.

사람은 조물주의 상(像)

(Man is an image of the Creator.)

사람은 신의 작은 모형이라는 뜻. 사람은 신과 같은 모양으로 만들어졌다. 셰익스피어의 말.

사람은 한 조각 빵을 얻기 위해 죄를 범한다.

조그만 이득을 위해 죄를 짓는다는 뜻. 또 속히 재물을 얻으려는 성급한
마음이 죄를 짓게 한다. 구약 '잠언' 제28장에 나온다.

사람을 빼놓고는 자살하는 생물은 없다.

파브르의 〈곤충기〉에 나오는 말로, '다른 생물은 죽으려는 시능은 안 한
다. 왜냐하면 그들은 죽는 것을 모른다. 우리 인간은 인생의 고뇌를 깨닫
고, 죽으면 그 고뇌에서 벗어난다는 인식을 가지고 있는 것은 다른 동물
에 비해 귀중한 특권을 가진 것이다. 그러나 그 특권을 구사하여 행위에
옮긴다는 것은 비겁한 일이다'라고 이어지고 있다.

사람의 세상에 사는 것은 단 한 번

(Manm lebt mur einmal in der Welt.)
그러므로 의의 있는 생활을 가져야 한다. 괴테의 말.

사람이여, 이제 그만 악의 근원을 캐라. 너 자신이 그 근원이기 때문이다.

루소의 말. 남의 허물을 캐내려다가 오히려 자기의 허물이 드러날 것이
니, 제 허물 고칠 생각이나 하라는 말.

사람이 지상에서 즐기려면, 근소한 땅덩어리로써 족하다. 지하에서 잠들기 위해서는 더 작은 흙덩어리만으로도 충분하다.

괴테의 〈젊은 베르테르의 슬픔〉 속에 나오는 말. 넓은 집안에만 생의 즐
거움이 있는 것이 아니다. 좁은 방 모퉁이에서도 즐거움을 가질 수는 있
다. 많은 욕심을 내어 허욕에 몸부림치는 것이 무슨 소용이겠는가.

사랑의 굶주림, 이것이 그로 하여금 종교의 문에 들게 하였다.

슈라이엘맛 헬의 말.

사상은 너를 노예의 환경에서 구하여 자유를 갖게 한다.

에머슨의 말. 외관성 자유인이라도 자기의 사상을 갖지 못하고 정신적으로 남에게 예속되어 있는 사람이 있는가 하면, 비록 몸은 노예라도 사상의 힘으로 그 노예의 환경을 초탈할 수도 있다는 말.

사신(死神)은 부르지 않는 데 온다.

(Der Tod hommt ungelanden.)

독일의 이언.

산다는 것, 그것은 자기의 운명을 발견한다는 일이다.

알만. 〈사라클의 신(神)은 알고 있다〉에 나오는 말. 달아난 양(羊)이 어느 길로 갔을까. 기로에서 찾듯이 우리 자신의 운명도 언제나 몇 가닥 길로 제시되어 있다. 어느 길로 갈 것인가. 자신이 결정해야 한다.

산다는 것은 꿈꾸는 것이다. 기분좋게 꿈꾸는 것이 현명하다.

인생이란 일장춘몽이니, 이왕이면 우물거릴 것 없이 기분 좋은 인생을 보내라는 뜻.

삼계(三界)에 울타리 없고, 육도(六道)에 막힌 데 없다.

삼계(三戒)는 불교 용어로, 욕계(欲界), 색계(色界), 무색계(無色界). 일체 중생(一切衆生)의 생사(生死)가 이 속에서 윤회한다고 한다. 육도(六道)는 일체 중생이 그 선악의 업인(業因)에 따라 필연적으로 갈리게 될 여섯 가지의 경계(境界), 즉 지옥, 아귀(餓鬼), 축생(畜生), 수라(修羅), 인간(人間), 천상(天上), 삼계(三界)이고, 사람의 마음 하나에 달려 어디에나 갈 수 있다는 뜻. 악인은 악과(惡果)를, 선인(善人)은 선과(善果)를 필연적으로 얻게 된다는 인과응보를 말한다.

새가 죽으려고 할 때 그 우는 소리가 슬프다.

(鳥之將死에 其哀也哀라)

〈논어〉'태백편'에 나오는 증자의 말. 증자가 앓고 드러누워 있을 때 맹경자(孟敬子)가 문병을 갔었는데, 그 자리에서 증자가 슬퍼한 말. '새가 죽으려 할 때 그 울음이 슬프고, 사람이 죽으려 할 때 그 말이 좋다' 하였다.

색즉시공(色卽是空)

만물이 본시 공(空)이라는 뜻. 유(有)는 즉 무(無)라는 뜻. 색(色)은 불교상의 용어로, 물질을 말한다. 〈반야심경(盤若心經)〉에 나오는 말로, 형태 있는 것이 공(空)으로 돌아가고, 공에서 형태있는 것이 나온다는 말.

생(生)은 두 개의 영원(永遠) 사이에 있는 하나의 섬광이다.

카알 라일의 말. 두 개의 영원은 영원한 과거와 영원한 미래를 말한다. 영겁에서 영겁으로 흐르는 시간 위에 반짝이는 짧은 것이 인생이란 뜻. 동양의 석화광중(石火光中)과 같은 표현.

생자필멸(生者必滅)

〈양자법언(楊子法言)〉에 '생(生) 있는 자 반드시 죽음이 있고, 처음이 있으면 반드시 끝이 있다. 자연(自然)의 도리로다' 하였다.

세계를 한 알의 모래 속에 보고, 하늘을 한 송이 화초 속에 보고, 무한을 너의 장중(掌中)에 담고, 영원을 일시적으로 포착하라.

윌리암 브레이크의 말로, 전체와 부분 영원과 이 순간의 결합을 지적한 말.

세상사람에게 임하듯, 짐승에게도 임하다.

신은 사람에게 특혜를 주고, 짐승을 멸시 학대하지는 않으며 똑같이 여겼다. 어느 쪽에나 생사(生死)가 있으며, 사람의 영혼만이 하늘에 오르고 짐승의 것은 땅에 구르는 것이 아니라는 뜻. 구약 '전도서'에 나오는 그리스도의 말. 짐승도 사랑하라는 뜻이 들어 있다.

썩을 양식을 위해서가 아니고, 영구한 생명에까지 이르는 양식을 위해 일하라.

신약 '요하네전'에 나오는 그리스도의 말. 육체를 키우는 양식을 위해서가 아니고, 영원의 생명을 보전하게 될 정신적인 영양, 즉 신앙을 위해서 노력하라는 뜻.

소매를 스치는 것도 타생(他生)의 인,

길에서 잠시 소맷자락이 스치는 것도 그것이 우연한 일이 아니고, 전생에 인연이 있었던 것이라는 불교의 사상. 한 나무 아래의 그늘과 한 시냇가의 물에 맺는 인연도 타생(他生)에 정해진 것과 같은 뜻.

슬픔은 웃음보다 낫다.

구약 '전도서' 나오는 말. '슬픔은 웃음보다 낫다. 그 얼굴에 근심의 빛이 있는 자의 마음은 좋은 방향을 보고 있기 때문이로다. 현명한 자의 마음은 슬픔의 집에 있고, 어리석은 자의 마음은 즐거움의 집에 있다' 하였다. 슬퍼할 것을 슬퍼하고, 근심할 것을 근심하는 것이 사람의 본연의 자세이며, 슬픔과 근심을 모르고 노는 데 정신이 팔려 있는 동물과 같은 마음을 나무라는 말이다.

시저의 권위도 죽으니 한 줌의 흙덩이리. 바람 구멍이나 막는 데 쓰일 뿐

〈햄릿〉에 나오는 대사.

신과 부처는 증명할 수 없다. 증명하면 과학이 된다. 과학은 종교의

송장이다.

오스카 와일드의 말로, 증명할 수 있는 것은 이미 종교가 못 된다. 종교는 과학이 할 수 없는 차원의 세계이다.

신비를 비웃는 자는 못난이다.

나폴레옹의 말.

신앙은 종교의 혼이며, 노동은 종교의 신체이다.

(Faith is the soul of religion and works the body.)

정신 속에는 늘 신앙을 깊이 간직하고, 몸은 쉬지 말고 일하라는 뜻.

신은 관장(管長)이 있는 곳만 빼 놓고는 아무 데나 다 있다.

(God ist uberall, ausser wo er seinen Statthalter hat.)

독일의 이언. 관장은 백성을 못 살게 굴고, 괴롭히기 때문이라는 말.

신은 악인도 악일(惡日)을 위해 만들었도다.

구약 '잠언' 제16장에 '여호와는 모든 물건을 각기 그 쓰일 데에 따라 만들고, 악한 사람도 악한 날을 위해 만드셨다' 하였다. 선한 것만 만든 것이 아니고 악한 것도 함께 만들었다. 무른 것이 있으면 단단한 것도 만들고, 밝은 것이 있으면 어두운 것도 만들어 내듯이, 대조되는 것을 낱낱이 갖춰 놓았다. 악일(惡日)이라 함은 사람에게 좋은 날, 즉 행복한 날만 주어질 수 없다는 뜻. 행복은 불행과 비교해서 깨닫게 되는 것이니, 신은 행복이 무엇인가를, 좋은 것이 무엇인가를 밝히고자 불행과 악한 것들도 만들어낸 모양이다.

신은 인간을 창조하고, 인간이 고독한 것을 보고 그 고독감을 한층 알려 주려고 그에게 반려(伴侶)를 주었다.

발레리의 〈있는 그대로〉에 나오는 말.

신은 인치로서 사람을 재지 않는다.

(God does not measure men inches.)

영국의 이언으로, 키나 몸집으로 그 사람의 가치를 판단하지 않으며, 정신이 문제라는 뜻.

신은 정의의 사람들을 돕는다.

(God defends the right.)

신은 초인종을 울리지 않고 찾아온다.

(God comes to see us without bell.)

영국의 이언으로, 신은 뜻하지 않을 때 살짝 온다.

신은 행복하게 하려고 사람을 만들지는 않았다.

사는 것이 괴로우니 이렇게 체념하면 이 세상 누구나 행복 속에 앉아 있는 사람은 없다. 괴로움과 낙이 반반인 것이 인생일 것이다.

신을 보려 하는가. 그러면 너 자신을 신에게 바치라.

전심령(全心靈)을 신에게 바친 뒤에는 그 마음 속에 있는 신을 볼 수 있다는 뜻.

신의 나라는 너희들 속에 있다.

신의 나라는 언제 오는가 하고 바리사이인에게 질문을 받은 그리스도의 대답이다. '신의 나라는 눈에 보이듯이 오는 것이 아니다. 보라, 신의 나라는 너희들 마음 속에 있지 않은가.' 신약 '루카전' 제17장에 나오는 말로, 즉 천국도 지옥도 각기 사람 마음 속에 있다는 뜻이다.

신의 두 눈은 잠들 때가 없다.

(The eye of god sleeps not.)

하느님은 언제 어디서나 인간의 행동을 보고 있다는 말.

신의 맷돌은 천천히 돌지만, 틀림없다. |
(The mill of God grinds slowly, but it grinds fine.)
무슨 일이든지 차분히 해야 성취한다는 뜻.

심두(心頭) 멸각(滅却) 하면 불도 시원하다.
〈벽암록(碧巖錄)〉에 나오는 말. 무아무심(無我無心)의 경지에 이르면 뜨거운 줄을 모른다. 고생 속에 오히려 낙을 발견한다는 말.

십자가 그늘에 악마 있다.
동양에는 '절문 앞에 도깨비 있다'는 말이 있다. 선(善)의 뒤에는 악(惡)이 따라다닌다는 뜻.

아름답게 하여라. 그리고 늘 너의 마음이 명하는 데에 따라 하라. 이 것이 도덕의 전부이다.
미(美)와 추(醜)를 분간하는 힘이 우리의 마음 속에 있다. 늘 이 두 가지가 우리 앞에서 우리의 선택을 바란다. 마음은 미(美)를 향하고, 그 마음에 따르면 그것은 곧 도덕의 길과 합치된다.

아무도 신을 시험하지 못 한다.
인간의 얕은 지혜로 전지전능한 신을 떠 보는 것은 불손하다. 경건한 마음으로 그 앞에 무릎을 꿇는 것이 우리 인간이 할 수 있는 일이다.

양심은 그 사람의 범죄의 고발자이다.
(A mind conscious of guilt is its own accuser.)
남의 눈을 속여 나쁜 짓은 할 수 있지만, 양심의 가책에서는 벗어날 수 없다. 영국의 이언(諺)

양심은 신성한 본능이며, 선악(善惡)에 대한 심판자.

루소의 〈에밀〉에 나오는 구절로, '양심이여, 양심이여. 신성한 본능이여, 불멸의 하늘의 소리여. 무지할 때 흐리고 총명하고 자유스런 인간에겐 착실한 길잡이여, 인간을 신에 닮게 하고, 선(善)과 악(惡)에 대해서 그르침이 없는 심판자여. 인간의 본성을 탁월케 하고 인간의 영위(營爲)를 도덕적(道德的)으로 하는 것은 실로 너다.' 라고 전후 문장이 이어지고 있다.

양심을 버리는 자는 도끼에 나무가 베이는 거와 같다.

〈맹자〉 '고자상편' 에 나오는 말로, 사람에게 양심이 있음은 마치 산에 나무가 있는 것과 같으며, 양심을 버리는 것은 산에 나무가 다 잘린 거와 같다.

양심이란 우리들 속에 있는 가장 좋은 것이 그 곳에 집중되어 있는 정교한 거울이다.

사람이 가지고 있는 가장 좋은 것. 그것이 다소곳이 모여 비춰 주는 거울인 양심대로 살고 있는 사람은 가장 보람있게 아름답게 살고 있는 것이다. 파브르의 〈곤충기〉에 나오는 말

영혼은 불멸이며, 우리들의 영혼은 진정 내세(來世)에 존속(存續)한다.

플라톤의 말로. 고대 그리스의 대표적 철학자들은 영혼불멸을 굳게 믿고 있었다.

우리가 어떠한 일을 겪었는가. 이것이 아니고 그 체험을 우리들이 어떻게 느끼느냐가 우리들의 운명의 내용이다.

인생이 세상에 나와서 겪는 경험은 대체로 비슷한 것이며, 그것을 받는 태도와 사후 처리가 그 사람의 운명을 좌우하게 된다는 말.

운명은 영웅의 가슴도 때려부술 수 있지만, 영웅의 의지는 운명도 휘어잡지 못 한다.

운명이 다했을 때 불세출의 영웅들도 맥없이 목우(木偶)와 같이 무력해진 예는 서양에는 시저, 네로, 나폴레옹이 있고, 동양에는 진시황, 수양제 등 영화의 절상에 앉았던 제황 권세가도 다가오는 운명 앞에는 무력했다.

의인(義人)은 신앙으로써 살아야 한다.

정의를 지키려면 신앙에 의하여 그 신조를 굳게 가질 필요가 있다는 말.

이 세상이라는 직물은 필연과 우연에서 만들어진다.

세상에 일어나는 크고 작은 일들이 다 필연적인 요인과 우연적인 기회로 꾸며지고 있다. 이성의 힘은 필연에만 미치지 않고, 우연조차도 휘어잡을 수 있다는 괴테의 말.

인간은 슬픔에 찬 생활에서 벗어나기 위해, 오로지 그 하나 이유로 신을 만들어낸 것이다.

우리는 신의 존재 여부는 모르지만, 신이 존재한다는 걸로 마음의 위로를 받을 수 있다. 도스토예프스키의 〈악령(惡靈)〉에 나오는 말.

인간은 죽음을 두려워한다. 그것은 삶을 사랑하기 때문이다.

도스토예프스키의 〈악령(惡靈)〉에 나오는 말.

인간은 한 오라기의 갈대다. 자연 속에서 가장 약한 것에 불과하다. 그러나 생각하는 갈대이다.

(L'homme n'est qu'in roseau leplus faible de la nataur; mais c'est un roseau pensant.)

파스칼의 말.

인간의 본질은 고뇌이다.

인간의 본질은 고뇌이며, 자신의 숙명을 의식하는 것이다. 그 결과 죽음의 공포조차도 그 속에서 나온다고 했다. 자신의 숙명을 바라보는 오성(悟性), 오성의 내용은 고민이다. 동물은 이러한 고민을 갖고 있지 않다. 오성의 고민은 지식이 많을수록 정비례한다. 이 점에서 돼지 같은 축생은 오성을 갖지 않고 고뇌를 모르니 행복하다. 그러나 돼지의 편안보다 인간의 슬픔을 우리는 취한다. 앙드레 말로의 〈인간의 조건〉에 나오는 말.

인간의 사전도(四顚倒)

불교에 나오는 말. 인간은 네 가지 전도된 관념을 지니고 있다는 말로, 그 하나는 무상(無常)한 세상을 상주(常住)로 오인하고 있으면서 오늘 있는 것이 내일은 없어지는 이치를 모르고 언제나 자기 손아귀에 잡아 둘 수 있는 것으로 알고 있다. 두번째는 고(苦)의 세상을 낙의 세상으로 오인하고 있다. 인생은 고해(苦海)다. 고해에서 낙을 찾는 것이 잘못이라는 것. 세번째는 인간은 본시 자유롭지 못한 것인데 자유롭다고 오인하고 있다. 네번째는 더럽혀진 몸을 깨끗하다고 생각하는 것도 착각이라는 것.

인간의 운명이여, 너는 마치 바람과 같구나.

바람의 방향은 수시로 변한다. 운명도 바람과 같이 자꾸 변한다. 괴테의 시집에서. 인간이 불행한 것은 그 행복을 모르기 때문. 그것을 가르쳐 주는 것이 신이다. 인간은 불행한 면에만 눈이 쏠린다. 남보다 행복한 면은 생각지 않고 있다. 신앙심은 자기에게 있는 행복을 비춰 준다. 도스토예프스키의 〈악령〉에 나오는 말.

인간이 절망하는 곳에는 어떠한 신도 살 수 없다.

절망은 신을 스스로 버리는 일. 가까이 있는 신을 내쫓고, 모든 빛깔을 스스로 꺼 버리는 자멸 행위이다.

인간 팔고(人間八苦)

불교에서는 인간에게 여덟 가지 고(苦)가 있다고 한다. 생(生), 노(老) 병(病), 사(死), 구부득(求不得), 애별리(愛別離), 원증회(怨憎會), 오성음(五盛陰)이 그것이다.

인생은 극히 한순간에 불과하다. 죽음도 극히 한순간의 일이다.

칠십 인생도 지나가 보면 마치 한순간과 같다.

인생은 사랑이여, 그 생명은 정신이다.

(Das leben ist Liebe, und das leben Geist.)

괴테의 말. 인생에서 사랑을 빼고 나면 무엇이 남을 것인가. 생명의 비밀은 육체의 각 기관에 있는 것이 아니라, 정신에 있다. 육체의 각 기관을 지배하는 것은 정신이다. 정신의 내용이 그 사람의 생명이다.

인생은 짧고, 기술은 길고, 기회는 달아나기 쉽고, 경험은 의심스럽고, 판단은 어렵다.

과학적 의학의 시조로 알려진 그리스의 히포크라테스의 말. 주로 의사의 입장에서 한 말이며, 치료의 시급을 요하는 환자를 앞에 두고 판단의 곤란을 말한 것이라 한다. 그러나 그의 이 말은 모든 직업에 모든 사람의 경우에 해당되고 있다. 첫머리의 '인생은 짧고, 기술은 길다' 하는 것은 인간의 수명은 한정되어 있고 기술의 세계는 그 지식을 탐구하기에 한이 없다는 점을 지적한 것.

인생의 의의는 거짓을 미워하고 진실을 사랑하는 것을 배우는 데 있다.

(Life means learning to abhor the false, and to Love the true.)

로버트 브라우닝의 말. 거짓과 손을 잡고 진실을 던져서는 안 된다. 진실을 찾고, 진실을 아는 것이 인생의 보람이다.

인생 칠십 고래희(古來稀)

두보의 '곡강(曲江)의 시'에 나오는 구절. 옛사람들은 지금보다 단명했으며, 예로부터 칠십까지 산다는 것은 드문 일이라는 뜻. 따라서 칠십을 고희(古稀)라고도 한다.

일각 천금(一刻千金)

일각(一刻)이 천금의 값어치가 있다. 여기서는 시간의 중요성을 말한 것이 아니고, 그 즐거움을 뜻한 것. 소동파의 시에 '봄밤의 정취는 일각이 천금의 값이 있으며, 꽃에 맑은 향기있고, 달 그림자가 호뭇하고나' 하였다. 달밤의 꽃향기 흐르는 봄밤의 정취가 천금의 값어치란 뜻.

일곱 살 이하의 아이는 죽음의 공포를 모르고 짐짓 즐거운 듯이 죽어 간다. 그러나 우리들이 성숙한 나이에 이르자 우리들은 죽음과 지옥을 느끼며, 그리고 죽음을 두려워하게 된다. 루터의 〈설교집(說敎集)〉에 나오는 말.

일살 다생(一殺多生)

불교에서 한 사람을 죽이고, 다수인을 살리는 경우를 말함.

일(一)은 만물의 시작

중국 고대의 소박한 철학 사상으로, 수(數)의 하나가 둘이 되고 셋이 되듯 도(道), 즉 세상의 이치도 하나가 둘이 되고, 둘이 셋 되고, 셋이 만물에 이른다고 노자가 한 말.

자기를 아는 것은 다른 사람을 아는 데서 온다.

다른 사람의 장단과 자기의 장단을 비교해 볼 때, 자신의 위치를 깨닫게 된다는 말. 괴테의 말.

자살은 하나의 실험이다.

쇼펜하우어의 말로, '사람이 자연에 대해서 던져 보고 그 해답을 얻고자 하는 일종의 질문이다. 즉, 현존성(現存性)과 인간의 인식이 죽음으로 하여 어떠한 변화를 가져 오는가 하는 실험이다. 그러나 이 실험은 실패다. 왜냐하면, 죽은 뒤에는 그 해답을 얻을 의식을 갖지 못하기 때문이다'라는 말이 이어지고 있다.

자신을 위해 낡아지지 않는 돈 주머니를 만들고, 있는 재보를 다 하늘에 저축하라.

돈을 오래 넣고 있으면 돈 주머니는 낡아진다. 제 주머니에 돈을 오래 넣고 있지 말고 하늘에 모두 저축하라는 뜻. 즉, 세상을 위해 쓰는 것이 신의 뜻에 따르는 것이며, 이는 하늘에 저축하여 영원히 그 재물이 빛난다. 신약 '루카전' 제12장에 나오는 말이다.

자연은 무한히 갈라진 신이다.

나무 하나하나, 풀 하나하나에도 신성(神性)이 깃들어 있다는 뜻. 초개(草芥)에도 불성(佛性)을 인정하는 불교 사상을 말한 것.

전 세계를 알고 자기 자신을 모르는 자가 있다. 세계에 대한 지식은 넓게 가지고 있으면서 막상 자기 자신의 실력에 대해서는 정확한 판단을 하지 못하고 과대 망상증에 걸린 사람을 비웃는 말. 라 퐁텐의 말.

절망 속에도 타는 듯한 뜨거운 쾌감이 있다. 특히 진퇴양난에 빠진 자신의 궁지를 아프게 의식할 때일수록 더욱 그러하다.

도스토예프스키의 〈지하생활자의 수기〉에 나오는 말. 도스토예프스키의 경우. 절망 상태를 또 하나의 자신이 냉정히 옆에서 바라보고 있다. 어떠한 절망 상태도 그것이 통째로 인간을 삼키지 못한다. 막다른 절망조차도 그것을 지켜 보고 있는 또 하나의 눈을 인간은 가지고 있다.

절망은 유일의 진정한 무신론이다.

쟌 파울의 〈독일의 황혼〉에 나오는 말.

정의를 행하는 자리에서 가끔 사악이 고개를 든다.

정의에 입각해서 심판하는 자리에서 불의와 사곡(邪曲)된 재판이 행해진다는 뜻. 구약 '전도서' 제3장에 나오는 말로, 정의의 명분하에서 부정이 고개를 들어서는 안 된다고 경계하고 있다.

제(齊)는 거기 계시는 듯 하라.

(祭神如神在)

조상의 넋을 제(祭)할 때 조상이 거기에 계시듯이 진심으로 하며, 신을 제(齊)할 때는 신이 거기에 계시듯이 경건한 마음으로 하라. 요는 형식보다 정신이라는 뜻. 〈논어〉에 나오는 공자의 말

제행무상(諸行無常)

불경에 나오는 말. 만물은 유전하고 한 자리에 멈추고 있는 것은 하나도 없다는 뜻.

조그만 인간들을 때로 우쭐하게 하고 때로 얌전하게 하는 것은 신으로서는 자유자재다.

호메로스의 말. 우쭐하면 실의할 때가 오고, 실의의 고비를 넘기면 우쭐할 때가 온다. 신의 광대한 시야에서 보면, 인간의 고락이란 다 일장의 웃음거리인지도 모른다.

종교는 말이 아니고, 실행이다.

(Religion lies more in walk than in talk.)

영국의 이언. 나폴레옹은 신학을 무용시했고, 오히려 종교를 해롭다고 말했다. 종교의 이론에 능하다고 참된 신앙은 아니다. 신앙과 이론은 다른 것이며, 한 가지라도 생활화하고 있는 사람이 신앙이 깊다.

종교는 모든 문명의 어머니다.

(Religion is the mother of all civilization.)

인류 문화는 동서를 막론하고 종교와 더불어 발전해 왔다. 샤르트르의
말.

종교는 방법이 아니라 생활이다

(Religion is not a method, but life.)

종교가 어떤 목적을 위한 수단 방법이 되어서는 안 되며, 종교 정신이 생
활의 내용이라야 한다는 뜻.

종교는 불멸의 성좌(星座)이다. 지상의 밤이 어둠을 더함에 따라 천
상에 있어서는 더욱 그 광채를 나타낸다.

사람에게 걱정이 있고, 눈물이 있고, 어둠이 있는 한 종교의 불은 인류와
더불어 영원히 꺼지지 않는다. 카알 라일의 말.

종교는 생명이고, 철학은 사고(思考)이다. 우리는 사색과 생명을 조
화해야 한다.

생명의 신비는 종교의 신비이며, 그 신비에 대한 사색이 곧 철학이다. 따
라서 철학은 종교를 떠날 수 없으며, 조화를 이루지 못한 철학을 배격하
고 있다.

종교는 인간도야(人間陶冶)의 근본이다.

페스탈로치의 말.

종교란 무엇인가. 중생에 대한 자비이다.

단적으로 풀어 말한 종교의 의의. 짧은 한 세상 서로 아끼고 돕고 사랑하
자는 뜻.

종교와 이성과는 서로 필수 불가결한 것이다.

신을 감득하는 것은 감성이지만, 신에 의지하는 것은 이성이 시키는 일이다. 종교는 명민한 이성이 원하는 것이며, 종교는 또한 이성을 원한다. 양자는 반드시 같이 있어야 하며, 떨어질 수 없다. 워싱턴의 말로 맹목적인 신앙을 경계한 것.

종교의 싸움은 악마의 수확이다.

종파간에 벌어지는 모든 시비는 신의 뜻을 벗어나는 것이며, 악마를 이롭게 할 뿐이라는 뜻.

종교의 세계는 이데아이다.

플라톤의 말로, 이데아(idea)는 이념, 관념이라는 뜻의 그리스 말이다.

죄는 증오할 것이지만, 회개한 죄는 세상에 있어 아름다운 것이다.

오스카 와일드의 말.

죄를 짓고 변명하는 것보다 참회의 눈물을 머금는 것이 훨씬 낫다.

변명은 죄를 덧붙일 뿐이라는 뜻.

죽음보다 강한 자가 누구이던가, 죽음에 직면하여 태연자약한 사람이다.

(Wer ist machtiger als der Tod? Wer da lachen, wenn er bedroht.)

죽음은 모든 것을 평등하게 한다.

(Death is the grand leveller.)

저승 길에 임금 없다고도 한다. 죽으면 권세 있던 자도 노예도 없고, 부한 자도 가난한 자도 없이 똑같이 흙으로 돌아갈 뿐이다.

죽음은 오랜 수면이다. 수면은 짧은 죽음이다. 수면은 가난을 달래주고, 죽음은 가난을 없애 준다.

독일의 〈격언시집(格言詩集)〉 속에 나오는 말.

죽음은 인류의 공통의 운명이며, 죽음을 두려워하는 자는 위대한 인간이 될 수 없다.
그라베의 〈황제 하인리히 4세〉에 나오는 말.

죽음을 두려워하는 자는 결코 행복하게 살 수 없다. 그러나 죽음을 전연 두려워 하지 않는 것도 인간답지 않은 일이다.

지상에 사는 모든 것은 무엇보다도 그 생(生)을 사랑하지 않으면 안 된다.
도스토예프스키의 〈카라마조프의 형제들〉 속에 나오는 말.

지상에서 종교 만큼 흥미로운 것이 없다.
보들레르의 각서(覺書)에서. 탐미파의 시인인 보들레르도 종교의 신비성에는 미(美)와 흥미를 느낀 듯하다.

지옥에서 부처님 만난다.
생각지도 않은 장소에서 구원의 손길이 나타났을 때 쓰는 말.

지혜는 비둘기같이 말한다.
고분고분한 것이 지혜로운 말솜씨다. 괴테의 시집에서.

지혜의 첫 걸음은 자신의 어리석음을 안다.

진리는 인간이 보장하고 있는 최고의 것이다.
(Truth is the highest tfing a man keeps.)
진리를 논할 수 있는 것은 인간뿐이며, 진리를 탐구하기 때문에 인간 정신은 고귀하다는 말이다. 쵸사의 말.

진정 철학이 무엇인가를 이해하는 사람은 즐거이 죽음을 맞이할 것이다. 그의 스승 소크라테스는 침착하게 마치 산책이나 가듯이, 죽음의 길로 떠났다.

플라톤의 말.

처음에 로고스(logos) 있었다.

로고스는 말(언어)이란 뜻이며, 동시에 도리(道理), 진실의 뜻을 포함한다. 로고스는 태초에 신과 더불어 있었고, 만물의 근원이며, 생명이란 뜻

신약 '요하네전' 제1장 첫머리에 나오는 말로, '처음에 로고스가 있었도다. 이 로고스는 태초에 신과 더불어 있었으며, 이에 따르지 않고 된 것은 하나도 없더라. 이에 생명이 있으며, 이 생명은 사람의 빛깔이도다' 하였다. 로고스는 보통 언어로 번역되지만, 단순한 언어만을 가리킨 것이 아니고 도리와 진실이라는 이념이 포함되어 있는 것으로, 언어 자체의 의미를 그렇게 해석할 것을 가르쳐 주는 의미가 있다.

천국이 가까워 왔다. 회개하라.

그리스도가 가베나움이라는 해변가의 촌락에서 예언자 이사야의 말을 성취(成就)하려고 해변에 사는 사람들에게 가르침을 던진 첫번째의 말. 이 말을 듣고 사람들이 그리스도의 제자가 되었다. 신약 '마태전'에 나온다.

천도(天道)는 무친(無親)하며, 늘 선인(善人)의 편이로다.

신은 사람에 따라 친하고 소원한 관계에 있지 않고, 선악(善惡)에 따라 공정하게 편을 들 뿐이라는 뜻. 〈노자〉에 나오는 말.

천도(天道)는 사람을 죽이지 않는다.

(God does not smite with both hands.)

신은 자비로우며, 사람을 못 살게 굴지는 않는다. 즉, 견딜 수 없는 가혹

한 운명은 없다는 뜻.

천도(天道)는 시(是)인가, 비(非)인가.

선(善)을 행하면 행복하게 되고, 악(惡)을 행하면 천벌을 받고 불행하게 된다는 것이 하늘의 섭리라 하였는데, 세상사는 반드시 그렇지가 않다. 과연 천도(天道)는 정의의 편인가. 이 말은 그렇지 않은지도 모른다고 의심을 하는 말이다. 〈사기〉 '백이전' 에 '태사공(太史公) 왈, 재화를 만난 자 그 수를 헤아릴 수 없더라. 나 심히 당혹하도다. 어쩌면 천도는 시(是)가 아니고, 비(非)인지도 모른다' 고 하였다.

천도(天道)를 두려워하라.

신에 대해서 공경하고, 두려움을 가져야 한다. 〈독서록(讀書錄)〉에 '천도를 두려워하라. 성제 명왕(聖帝明王)은 하늘을 섬기기를 부모를 섬기듯이 하노라' 하였다.

천상천하유아독존(天上天下唯我獨尊)

천지간에 나 홀로 귀하다는 뜻. 〈전등록(傳藤錄)〉에 석가모니불이 처음에 태어나니 한 손은 하늘을 가리키고, 한 손은 땅을 가리키고 주위를 일곱 발자국 걷더니 눈을 사방에 주며 말하길 '천상천하 유아독존(天上天下唯我獨尊)이라' 하였다 한다.

철학자는 지혜를 사랑하며 찾는다. 그러나 어느 부분이 아니고, 그 모든 것을 사랑하고 구한다.

플라톤의 말.

티끌만한 신앙이 있다면 이 산을 보고 여기에서 저편으로 옮기라 하여도 반드시 옮기리라.

신약 '마태전' 에 나오는 그리스도의 말로, 신앙 있는 자는 비록 그것이 적더라도 보답이 있다는 뜻. 불가능을 가능케 하는 것은 신앙의 힘에서 나온다.

하느님도 필연에는 거역하지 못한다.
(The Gods themselves do not fight against necessity.)
필연은 거역하지 말고 순종하라는 뜻.

하느님은 높은 데서 얕은 데로 귀 기울인다.
〈삼국지〉에 나오는 말. 비천한 환경에 있는 사람의 호소에 귀를 기울이고 있다는 뜻.

하늘 보고 침 뱉는다.
위를 보고 침을 뱉으면 그 침이 제 얼굴로 떨어진다. 너에게서 나온 것은 너에게로 돌아간다고 한 그리스도의 말과 같다.

하늘에는 입 없다. 사람으로 하여금 말하게 하라.
'민심이 천심이다' 라는 말과 같은 뜻.

하늘에 순종하는 자는 살고, 하늘에 거역하는 자는 망한다.
〈맹자〉 '이루상편' 에 '천도가 밝은 데서는 작은 덕(德)은 큰 덕을 따르고, 작은 현(賢)은 큰 현을 따르며, 상하 질서가 반듯하다. 천도가 문란하면 이런 질서가 뒤집히고, 작은 것이 큰 것을 지배하고, 약한 것이 강한 것을 지배하려 든다. 그러나 결국은 천도에 따른 자는 살고, 이를 거역하고 망발로 행동한 자는 주변에서 그 일생을 쓸쓸히 마치지만, 인류애의 정신을 가진 희생적인 사람은 영원한 생명을 보전하리라' 는 뜻.

하늘이 주신 것을 받지 않으면 도리어 책망을 받으리라.
〈일주서(逸周書)〉에 나오는 말로, 비록 작은 것이라도 불평 말고 감사히 받는 마음, 그것이 복받는 길이라는 뜻.

한 나무의 그늘, 한 냇가의 물이 다 타생(他生) 연분

내가 쉬는 낯선 나무 그늘, 그리고 내가 마시고 씻는 시냇물의 흐름, 이것이 다 우연이 아니고 불교의 윤회의 법칙에 따라 여러 번 태어나는 동안에 맺어진 깊은 인연이라는 뜻. 하룻밤 같이 자고, 하루 부부가 되는 것도 다 전생의 인연이라는 말.

한 번도 참선하지 않고 선교(宣敎)의 현기(玄機)를 깨닫는다.

〈채근담〉에 나오는 말. 선(禪)이 무엇인지, 한 번도 참선하지 않은 사람이라도 인간으로서 본래 선미(禪味)가 있는 사람은 선(禪)의 심오한 정신을 깨달을 수 있다는 뜻. 일자 무식이라도 시심(詩心)있는 자는 시인의 정취를 알 수 있다고도 말했다. 사람의 소질을 말한 것.

한 알의 보리, 땅에 떨어져 죽지 않는다면 오로지 하나로 그치리라. 만약 죽는다면 많은 열매를 맺으리라.

신약 '요하네전' 제12장에 나오는 말로, 이기심이 많은 자는 자기 일로 망한다 하였다.

함부로 자살하는 것은 사회에 대해 패배를 의미한다.

오스카 와일드의 말.

현대의 인간은 누구나 삶을 사랑한다. 왜냐하면 현대인은 고통과 공포를 사랑하고 있기 때문이다.

도스토예프스키의 〈악령〉에 나오는 말. 죽음의 무(無)보다 고통과 공포의 유(有)가 낫다는 뜻.

현명한 자가 그 얼마나 어리석은 자보다 나을 것인가

구약 '전도서' 제6장에 사람의 목숨 천 년을 곱절한다 하기로 행복한 것은 아니다. 결국은 다 무덤으로 돌아갈 것인데, 왜 저 혼자 욕심에 허덕이

느냐. 죽음 앞에는 현명하고 어리석음이 없고, 잘나고 못남이 없고, 부귀도 비천도 없다.

현세(現世)의 모든 것이 무상(無常)하다는 것은 무한한 슬픔의 근원이며, 또 무한한 위로의 근원이다.

나에게 있는 행복이 때와 더불어 시들어 버릴 것을 알 때, 이 얼마나 슬픈 일인가. 그러나 남이 가진 커다란 행복도 바람 앞에 먼지처럼 생각될 때 위로가 된다. 에센바하의 〈격언집(格言集)〉에 나오는 말.

현세(現世)의 일주일은 죽은 뒤의 8백 년에 해당한다.

사후의 세계가 있다 하더라도 현세의 행복이 비중이 크다는 뜻. 내세보다는 현세의 행복이 중하다는 말.

현세의 행복은 그림자. 현세의 명성은 꿈.

행복은 그림자같이 변한다. 명성은 깨야 할 꿈, 오래 가지 못한다는 뜻.

현자(賢者)의 사상은 신의 계시.

신의 계시는 현명한 사람과 자각과 입을 통해 전해지는 것이며, 그 밖에는 다른 방법으로는 전해지지 않는다. 쇼펜하우어의 말.

12

경제 · 빈부에 대해

가난에 안주하는 자는 부유한 자이다.

가난이 괴로운 것은 그 가난 자체보다 심리적으로 부담되는 열등의식, 혹은 울분 때문인데 가난을 숙명이러니 하고 단념한 사람에게는 가난하다고 반드시 불행한 것은 아니다. 부하거나 가난하거나 마음의 평화가 중요하다는 뜻. 셰익스피어의 말.

가난은 병보다 괴롭다.

병도 괴롭지만, 그 이상으로 가난에 쪼들리는 괴로움이 크다는 뜻. 부하다고 반드시 행복한 것은 아니지만, 심한 가난은 확실히 인생의 불행이다.

가난을 이겨내는 자는 많으나, 부귀(富貴)를 이겨 내는 자는 적다.

가난한 사람이 가난의 고통을 견디는 만큼, 부유한 자가 그 재산을 올바르게 유지 못한다. 낭비하여 탕진하지 않으면 그 재산의 노예가 되어 인간의 품성을 잃거나 또 그 재물로 인하여 불행을 자초한다는 뜻. 카알 라일의 말.

갑자기 얻은 재산은 그 끝이 상스럽지 못하다.

구약 '잠언'에 나오는 그리스도의 말. 벼락 거지라는 말도 있다. 노동을 통해 나오지 않은 재산은 그 사람의 몸에 붙기 어려우며, 오히려 그 재산으로 인하여 불행하게 되는 예는 많았다.

거저 온 것은 거저 간다.

(Lightly comes, lightly goes.)

땀과 노고로 얻은 것이 아닌 재물은 안개처럼 흩어져 없어진다. 특히 부정한 수단으로 얻은 재산은 더 그렇다.

값 싼 사자피(獅子皮)는 없다.

(The lion's skin is never cheap.)

사자의 가죽은 귀한 것으로 쌀 이유가 없으며, 만일 싸다면 그것은 가짜이거나 험이 있다는 말.

광주리에 물 담는다.

(To put water in to a basket.)

광주리에 물을 담으면 물은 금세 새 버릴 것이 뻔하다. 지출이 많으면 돈은 남아 날 수가 없으니, 지출을 막으라는 뜻.

교만한 자의 마음은 늘 가난하다.

교만한 자는 반성이란 것이 없고, 정신적 내용이 경박하다는 뜻. 〈담자화서(譚子化書)〉에 '교만한 자는 부(富)하여도 모자라고, 검소한 자는 가난하면서 여유가 있고, 교만한 자는 마음이 늘 가난하고, 검소한 자는 마음이 늘 부하도다' 하였다.

군자(君子)는 재물을 아낀다. 이를 쓰는 데 길이 있으므로.

마땅히 쓸 데를 위해서 평소에는 절약한다는 뜻. 불국선사(佛國禪師)의 말.

귀찮은 마음에서 지붕은 썩고, 팔을 늘이고 있는 데서 집은 샌다.

귀찮은 마음, 게으른 마음 이것이 가난의 근원이라는 말. 구약 '전도서' 제11장에 나오는 그리스도의 말로, 손을 축 늘이고 서 있지 말고, 귀찮다는 생각을 머리에서 쫓아 자기 할 일을 부지런히 하라는 뜻.

근소한 비용을 조심하라. 작은 구멍에서 새는 물이 배를 가라앉게 하지 않더냐?

프랭클린의 말.

낙양(洛陽)의 지가(紙價)를 올린다.

책이 인기가 있고 많이 팔릴 때 쓰이는 말. 즉 베스트셀러의 뜻. 옛날 문화의 중심지이던 중국 낙양의 종잇값을 올릴 만큼 명저(名著)를 썼다는 데서 나온 말.

날(日) 계산에는 모자라고, 해(年)는 계산에는 남는다.

하루하루는 이익이 적어 적자인데, 일년을 통틀어 계산을 해 보니 이득이 많더라는 뜻. 눈앞의 작은 이익에 급급하지 말고, 긴 눈으로 사업 경영을 하라는 말. 〈장자〉 '당상금편(唐桑禁篇)' 에 나오는 말.

내일 일을 걱정하고, 근심하지 말라.

자기 할 일을 올바르게 하라. 그러면 하늘에 계신 아버지는 너의 필요한 것을 반드시 주신다. 그러므로 내일의 생활, 미래의 일을 근심하고 고민할 것은 없다라는 그리스도의 말. 신약 '마태전' 제6장에 '먼저 신의 나라와 신의 의(義)를 찾아라. 그러면 그 모든 것이 너에게 보탬이 오리라. 그러므로 내일 살 일을 걱정하고 괴로워하지 말라. 내일 일은 내일 스스로 걱정하고 생각하라. 하루의 노고는 하루로서 족하도다' 하였다.

덕은 사업의 기간(基幹)이다.

덕. 즉 정의에 입각하지 않은 사업은 일시적인 성공은 있을지 모르나, 종국의 성공은 거두지 못한다. 그 불의로 인하여 사업의 망함을 모면치 못하는 것이니, 어디까지나 명분과 도리를 근본으로 삼고, 사업을 경영하여야 한다는 뜻. 〈채근담〉의 말.

돈으로 신용을 만들려 하지 말라. 신용으로 돈을 만들 생각을 하라.

돈은 가끔 사람을 만든다.

(Even fool can save money, but wityout wise cart use.)

무식하고 소질이 열등한 사람도 돈의 힘으로 사람이 된다는 말.

돈은 밑 없는 바다 속, 그 속에 명예도 양심도 또 진리도 한없이 들어간다.

돈은 바보라도 모을 수 있지만, 쓰는 데는 지혜가 필요하다.

돈을 유효하게 쓰려면 지혜가 있어야 하고, 쓰기가 더 어렵다는 뜻. 영국의 이언.

돈은 좋은 하인, 혹은 나쁜 주인

(Ĺor est une bonne servante, un mauvais maitre.)

돈은 쓰기에 따라 선량한 하인같이 도움이 되기도 하고, 고약한 주인같이 압제자가 되기도 한다는 말. 프랑스의 이언.

돈은 힘이다.

(Money is power.)

돈을 가장 잘 쓰는 것은 빚을 갚는 일

(To repay borrowed money is the best way to use money.)

돈이 돈을 만든다.

(Money is money.)

'돈이 돈을 낳는다', '돈이 돈을 부른다'고도 한다.

돈이 지나치게 많으면 젊은 사람을 망친다.

(The youth fall away, when money abundantly.)

동업자는 적이다.

(The man of your own trade is your enemy.)

경쟁하는 입장이니 자연 적대시하게 된다. 가까우면서도 항상 내심으로 시기하는 것이 동업자의 심리라는 뜻.

딸자식이 나쁘면 돈을 모아 소용 있겠느냐. 딸자식이 좋으면 돈이 왜 필요하겠느냐.

못되고 어리석은 딸을 위해 재산을 남긴들, 그 재산이 제대로 지탱하지 못해 순식간에 없어지고, 딸이 영리하고 착하면 그 자식으로서 이미 재산이 되니 구태여 유산을 물려 줄 걱정을 안해도 된다는 말. 영국의 이언.

로마는 세계를 정복한 뒤 재정에게 정복을 당했다.

로마는 그 강한 군대와 경제력의 뒷받침으로 여러 나라를 연달아 굴복시키고 세계의 패권을 잡았지만. 그 후 안일과 사치로 흐른 까닭에 재정이 파탄 상태에 빠졌다. 그 구멍을 국민에게 중세를 가하여 메우려다가 결국 민심을 잃고 망국의 구렁텅이로 빠지는 운명을 자초했다.

몸은 형제라도 돈은 형제가 안 된다.

(Though they are brothers, their pockets are not sisters.)

돈에 직면해서는 형제도 소용 없는 것이 세상 인심이라는 뜻.

물건은 항상 이를 좋아하는 곳에 모인다.

어떤 사람이 어떤 물건을 좋아하면, 그 소문이 퍼져 자연 그 물건이 그 사람 앞으로 모인다. 구양수의 〈집고록목(集古錄目)〉에 나오는 말.

배 가르고 옥(玉)을 감춘다.

〈당서〉 '태종기'에 '서역인(西域人)이 아름다운 구슬을 얻어 배를 갈라 그 속에 감추었더라. 구슬을 아끼고 그 몸을 아끼지 않은 자로다' 하였다. 재물을 너무 아끼고 사랑하는 나머지 결국 제 몸을 해치는 것도 돌아보지 않는다는 뜻.

보물산(寶物山)에 들어가서 빈 손으로 돌아온다.

능히 이득을 취하여 돌아올 만한 곳에 가서 맨손으로 돌아오는 무능을 가리킨 말이며, 본래의 뜻은 사람의 일생이 하나의 보물산(寶物山)이라는 것.

부(富)의 뜻을 이해하지 못하는 자를 부유케 해서는 안 된다.

돈을 쓸 줄 아는 사람이 돈을 가져야지, 그렇지 않으면 사회에 이로울 것이 하나도 없다는 뜻. 괴테의 말. 이와 비슷한 말로, '재물은 오물과 같다. 이를 쌓아 두면 악취가 나고 이를 뿌리면 땅이 살찐다'는 독일의 이언이 있다.

부자가 되려거든 새벽 5시에 일어나라.

(He that will thrive, must rise at five.)

다음 날 일은 밤 사이에 계획을 세우고, 새벽 단잠을 박차고 일어나서 부지런히 서둘러야 한다. 일의 성패는 단잠을 박차고 일어나는 데 있다는 뜻.

부자는 불안하고, 가난한 자는 편안하다.

(Riches breed care, poverty is safe.)

부유하니 교만하고, 가난하니 아부한다.

인간들이 빠지기 쉬운 습성. 〈논어〉 '학이편'에 '자공이 공자에 묻기를, 사람이 가난할 때 비루하지 않고, 부유할 때 교만하지 않으니 이런 것은 어떻습니까. 공자 대답하기를, 좋다. 그러나 가난하면서 즐길 줄 알고, 부유하면서 예절을 좋아하는 사람만큼은 못하다'하였다. 부유할 때 교만하지 않는 것은 중길이고, 한 걸음 나아가 예절에 충실한 것은 윗길이며, 가난할 때 풀이 죽어 비루하게 굴지 않는 것은 중길이고, 오히려 그 가난 속에 아직도 즐거움을 잊지 않고 생활하는 사람은 그 윗길이라는 뜻.

부유하여도 가난을 잃지 말라.

〈실어교〉에 '부하다 하더라도 가난하던 때의 일을 잊지 말라. 비록 지금은 부하지만, 나중에 가난하게 될지 모를 일이다. 몸이 귀하게 되었다 하더라도 천하던 때의 일을 잊지 말라. 지금은 귀한 몸이지만, 나중에 천히 되었을 때의 일을 생각하라' 하였다.

부호(富豪)는 그 재산의 노예다.

(The wealthiness is a slave of his proberty.)

불수레

지옥에 있는 불붙는 수레. 옥졸이 죄 많은 망자(亡者)를 태우는 수레인데, 돈에 몰려 생활이 어려워 불붙은 수레에 타는 괴로움이 비슷하다는 말.

불의의 부귀는 뜬 구름과 같다.

(不義而富且貴는 於我에 如浮雲이라.)

옳지 못한 방법으로 돈을 벌고, 혹은 높은 지위에 오른 자를 공자는 무엇보다도 싫어했다. 뜬 구름의 운명과 같이 언제 찢겨 흩어질지 모르는 위태로운 것이라고 하였다. 〈논어〉 '술이편'에 나온다.

불필요한 물건을 사면 필요한 물건을 팔게 된다.

(He will be abliges to sell necessary things who buys needless things.)

돈을 헤프게 쓰지 말고 절약하라는 말. 프랭클린의 말.

비싼 것이 싼 것.

(The best goods are the cheapest.)

빈락(貧樂)

가난 속에 낙이 있다. 가난에 안주하라는 뜻. 부자에게 걱정이 많은 것에 비해 하는 말.

빈(貧)은 사(士)의 상도(常道)

선비는 금전상의 이득보다는 늘 마음을 맑게 갖고 도리에 충실하게 지내는 것이니, 가난한 것이 마땅하리라. 〈열자〉 '천서편(天瑞篇)'에 나오는 말로, '가난은 선비의 길이요, 죽음은 사람의 종말이다. 길을 지키다가 종말을 맞이하니 무엇을 괴로워할 것이냐' 하였다. 깨끗이 살았으니, 후회가 없다는 말.

빈천하니 처자도 업신여기고, 부귀하니 남도 중히 여긴다.

돈에 대한 세속 인심의 방향을 말한 것. 가장이 돈을 못 벌면 가족에게도 멸시를 당하게 된다. 어느 정도의 생활 안정. 이것은 인격을 보전하는 데도 필요한 여건이다. 조안원(曹顔遠)의 '감구(感舊)의 시'에 그가 전날 부유하던 시절을 돌아보고 지금의 가난한 처지에서 읊은 구절. '부귀하면 남들이 모여들고, 빈천하면 친척도 멀어진다.'

빈(貧)하여 원망 없기는 어렵고, 부(富)하여 교만 없기는 쉽다.

(貧而無怨은 難이요, 富而無驕는 易라.)

〈논어〉 '헌문편'에 나오는 공자의 말로, 돈 있는 사람이 교만하지 않기는 쉽고, 가난한 사람이 그 울분을 참기는 어렵다는 뜻. 부한 자는 마음에 여유를 가질 수 있고, 가난에 몰리는 자는 그 울적한 기분을 참을 여유가 없다는 점을 간파한 말이다.

빚진 사람은 못 자도 병자는 잔다.

(The sick man sleeps when the debtor can.)

빚에 쪼들리는 괴로움은 병자의 괴로움보다 더 심하다는 뜻.

빛나는 것이 모두 황금은 아니다.

(All is not gold that glitters.)

돈이나 이익에 눈이 어두워 아무 것이나 덤벼들지 말라는 뜻. 영국의 이언.

사람은 가난하면 지(知)가 짧다.

가난하면 기가 죽고 머리의 활동도 둔해진다는 뜻.

사랑은 다능(多能)하고, 돈은 만능

사랑의 힘은 많은 일을 가능케 한다. 그러나 그것보다는 돈이 더 많은 것을 가능케 한다는 뜻. 독일의 이언.

새는 조금씩 조금씩 갖다 집을 짓는다.

(Little by little the little bird builds its nest.)

새는 한 오라기씩 나뭇가지나 짚을 물어다가 집을 짓는다. 저렇게 조금씩 날라서 언제 집을 짓겠는가 싶지만, 드디어 집을 만들어 놓는다. 이처럼 무엇이든 조금씩 조금씩 쌓여 크게 되는 것이니, 돈도 조금씩 조금씩 계속 모아야 큰 재산을 이루게 된다는 뜻.

세상에 부자이기 때문에 얻은 불행보다 더 큰 불행은 없다.

가난한 사람에게는 이해할 수 없는 말이지만, 부자이기 때문에 생긴 불행의 밑바닥은 가난한 사람의 괴로움보다 더 깊고 심각하다는 뜻. 시세로의 말.

소리 대손(小利大損)

눈앞의 조그만 이득을 위해 장차 얻을 수 있는 큰 이득을 버린다는 뜻. 한 비자의 말에 '소리(小利)를 돌아보는 자는 즉 대리(大利)를 놓치는 자라' 하였다.

손에서 입으로

(Hand to mouth.)

겨우 그날 그날 입에 풀칠하는 하루살이 생활을 말한 것.

신용은 보이지 않는 재산

(Credit is better than gold.)

신용은 황금보다 낫다. 상도(商道)에는 신용이 자본이란 뜻.

쌀 고방이 차면 영어(囹圄)가 빈다.

사람은 궁하면 도심(盜心)이 생겨 남의 물건을 훔치게 된다. 부자가 도둑
질을 안 하는 것은 그의 쌀 고방이 가득 차 있기 때문이다. 집집마다 쌀
고방이 다 차 있으면 자연 도둑도 없어지고 감옥은 텅 비게 된다는 말.
〈관자〉에 '쌀 고방이 차면 영어(囹圄)가 비고, 현인(賢人)이 나서니 간신
이 물러선다' 하였다. 도둑의 치료약은 그들의 쌀 고방이 차는 데 있고,
세상을 어지럽게 하는 간신배의 치료제는 현명한 사람들이 앞에 나서는
데 있다는 뜻.

어깨에 태웠더니 머리 위를 밟고 오른다.

(Who lets another sit on his shoudler, soon have him on his head)

자기가 비호해 준 자에게 지위를 뺏기고 물러나게 될 경우에 쓰는 말.

없을 때 참고, 있을 때 절약

없으면 없는 대로 참고 견딜 줄 알고, 있다고 함부로 쓰지 말고 없을 때
일을 생각하여 절약하라는 말.

여우에게 구멍이 있고, 나는 새에게 집이 있고, 그러나 사람의 자식
에게는 살 집이 없다.

신약 '마태전' 제8장에 나오는 말로, 단순히 주택을 말한 것이 아니고,
마음의 거처, 즉 마음의 안식처가 없다는 뜻.

은(銀)은 도깨비를 방아찧게 한다.

중국의 고언(古諺)으로, 은(銀)은 돈, 돈이면 무엇이든지 가능하다는 뜻.

은(銀)을 즐기는 자, 은에 만족할 날 없다.

구약 '전도서' 제5장에 나오는 말로, 옛날에는 은이 화폐였다. 재물에 대한 욕심은 한이 없다는 말.

이익에 따라 행하면 원망이 많다.

(放於利而行하면, 多怨이니라)

자기의 이익을 중심으로 무슨 일을 처리하는 것은 남에게 해를 끼치게 되고, 자연 많은 사람들의 원망의 대상이 된다는 뜻. 〈논어〉'이인편'에 나오는 공자의 말.

인색한 아버지의 자식은 사치스럽다.

자식은 그 인색한 아버지와 반대로 돈을 물쓰듯 쓰는 예는 허다한 일이다.

자신의 재물을 믿는 자는 넘어지리라.

재산만을 믿고 정신적인 내용이 텅 빈 사람, 신앙심이 없는 사람은 인간으로서의 자격은 제로라는 뜻. 구약 '잠언' 제11장에 나오는 그리스도의 말.

장자(長者)에게 정(情) 없다.

부자는 그 돈 주머니를 비정(非情)으로 지키고 있다는 뜻.

재물은 노고(勞苦)로서 얻고, 근심으로서 지키며, 그리고 잃을 때 슬픔은 크다.

스코틀랜드의 이언.

재물을 멸시하는 듯이 보이는 사람을 너무 신용하지 말라.

그 이유는 재물을 갈구하다가 얻지 못하니 핑계를 대는 것이기 때문이다. 그런 사람일수록 일단 재물 위에 올라 앉으면 재물 제일주의로 변할 것이 뻔하다. 베이컨의 말.

정신의 부(富)가 참된 재물이다.

그리스의 격언.

족(足)한 줄 모르는 자는 부유하더라도 가난하다.

〈유교경(遺敎經)〉에 나오는 말. 〈한시외전(漢詩外傳)〉에 '물건을 탐하여 그칠 줄을 모르는 자는 천하를 차지한다 하여도 부하지 못하다' 하였다.

주린 나귀는 짚을 가리지 않는다.

(A hungry ass eats any straw.)

천금(千金)으로는 죽음을 면하고 백금(百金)으로는 형벌을 모면한다.

천금 돈을 쓰면 죽을 죄도 모면하고 백금 돈을 쓰면 형벌에서 벗어날 수 있다. 〈사기〉 '화식전(貨殖傳)'에 '천금(千金)의 자식은 시(市)에서 죽지 않는다 하였다. 부호의 자식은 집 밖에서 죽는 법이 없다' 라고 나와 있다. 설사 죽을 죄를 지었어도 돈의 힘으로 모면한다는 뜻.

최소의 노력으로 최대의 욕망을 채우는 것이 인간의 경제적 행위의 기초적 원리다.

아담 스미스의 말로 경제의 기본 관념을 말한 것.

퇴비와 부자는 나란히 가는 친구.

(Muck and mone go together.)

퇴비와 돈은 모일수록 더럽다는 뜻. 부자의 인색함을 가리킨 말.

팔베개에도 즐거움이 있다.

베개 살 돈이 없어 팔굽을 굽혀 베개로 하고 지내는 가난한 살림이라도, 양심에 거리낌이 없으면 오히려 마음이 편하다는 뜻. 〈논어〉 '술이편'에 나오는 공자의 말. '조금의 음식을 먹고, 물을 마시고, 팔굽을 굽혀 베개하고 누웠어도 즐거움이 또한 그 속에 있다. 불의로서 부하고 귀하게 되는 것은 나에게는 뜬 구름과 같다. (飯疎食 飮水하고 曲肱而枕之라도 樂在其中矣니, 不義而富且貴는 於我에 如浮雲이니라.)' 하였다.

필부(匹夫) 죄 없더니, 옥(玉)을 안고 죄가 생기더라.

평범하게 지내던 사람이 돈이 많이 생김으로써 불행한 운명에 빠지는 것을 가리킨 말. 〈좌전〉 '환공 10년(桓公十年)' 에 나오는 중국의 고언.

하느님은 어리석은 자에게 재물을 주고, 그 밖에는 아무것도 주시지 않았다.

어리석은 자는 돈밖에 모르고 돈에만 급급하다 보니 신을 믿는 뜻을 잃고, 인간의 참된 길에서 멀어져 버린다는 뜻.

한방울의 물도 쌓이면 호수가 된다.

'티끌모아 태산' 과 같은 말.

항산(恒産) 없으면 항심(恒心) 없다.

항산(恒産)은 그 사람의 생활을 보장할 만한 일정한 생업(生業). 일정한 생업을 갖지 않은 사람은 아무래도 생활의 위협을 받으니 범죄 의식이 발동하기 쉽다. 항심(恒心)은 평온한 마음. 〈맹자〉 '양혜왕상편' 에 '항산(恒産)은 없어도 항심(恒心)을 지니는 것은 오로지 선비만이 능히 할 수 있다. 백성 따위는 항산 없으면 따라 항심도 없느니라' 하였다. 군자는 생활난에 부딪쳤다 하더라도 그 지조가 흩어져서는 안 된다고 가르친 말.

호숫가에 고기 팔러 안 간다.

〈회남자〉에 나오는 말로, '숲속에 나무 팔러 아니 가며, 호숫가에 고기 팔러 안 간다' 하였다. 그 물건이 흔한 곳에서는 장사가 안 된다. 상인의 요령을 말한 것이며, 아울러 처세법을 훈계한 말.

황금을 지당하게 쓰는 사람은 그 주인이고, 이를 모으기만 하는 사람은 돈지기고, 이를 사랑하는 사람은 바보고, 이를 존중하는 사람은 우상숭배자이고, 이를 멸시하는 사람은 지혜로운 자이다.
페트라르카의 말.

황금의 사슬은 쇠사슬보다 강하다.
(Gold chains are stronger than iron chains.)
사슬은 쇠로 만든 것. 강한 것으로 치자면 황금의 힘에는 못 따른다. 금력(金力)이 제일이라는 뜻. 영국의 이언.

황금의 열쇠로 안 열리는 문 없다.
(A gold key opens every door.)
영국의 이언. 돈의 힘은 만능과 같음.

13

거짓·탐욕에 대해

개미 단 것에 몰리듯

〈성어고(成語考)〉에 나오는 말로, 인심이 이득 쪽으로 쏠리는 것을 말한 것.

개울 쥐가 강물을 마셔도 배에 가득찰 뿐.

〈장자〉'소요유편(逍遙遊篇)'에 나오는 말. '큰 새라도 앉는 자리는 한 가지면 그만이고, 개울 쥐가 강물을 마셔도 그 뱃속이 차면 그만이다' 하였다. 욕심은 끝이 없는 것. 그러나 자꾸 욕심 내어 무엇하느냐는 뜻.

거짓말은 눈녹듯 녹는다.

(Lies melt like snow.)

거짓말은 오래 가지 않는다는 뜻.

거짓말은 도둑의 시작

거짓말을 하고 반성하지 않는 자는 드디어 도둑으로 발전한다.

거짓말을 하는 자는 진실을 말해도 곧이 안 듣는다.

아리스토텔레스의 말. 〈이솝 이야기〉에 '한 목동이 늑대가 나왔다고 거짓말로 소리를 질렀다. 동네사람들은 곧이 듣고 몰려들었다. 목동은 뻔뻔스런 얼굴로 모여든 사람들을 보고 재미있어 했다. 그 후 정말 늑대가 나왔는데 목동은 쫓기면서 도움을 청했으나 아무도 곧이 듣지 않고 나타나지를 않았다. 목동은 늑대에게 먹히고 말았다'는 이야기가 나온다.

거짓말하는 혓바닥은 빼 버려라.

거짓말을 날카롭게 훈계한 그리스도의 말. 구약 '잠언' 제10장에 나오는 말.

고양이가 없으면 쥐가 날뛸 것이다.

(When the cat goes away, the mice will play.)

무서운 사람이 없을 때 마음 놓고 날뛰는 것을 이르는 말.

관 짜는 자는 사람 죽기를 바란다.

〈한비자〉에 나오는 말로, 의와 불의는 둘째고 자기 이득 중심의 사고 방식을 지적한 말. 같은 말로, '구두직공은 양떼가 있는 곳에 가서 양들이 죽기만을 바란다.(Shoemakers go to mass and pray that sheep may die.)' 는 말이 있다. 양가죽으로 구두 만들 생각뿐이라는 뜻.

군자는 표변(豹變)한다.

'표변(豹變)' 은 보통 변심해서 배신하는 경우에 쓰이지만, 본래의 뜻은 잘못을 단연코 고친다는 말이다. 〈역(易)〉에 '군자는 표변하고, 소인은 얼굴을 고친다' 하였다. 군자는 구악을 버리고 선(善)으로 단연코 전진하고, 소인은 얼굴 표정만 그럴듯이 하고 진심으로 천선(遷善)을 못한다는 뜻.

귀막고 방울 훔친다.

〈주자〉의 글에 보이는 것으로, 남의 문장을 표절하여 이름을 붙이지 않고 세상에 내 놓는 요즈음 해적판 저자를 겨냥한 말. '책을 지어 성명을 내지 않으니 이름을 밝히면 욕 먹을 것을 생각함이라. 이는 귀를 가리고 방울을 훔치는 것과 무엇이 다르겠는가' 하였다. '고양이는 크림을 훔칠 동안만은 눈을 감는다(The cat shuts its while is steals creams.)' 는 말도 있는데, 제 눈을 감으면 남도 눈을 감는 줄 아는 모양이다.

그림의 꽃에는 향기 없다.

(Painted flowers have no scent.)
가짜는 아무리 교묘해도 본질적인 결함이 있다는 뜻.

금단(禁斷)의 열매가 맛있다.

(Forbidden fruit is sweet.)

금하는 장난은 더하고 싶어 하는 심리는 아이들이나 어른이나 마찬가지이며, 금지된 욕망에 대해서 사람은 강한 매력을 느낀다는 말.

금을 집는 자 사람 안 본다.

'사슴을 쫓는 사냥꾼은 산을 안 본다'와 같은 말. 〈열자〉에 다음과 같은 이야기가 있다. '옛날 제나라 사람으로 금(金)을 탐낸 자가 있었다. 아침에 옷을 입고 시장에 갔다. 금 장사 옆에 가서 대뜸 금을 훔쳐 가지고 도망치다가 붙잡혔다. 사람 많은데서 겁도 없이 무슨 짓이냐고, 말하자, 도둑은 금이 탐나 사람은 안 보고 금만 보았소라고 대답하였다.'

나무에 가서 고기를 구한다.

(緣木求魚)

물고기는 물에 가야 있고, 새는 나무에 가야 있다. 고기를 구하는데 물가에 가지 않고 나무에서 찾는 것은 수단 방법이 적당치 않다는 말. 방향을 잘못 잡았다는 뜻. 〈맹자〉 '양혜왕편'에 나오는 말. 주로 탐욕한 자가 그 욕심이 급해 수단 방법을 가리지 않음을 지적한 말. '나무에 가서 조개 잡을 생각한다(He thinks to catch shell-fish in trees.)'는 말도 이런 뜻으로 쓰인다.

남의 어깨의 짐은 가볍다.

(The burden is light on the shoulders of another.)

다른 사람의 고통이나 고생은 내가 느낄 수 없다는 말. '남 아픈 것은 삼 년도 참는다'고도 한다.

낫 빌려 주었더니 내 밭의 곡식 베어간다.

은혜를 원수로 갚는다는 뜻. '추녀 빌려 주었더니 본가(本家) 빼앗는다'는 말도 같은 뜻.

내 샘에서 흐르는 물을 마셔라.

자기의 노력으로 벌고 생활하며 의타심을 버리라는 뜻. 뿐만 아니라 쓸데없이 남에게 베풀지도 말라고 하였다. 구약 '잠언' 제5장에 나오는 말.

농담이 진담된다.

(Many a true word is spoken in jest.)

거짓말로 한 말이 그것이 참말로 되어 버릴 때 쓰는 말.

눈은 보기에 끝이 없고, 귀는 듣기에 끝이 없다.

인간은 이목(耳目)의 욕망이 무한하여 멈출 줄을 모른다는 뜻. 구약 '전도의 서' 제1장에 나오는 그리스도의 말.

늑대 보고 양(羊) 지키라 한다.

(He sets the wolf to guard the sheep.)

'도둑 보고 집 지키게 한다', '고양이에게 생선가게 지키게 한다'와 같은 말.

마키아벨리즘(Machiavellism)

목적을 위해서 수단 방법을 가리지 않는 주의. 목적 달성을 위해서는 폭력, 사술(詐術), 권모술수(權謀術數) 어떠한 수단도 조금도 사양하지 않고 총동원할 필요가 있다는 것. 15세기 이탈리아의 사상가이며, 정치가인 마키아벨리(Nicollo Machiavelli)가 주장한 정치 사상. 그는 종교와 도덕을 떠난 정치학을 세웠는데, 나라를 부강하게 하기 위해서는 군주의 권모술수를 정당화하였다. 후세에 와서 비난도 받았으나, 한편으로는 그의 정치 방법을 이용도 하였다.

말이 아무리 고와도 배도 안 부르다.

(The belly is not filled with fair words.)

실리(實利), 실속이 앞선다는 뜻.

맑은 거울은 못생긴 여자의 원수

밝은 거울은 못생긴 여자에게는 적이라는 뜻. 자신의 얼굴 못난 것은 생각하지 않고 거울을 탓한다. 악한 사람이 착한 사람을 마치 원수처럼 생각하는 것과 같은 뜻. 〈이정전서(二程全書)〉에 나오는 말.

묻는 데는 안 떨어지고, 제 말하다 떨어진다.

어떤 진상에 대해서 질문을 받았을 때는 미리 대답을 준비하고 있으므로 살짝살짝 피하지만, 무심코 자기 말을 하다가는 그 진상의 일단이 폭로되기 쉽다는 뜻.

바람을 쫓아 허덕이는 자, 무슨 보람이 있던가.

사람은 빈 주먹으로 와서 빈 주먹으로 돌아가는 것. 바람과 같이 돌아가는 것인데, 그 바람을 쫓아 악착같이 살아 무엇하는가. 욕망을 줄이고, 신앙심에 돌아오라는 그리스도의 말. 그리스도는 게으른 자를 훈계하였지만, 허욕과 과욕(過慾)을 또한 경계하였다. 구약 '전도의 서'에 나오는 말.

박쥐

중간 지점에 서서 정세를 살펴 우세한 쪽의 편을 드는 회색분자를 말함. 〈이솝우화〉 중에 이런 이야기가 있다. '숲속 날짐승과 길짐승 사이에 전쟁이 일어났다. 박쥐는 어느 쪽이 이기나 살피며 자기는 새도 아니고, 짐승도 아니라 하며 중립적인 태도를 취했다. 그런데 새 편이 이길 듯하니까 그때 그는 자기에게는 날개가 있으니 새의 편을 들겠다 하며 날짐승 편에 가담했다. 그 후 전세는 바뀌어 이번에는 길짐승 쪽이 이길 듯하니까 박쥐는 이때 자기 몸에는 털이 있고 귀도 있으니 길짐승 쪽에 가담하는 것이 마땅하다고 하며 길짐승의 편이 되었다. 그 후 양군이 화해하고 전쟁을 그만두었을 때, 새들은 박쥐를 보고 너는 길짐승이라면서 상대를 안했고, 길짐승은 또 너는 새라면서 역시 놀아 주지를 않았다. 이같이 양쪽에서 다 배척을 받은 박쥐는 한낮에는 땅굴 속에 숨었다가 땅거미가 질 무렵에서야 어슬렁거리고 나와 날아 다닌다고 한다.'

범의 위엄을 빌린 여우

(狐假虎威)

강한 자의 위세를 등에 업고 자기가 강자의 행세를 할 때 쓰는 말. 〈전국책〉 '금책(禁策)'에 다음과 같은 설화가 보인다. 범은 온갖 짐승을 다 잡아 먹는 강한 자로서, 어느 날 한 마리의 여우가 그에게 붙들렸다. 꾀 많은 여우는 어떻게 하면 여기서 벗어날까 생각한 끝에, 다음과 같이 말했다. 당신은 나를 잡아 먹지 못하오. 옥황상제께서 나를 백수(百獸)의 왕으로 삼았으니, 지금 당신이 나를 잡아 먹으면 옥황상제의 명을 거역하는 것이 되오. 내 말이 거짓말인가 나를 따라 걸어보면 알 것이오. 하였다. 범은 여우의 말대로 그 뒤를 어슬렁 어슬렁 따라갔더니, 온갖 짐승들이 다 놀라 달아나는 것이었다. 범은 자기를 보고 놀라 달아나는 것을 여우를 보고 달아나는 줄만 알았다.'

변(辯)은 비(非)를 장식한다.

〈장자〉에 나오는 말로, '강함으로써 적을 물리칠 수 있고, 변(辯)으로써 비(非)를 장식할 수 있다' 하였다. 비리(非理)의 행위도 언변이 능하면 이를 이치에 맞도록 장식할 수 있다는 뜻으로, 언변의 힘이 시비를 휘어잡을 수 있다는 말.

빼앗으려거든, 먼저 주라.

〈노자〉에 '이를 빼앗으려고 하는 자는 반드시 미리 이를 준다' 하였다. 어떤 승부에 있어서 일단 상대에게 양보하는 의미도 포함하고 있다.

사람은 사람에게도 늑대가 된다.

인간의 금수와 같은 일면을 찌른 말. 자기의 이익을 위해서는 남을 넘어 뜨리는 것쯤 다반사로 아는 맹수에 못지 않은 인간의 숨은 내면을 경계한 말. 공자의 '인심은 산천보다 험하다' 도 이 점을 가리킨 말. 로마의 이언.

사람의 마음은 산천(山川)보다 험하다.

장자가 인용한 공자의 말로, 사람의 본성은 선(善)이라 하지만, 악심이 수시로 사람의 마음에서 나오는 것을 경계한 말. 처세하기 힘들다는 뜻도 포함되어 있다.

새 우는 소리보다는 빵이 낫다.

(Bread is better than the songs of the birds.)

새 소리도 좋지만, 그런 풍취 따위는 배부른 뒤의 일이라는 뜻.

속여 빼앗은 곡식은 입에 달다. 하지만 나중에 그 입에 모래가 가득 차게 되리라.

속임수로 달콤한 이득을 한두 번은 얻을지 모르나, 노상 바라다가는 큰 코 다칠 때가 있다는 뜻. 구약 '잠언' 에 나오는 그리스도의 말.

손가락 아끼다가 손바닥 잃는다.

작은 것을 아끼다가 더 큰 손실을 본다는 뜻. 〈시아소명록(侍兒小名錄)〉에 다음과 같은 이야기가 있다. '송아회(宋阿恢)란 사람이 애첩을 데리고 있었는데, 이름을 장요화(張耀華)라 하며, 아름답고 귀엽게 생겼다. 완전부(阮佃夫)가 이를 보고 탐이 나서 자기에게 양보하라고 누차 청했으나, 회(恢)는 듣지를 않았다. 이에 완(阮)은 회(恢)의 공무상의 실책을 꼬집어 내어 규탄하여 관직에서 파면케 했다.'

손톱이 불컨다.

성냥과 초를 아껴 손톱과 손톱을 마찰시켜 불을 일으켰다는 것으로, 지독히 인색하다는 뜻.

수전노의 지갑은 꽉 찰 수가 없다.

(The miser's bag is never full.)
욕심이 한이 없으니, 만족할 때가 없다는 뜻.

악한 자는 그 입술로 인하여 구렁에 빠진다.

악한 자는 스스로의 거짓말, 헛된 말, 못된 말이 원인이 되어 수렁에 빠진다는 뜻. 구약 '잠언' 제12장에 나오는 그리스도의 말.

악한 자는 악한 자가 얻은 물건을 부러워 한다.

올바른 사람은 부정으로 얻은 자의 물건을 탐내지 않는다는 뜻. 구약. '잠언' 제12장에 나오는 그리스도의 말.

얻는 물건은 고르지 말라.

(Beggars must not be choosers.)
거저 얻은 물건에 대해서 불평은 금물이다.

여우는 같은 굴에서 두 번 잡지 못한다.

(A fox is not taken twice in the same snare.)
한 번 사용한 방법이 늘 통하지 않는다는 뜻. 행운은 겹치지 않는다는 말.

오로지 이(利)를 볼 뿐

의리나 인정은 문제 밖이다. 이로우므로 그렇게 한다. 행동의 저울은 이해(利害)라는 뜻. 〈좌전〉 '성공13년(成公十三年)'에 '진(秦)과 초(楚) 사이에 맺은 동맹에 대해서, 나는 진(晉)과 왕래하며 친교하지만, 이는 오로지 이(利)를 위함이라' 하였다.

외면 여보살(外面如菩薩), 내면 여야차(外面如夜叉)

외면은 자비 깊은 보살과 같이 순해 보이는데, 내심은 사납기가 야차(夜叉)와 다름 없다. 용모는 순하고 마음이 사나운 사람을 말한다. '아름다운 얼굴 뒤에, 추한 마음을 가졌다(A fair face may hide a foul heart.)'

은혜를 원수로 갚는다.

이솝우화 중에 '어느 추운 날, 밭에서 얼어 움직이지 못 하는 뱀을 보고 농부가 측은히 여겨 자기 집에 가져 가서 난로 앞에 몸을 녹여 주었더니, 다시 살아난 뱀은 그 즉시로 머리를 쳐들고 농부를 물려고 했다' 는 이야기가 있다.

의심(疑心)은 암귀(暗鬼)를 낳는다.

의심이 많아 어둠을 보고는 곧 귀신이 나오는 것 같이 느껴진다. 아무렇지도 않은 일에 제 마음에 의심과 두려움에 차 있기 때문에 환상에 놀란다는 뜻. 〈열자〉에 나오는 말.

입에는 꿀, 배 안에는 칼

입 끝의 말은 꿀이 발린 듯이 달콤하고 부드러우나, 속에는 험악한 적대심이 숨어 있을 때 쓰이는 말. 〈당서〉에 '임보(林甫)는 입에 꿀을 담고, 배 안에는 칼을 가진 자' 라고 하였다. '증오를 감춘 꿀 같은 말(A honeyed tongue with a heart of gall.)'

작은 미끼로 큰고기 잡는다.

(A little bait catches a large fish.)
작은 자본으로 큰 이득을 거두었을 때 쓰는 말.

잡으려다 도리어 잡힌다.

(When we thind to catch we are sometimes caught.)

남을 얕보고 어떤 탐욕의 목적을 이루려다가 오히려 물리는 수가 있다. 즉, 탐욕은 탐욕에게 물린다는 뜻.

죄악으로도 이기면 이를 덕이라 한다.

(Successful crime is called virtue.)

승리는 죄악을 덮어 준다는 뜻. '이기면 정의' 와 같다. 세네카의 말.

죄 있는 자는 세상 사람이 모두 자기를 욕하고 있는 걸로 보인다.

(He who is guilty believes that all men speak ill of him.)

탐욕은 사람을 장님으로 만든다.

(A varice blinds our eyes.)

'욕심에는 눈이 없다', '욕심이 많으면 눈이 안 보인다' 라고도 하며, 욕심에 눈이 멀면 이성조차 잃는다는 뜻.

털을 헤치고 허물을 찾는다.

털 속에 덮혀 있는 조그마한 허물을 밝히고 찾아낸다는 뜻. 즉, 남의 보이지 않는 적은 과실이라도 쑤셔낸다는 뜻. 〈한비자〉 '대체편(大體篇)' 에 '털을 헤치고 작은 허물을 찾아내지 않는다. 때를 씻고도 알 수 없는 것을 말하지 않는다' 하였다. 남의 적은 허물을 쑤셔내는 것은 좋지 않으며, 확실치 않은 일을 억측으로 남을 의심하는 것도 좋지 않은 일이라는 뜻. 한편, 남의 허물을 쑤셔 내려다가 도리어 자기의 죄과를 폭로한다는 의미로도 쓰인다.

평화시에는 사자, 싸울 때는 사슴

(Lions in time of peace, deers in war.)

평소에는 사자의 위세로 날뛰다가, 막상 싸움이 벌어졌을 때는 사슴처럼 기가 죽어 있다. 집에서 활개치고 밖에 나와서 꿈쩍 못하는 사람을 말함.

필요한 거짓말은 괜찮다.

(A necessary lie is harmless.)

때로는 진실을 표현하기 위해 거짓말의 수단이 필요할 때가 있다.

한꺼번에 많이 쥐려는 자는 하나도 못 쥔다.

(He that grasps too much, holds nothing fast.)

혓바닥이 둘

(Keep not two tongues in one mouth.)

이말 저말 하며 거짓말을 한다.

화공(畵工)과 대서인(代書人)의 손에 걸리면 흰 것도 까매진다.

(Painters and lawyers can soon change white to black.)

변호사의 손에 걸리면 귀에 걸면 귀거리, 코에 걸면 코거리 식으로 좌지
우지 마음대로 갖다 붙여진다는 뜻.

훔친 물은 맛나고, 몰래 먹는 곡식은 맛이 좋은 거라.

'금단의 열매가 가장 맛이 있다' 는 말과 비슷한 뜻. 공으로 이득을 보려
는 인간의 탐욕 심리를 찌른 말로, 그리스도는 이를 매우 나무랬다. 구약
'잠언' 제9장에 나오는 말.

14

어리석은 사람 · 실수에 대해

강남(江南)의 귤(橘), 화(化)하여 탱자가 되다.

귤나무도 기온이 낮은 양자강 북쪽 땅에 옮겨 심으면 탱자가 되어 버린다. 발육을 제대로 못하기 때문이다. 이와 같이 사람도 순탄한 환경에 있을 때는 훌륭히 재능을 발휘하다가도 나쁜 환경에 오래 놓이게 되면 바보같이 시들어 버린다는 뜻. 〈회남자〉에 '그러므로, 귤을 강북에 심으면 변하여 탱자가 된다.' 하였다.

개는 날아 온 돌 보고 화내고, 던진 사람보고는 화낼 줄 모른다.

(The dog rages at the stone, not at him who throws it.)

눈앞에 나타난 결과만 알고, 그 결과를 가져 온 원인에 대해서 생각이 미치지 못하는 어리석음을 가리킨 말.

거울은 모양을 비추고 술은 마음을 나타낸다.

(In the looking-glass we the form, in the wine the heart.)

술에 취하면 누구든지 본심의 일단을 나타낸다는 뜻. 백거이의 글에 '용(龍)은 잘 때 본체(本體)를 드러내고, 사람은 취해서 본심을 나타낸다' 하였다.

거지조차도 다른 거지를 샘낸다.

(Even the beggar envies another beggar.)

인생의 최하층 지대에 사는 거지조차도 자기네끼리 부러워하고 시기하는 마음은 있다는 것으로, 시기, 선망하는 감정은 상하의 구별이 없다는 말.

고기에게 헤엄을 가르치려 하지 말라

(Don't teach fish to swims.)

그 방면의 전문가 앞에서 아는 척하지 말라는 뜻.

관(管)구멍으로 하늘을 내다본다.

관(管)은 대(竹)통, 그 좁은 구멍에 눈을 대고 하늘을 살핀다는 말. 즉, 좁은 견식이나 천박한 지식으로서 깊은 학문이나 복잡한 세계 정세 등을 아는 척하고 논하는 어리석음을 비유한 말. 〈장자〉 '추수편(秋水篇)'에 '이는 마침내 관(管)으로서 하늘을 내다보고, 송곳으로서 땅 속을 더듬는 거와 같은 것이로다. 얼마나 작은 일이더냐' 하였다.

광인과 황소에겐 길을 비켜 주어라.

(Make way for a madman and a bull.)
상대할 것이 못 된다는 말.

까마귀는 아무리 씻어도 희어지지 않는다.

(A crow is never though being washed several times.)
천성은 바꿀 수 없다는 뜻.

나귀의 머리를 씻겨 주는 것은 시간과 비누의 낭비

(To wash an ass head is but a loss of time and soap)
나귀는 서양에서 바보의 대명사. 바보를 고칠 약은 없다는 뜻. 바보는 어디까지나 바보라는 말.

나무에서 떨어진 원숭이

물 떠난 고기처럼 나무에서 떨어진 원숭이는 맥을 못 춘다. 〈설원〉에 '원숭이도 나무를 잃으면 여우나 늑대에게 먹히는데, 이는 그 처소를 잃었기 때문이라' 하였다. 자기가 세력을 쓸 권내에서 떠나면, 실력을 발휘 못 하고 약자가 되어 버린다는 뜻.

납은 칼이 안 된다.

〈회남자〉 '제속편(齊俗篇)'에, '납으로써 칼을 만들 수 없으며, 나무로써 솥을 만들지 못한다' 하였다. 도저히 그 일을 당해내지 못할 사람을 기용할 수는 없다는 뜻.

노인은 두번째 어린이
(An old man is twice boy.)
나이를 먹으면 다시 어린아이 같이 된다는 말. 손자와 할아버지는 곧잘 친구가 되며, 곧잘 싸운다.

눈꼽이 코딱지를 웃는다.
제 결점은 모르고 남의 결점만 쳐 든다는 뜻. 특히 이 경우는 자신도 보잘 것 없는 같은 처지면서, 남의 처지를 얕잡아보고 비웃는 어리석음을 가리킨 말.

달밤에 솥 도둑 맞는다.
훤한 달밤에 부엌의 솥을 빼들고 가는 걸 몰랐다 하니, 부주의도 이만저만이 아니라는 뜻.

물에 빠진 뒤에 배 부른다.
이미 때가 늦었다는 말. 〈삼국지〉에 '물에 빠지고 나서 배를 부른다. 이를 후회한들 때가 미치지 못 한다' 하였다.

물에 빠진 자 짚이라도 잡는다.
영어에도 거의 비슷한 말로, '물에 빠진 사람은 한 오라기 짚에도 매달린다(A drowning man will catch at a straw.)' 는 말이 있다.

바다에 물 갖다 붓는다.
(To carry water to the sea.)
바다에 물을 갖다 부으니 무슨 자국이 있겠는가. 소용 없는 짓을 한다는 뜻.

바다 위에 다리 놓는다.

(He is building a bridge over the sea.)

터무니 없는 것이라는 뜻.

바닷물을 손으로 막는다.

도저히 불가능하다는 뜻.

바보는 칭찬하면서 써라. 그러면 소용이 된다.

(Praise a fool, and you may make him useful.)

잘 안드는 가위도 요령있게 쓰면 들듯이, 바보라도 핀잔만 주지 말고 추
커 주면 유용하게 쓸 수 있다는 말.

바보와 아이는 정직하다.

(Children and fools tell the truth.)

배에 새겨 놓고 칼을 찾다.

(刻舟求劍)

세상 일을 자로 재듯 공식적으로 처리하려는 사람의 융통성 없음을 비웃
는 말. 〈여람(呂覽)〉에 다음과 같은 이야기가 보인다. '옛날에 송나라 사
람이 양자강을 건너는데, 배가 반쯤 갔을 때 허리에 차고 있던 칼을 물 속
에 빠뜨렸다. 그는 소리를 질러 칼이 물에 빠진 것을 뱃사공에게 고하며,
배를 멈추게 했다. 뱃사공은 배를 멈추고 검이 떨어진 곳이 어디냐고 물
었더니, 그는 여기라고 하며 배 모서리를 칼로 새겨 표식을 해 둔 자리를
가르쳤다. 뱃사공은 그 자리를 목표로, 물 속에 뛰어들어 찾았으나 칼을
찾지 못했다. 그 동안 물살에 배는 움직였으니 뱃전에 표시해 놓은 자국
이 소용 없었다. 세대에 따라 지식도 사상도 따라 가야 한다는 뜻.

뱀에 물리고, 썩은 새끼에 놀란다.

영어에는 '뱀에 물리고, 장어 보고 놀란다.(He who has been bitten by a smake is afraid of an eel.)' 는 말이 있다. 한 번 혼난 일에 대해서 지나친 겁을 집어 먹는다는 뜻.

불 붙는 것 보고 우물 판다.

(To dig a well to put out a house on fire.)

'목이 마르니 우물 판다' 와 같은 뜻. 평소의 준비가 없다가, 그때를 당하여 서두르나 때는 이미 늦다.

새 보는 앞에서 그물을 치는 것도 헛수고다.

구약 '잠언' 제1장에 나오는 말. 새가 오기 전에 미리 쳐 놓고 기다려야 효과가 있지, 새가 온 뒤 보는 데서 그물을 치니 새가 걸릴 까닭이 없다. 매사는 적시에 하여야 하며, 시기를 놓치면 애쓰고도 보람은 없다는 뜻.

석가도 경을 잘못 읽는다.

아무리 그 방면의 권위있는 능수라 하더라도, 때로는 실수할 적이 있다는 말. 천하명필도 붓이 빗나갈 때가 있고, 명기수도 말에서 떨어질 때가 있다는 뜻.

소가 마신 물은 젖이 되고, 뱀이 마신 물은 독이 된다.

같은 물건을 사용하면서도 그 효과는 서로 상반되고 있다. 즉, 현자(賢者)는 이를 유용하게 쓰고, 우자(愚者)는 이를 악용한다는 뜻. 불전(佛典)에 보이는 말.

어리석은 자는 그 노여움을 낱낱이 드러낸다.

어리석은 자는 감정을 억제할 줄 모른다. 감정을 수습할 줄 모르면 어리석은 자가 되고 만다. 구약 '잠언' 제29장에 '어리석은 자는 그 노여움을 낱낱이 드러내며, 지혜로운 자는 이것을 마음 속에 거둬 넣는다' 하였다.

어리석은 자는 스스로 그 길을 옳다고 한다.

어리석은 자는 자기의 생각과 행동을 모두 합리화하고 옳다고 생각하며, 반성이 없다는 말. 구약 '잠언' 제12장에 나온다.

어리석은 자는 악(惡)을 행하기를 장난삼아 한다.

장난과 악행 사이에 한계를 두지 않는 것은 어리석은 자의 짓이다. 구약 '잠언' 제10장에 나온다.

어리석은 자의 귀에 말하지 말라.

어리석은 자에게 옳은 말을 하여도, 그 귀에 들어가지 않는다는 뜻. 구약 '잠언' 제20장에 '어리석은 자의 귀에 말하지 말라. 그는 너의 말이 가리키는 가르침을 천히 여기리라' 하였다. 아무리 좋은 말이라도 그것을 이해할 만한 사람이 아니면 차라리 말하지 않는 것만 못하다.

어리석은 자의 눈은 땅 끝으로 향한다.

가치 있는 것, 진실한 것, 성스러운 것, 모든 것은 다 우리의 일상 생활의 주변, 눈앞에 있는 것이다. 어리석은 마음은 손에 닿지 않는 먼 곳에 있는 걸로 알고, 먼 데만 보고 먼 데에서 찾는다는 뜻. 구약 '잠언' 제17장에 나온다.

어리석은 자의 어리석은 짓에 부딪치느니보다는 오히려 새끼를 빼앗긴 어미 곰에 부딪치는 게 낫다.

어리석은 자의 행동이 가장 두렵다는 뜻. 새끼를 잃은 곰은 물불을 가리지 않고 새끼를 찾아 헤매는데, 그 이상으로 무식하고 어리석은 자가 그 어리석음을 모르고 날뛰는 행위는 가증스럽다. 구약 '잠언' 제23장.

어린 아이에게 칼을 주지 말라.

(Don't give a sword to a child.)

지각 없는 어린 아이가 서슬이 퍼런 칼을 들었으니, 얼마나 위험한 일인가. 미친 사람의 경우도 한 가지다. 지각이 없는 무자격자의 손에 권력이 쥐어졌을 때에 쓰인다.

여름 버러지 얼음을 모른다.

더운 여름 한철을 지내는 여름 벌레는 추위와 얼음을 모른다. 견식이 국한되어 세상 넓은 줄 모른다는 뜻.

오십 보 백 보

전쟁 때. 오십 보 도망친 자가 백 보 도망친 자를 겁쟁이라고 비웃었지만, 자기도 도망친 것에는 틀림없다. 비록 정도의 차는 있을 뿐, 본질은 같다는 뜻. 〈맹자〉'양혜왕상편'에 '싸움을 비유해서 말하자면, 피차간에 한창 접전이 벌어지고 있을 때 투구를 버리고 병졸을 끌고 달아나는 데 어떤 자는 오십 보 어떤 자는 백 보 뒤로 와서 멈추었다. 오십 보 후퇴한 자가 백 보 후퇴한 자를 웃는다면 어떠하겠는가. 웃을 수 없는 일이다. 백 보에 이르지 않았다 뿐이지, 저도 도망친 것은 일반이 아닌가' 하였다.

요동(遼東)의 흰 돼지

옛날에 요동지방의 돼지는 모두 검은 색깔이었다. 그런데 한 돼지가 흰 돼지를 낳았다. 이것을 본 농부는 세상의 귀한 것이라 하여 조정에 바치려고 하동 지방으로 가져 갔더니, 그 곳에는 흰 돼지가 혼했다. 이를 본 농부는 낯이 뜨거워 다시 돼지를 끌고 되돌아왔다. 〈후한서〉'주부전(朱浮傳)'에 나오는 이야기로, 견문이 좁은 사람이 신통치 않은 것을 큰 발견이나 한 듯이 우쭐해 하는 것을 비유한 말.

원숭이가 관(冠) 썼다.

원숭이가 귀인의 의관(衣冠)을 갖췄다고 해서 귀인처럼 보일 리가 없다. 의관 자체는 훌륭할지 모르지만 마음은 어리석어 무의미 하다는 뜻. 교

양 없는 사람이 신사차림을 하고 뽐내는 것도 이에 속하며, 한 걸음 나아
가 외형은 번드르하지만 내용이 이에 따르지 못하다는 뜻으로도 쓰인다.
〈사기〉'항우전(項羽傳)'에 보이는 말.

원숭이가 남의 볼기짝 보고 웃는다.

자기 볼기짝 빨간 것은 생각지 않는다는 뜻.

장님나라에선 애꾸눈이 왕 노릇.

(In the land of blind the one eyed is a king)
'새없는 고장에서는 박쥐가 으뜸이라'는 말도 있다. 똑똑한 사람이 없는
곳에서는 평범한 인물이 잘난 척한다는 뜻.

장작을 안고 불 끄러 간다.

해(害)를 제거하려는 것이 오히려 해를 가중할 때 쓰인다. '기름을 들고
불 끄러 간다(He takes oil to extinguish the fire.)'라는 말도 같은 뜻이
다. 〈전국책〉'위책(魏策)'에 나오는 말.

적이 간 뒤 활 쏜다.

〈벽암록(碧巖錄)〉에 나오는 말로, 이미 때가 늦어 아무 소용이 없다는
뜻.

죽은 뒤의 의사

(After death, the doctor.)
'적이 간 뒤 활 쏜다'와 같이 소용 없다는 뜻.

지옥에 사는 자는 천국을 모른다.

(He who is in hell knows not what heaven is.)
지옥에 사는 자는 천국이 있는 것을 모르고 어디나 다 지옥 같은 줄만 안
다는 말.

키다리는 바보

(A tall man is a fool.)

키 큰 인종도 너무 키가 큰 것은 치지 않는 모양. 키 큰 데 비해 지혜는 허술하다는 말. 이와 반대로 키 작은 것을 핀잔 준 말.

태산 명동(鳴動) 쥐 한 마리

크게 떠들썩하던 일의 결과가 대단치 않은 작은 일이었을 때 쓰이는 말.

하중(下衆)의 지혜는 나중에.

일이 끝난 뒤에 그때 이랬으면 좋았을 걸, 하고 말한들 소용 없다는 뜻. 하중(下衆)은 어리석은 사람. '바보는 나중에 깨닫고, 지혜로운 자는 처음부터 깨닫는다(What the fool does at last, the wise man does at first.)'고 한다.

현명한 사람이 언제나 현명하지만은 않다.

지혜로운 사람이라도 가끔 실수가 있다는 말.

화재와 방귀는 근원이 들먹댄다.

먼저 입을 연 자가 범인이라는 뜻.

황달병 환자에게는 모두 노랗게 보인다.

마음이 일그러진 자의 눈에는 모든 것이 일그러져 보인다는 뜻.

15

건강 · 섭생에 대해

가축조차도 목장을 떠날 때를 아는데, 어리석은 자는 자신의 식욕의 양을 모른다.

과식 탐식을 훈계한 말. 안데르센의 말.

걱정은 고양이도 죽인다.

(Care killed the cat.)

걱정의 해로움을 말한 것. 고양이같이 비위좋은 짐승도 걱정 앞에는 못 견딘다. 걱정은 사람을 해치는 독물이라는 뜻. 영국의 이언.

건강은 노역(勞役) 속에 있고, 노역을 거치지 않고 이에 이르는 길은 없다.

흐르지 않는 물이 썩듯이, 활동하지 않는 육체는 오히려 병의 온상이다. 일과 건강은 불가분의 관계에 있다는 뜻.

건강은 오인(吾人)의 의무다.

스펜서의 말로, '생리적 도덕이 존재하는 것을 아는 사람은 드물다'는 말이 그 뒤를 잇고 있다. 개개인이 자기의 건강 유지에 책임을 느끼는 것은 사회 생활에 있어서 생리적인 도덕이라는 뜻.

건강은 재물에 앞선다.

(Health is better than wealth.)

아무리 부하기로 건강을 잃고서야 무슨 소용이 있겠는가. 영국의 이언.

건강은 최량(最良)의 요리법에 달렸다.

터어키의 이언. 건강 유지에 영양이 중요하다는 점을 지적한 말.

건강은 쾌락을 낳고, 쾌락은 건강을 낳는다.

(The health produces the pleasure, the pleasure produces the health.)

건강을 잃을 때 생의 즐거움도 한꺼번에 잃는다. 생의 즐거움은 건강과 더불어 있으며, 늘 즐거운 표정, 밝은 곳을 향한 사고 방식, 이런 것과 신체의 건강은 병행한다.

건강은 행복의 어머니.

(Health is mother of happiness.)

병은 우선 그 자체가 고통스럽고, 기력을 앗아 가며, 그날 활동을 저지시킨다.

건강을 보전함은 자신에 대한 의무이며, 또 사회에 대한 의무이다.

건강이란 자기의 힘으로 조절할 수 있는 것이며, 그것은 평소의 생활 습관에 달렸다. 좋은 생활 습관으로 건강에 유의하는 것을 하나의 의무를 집행하듯 생각해야 한다는 뜻. 프랭클린의 말.

건강한 몸에 건강한 정신

(A sound mind in a sound body.)

건전한 정신을 갖추지 않고는 건전한 몸이라 할 수 없다. 몸이 건강하지 않으면 생각도 자연 활기를 잃고 쇠퇴한다. 병자로서 건강한 정신을 갖기는 어려우나, 건강하면서 건전한 정신을 갖지 못한 사람도 많다.

건강한 사람은 내 건강을 모르고 병자만이 이를 안다.

(The healthy know not of their health, but only the sick.)

건강의 혜택은 건강한 동안에는 깨닫지 못하고, 병자가 된 뒤에 비로소 깨닫는다. 건강할 때 건강의 고마움을 알면, 자연 몸을 조심하게 된다. 카알 라일의 말.

건강할 때도 병을 잊지 말라.

건강할 때 병을 생각지 않는 것이 보통인데, 그래서는 불의에 닥치는 병을 예방하기에 늦다. 건강할 때 병이 스며 들기 전에 조심하라는 말.

굶어 죽는 자 적고, 과식해서 죽는 자 많다.

(Few die of hunger, many die of food.)

오래 못 먹어 죽는 사람보다 많이 먹어 죽는 사람이 많다. 오래 살려거든 과음 과식하지 말라는 뜻. 영국의 이언.

굶주림은 프랑스의 요리사보다 낫다.

프랑스 요리는 값지고 으뜸으로 친다. '시장이 반찬이라' 는 우리나라 속담과 같은 뜻.

대식단명(大食短命)

소식 장수(小食長壽)를 뒷받침하는 말. 과식하는 것은 건강을 망치니 조심하라는 뜻.

마음이 유쾌하면 종일 걸을 수 있고, 괴로움이 있으면 십리 길에도 지친다.

유쾌한 마음은 건전한 정신 상태. 육체는 민감하게 정신의 영향을 받고 있다. 셰익스피어의 말.

백 명의 의사의 보호보다 야식을 삼가라.

에스파니아의 이언. 밤에 먹는 것의 유해성을 지적한 말.

병 없이 쑥 뜬다.

무익한 짓을 한다는 말. 〈장자〉'자도편(資盜篇)'에 나오는 말.

병은 모든 사람에게 주인 노릇한다.

(Sickness is every man's master.)

일단 병에 걸리면, 주인 섬기듯 그 앞에 꼼짝 못한다는 말.

병은 입으로

(病入於口)

〈사문류취(事文類聚)〉에 '병은 입에서 들어오고 재화는 입에서 나온다' 하였다. 절제 없는 음식이 병을 유발한다는 뜻.

병은 조금 나을 때 더하다.

병이 좀 나으면 방심하고 섭생과 치료를 게을리하기 때문에 오히려 이전보다 병이 더 심해진다. 〈한시외전〉에 '관(官)에 높이 오르매 방심하고, 병은 조금 나을 때 더한다' 하였다. 관직에 오른 사람이 다소 출세했다고 우쭐하다가 그 벼슬을 잃는 것이나, 병자가 조금 나았다고 방심하는 것이나 몸을 잃는 데는 마찬가지라는 뜻.

병을 알면 거의 나은 거다.

(A disease known, is half cured.)

병자가 자기 병의 성질과 정도를 깨닫고 있다면 거의 나은 것이나 다름 없다. 왜냐하면 그 자각에 따라 치료를 받고, 섭생을 하기 때문이다. 영국의 이언.

불결한 공기는 칼과 같이 사람을 찌른다.

비 맞을까 봐 물 속에 뛰어 든다.

(To jump in to the water for fear of therain.)

작을 것을 피하려다가 더 큰 해를 본다는 뜻.

사람은 흉기에 죽지 않고, 음식으로 살해된다.

(Men are killed by supper mpre than by sword.)

폭음과 과식, 특히 밤 음식을 경계한 말. 영국의 이언.

사람이 항상 채식을 하면, 백사(百事)가 무관하다.

채식주의를 권장한 말. 건강상으로나 경제적으로나 채식이 유리하고, 정신적으로는 마음이 청백하니, 매사에 실패함이 없을 것이라는 뜻. 왕신민(汪信民)의 말.

사업에 성공하려면 비상한 건강이 필요하다.

(He needs an extraordinary health who will succeed in a great work.)
에머슨의 말.

삶이란 생존하는 것이 아니라, 건강함을 말한다.

건강하면서 일하는 데 삶의 의의가 있다는 뜻.

소식(小食)은 장수한다.

적게 먹는 사람이 오히려 오래 산다.

술은 적게 마시면 이롭고, 많이 마시면 손실이 많다.

〈양생훈(養生訓)〉에 나오는 술에 대한 훈계. 그러나 음주도에서 절제란 매우 어려운 일.

안락할 때 늘 병환을 생각한다.

〈명심보감〉에 나오는 말로, 병들었을 때의 일을 생각하고. 건강의 고마움을 깨달아 병을 자초할 여건에서 몸을 지키라는 뜻.

앓고 나야 건강의 가치를 안다.

(It is only when one gets ill that one perceives the value of health.)

앓지 않은 사람은 양의(良醫)가 될 수 없다.

자신도 앓아 본 사람이라야 그 병의 기미를 알고 환자의 치료도 적절히 할 수 있다는 뜻. 아라비아의 이언.

약은 독이 되고, 독은 약이 된다.

약이 지나치면 독이 되고, 독도 적당히 쓰면 약이 된다는 뜻.

예방은 치료보다 낫다.

(Prevention is better than cure.)

영국의 이언.

의사는 삼대가 아니면 그 약을 쓰지 않는다.

삼대(代)째 내려온 의사의 집안이 아니면 그 약을 믿을 수 없다는 뜻. 경험과 신용을 존중한 말. 〈곡례〉에 나온 말.

의사는 빨리 죽고 출가(出家)는 지옥으로.

의사는 오히려 섭생하지 않기 때문에 빨리 죽고, 출가인은 오히려 그 불심(不心) 때문에 지옥에 떨어진다는 말.

의사보다는 좋은 요리사가 낫다.

(Have a cook rather than a doctor.)

병에 대한 투약보다는 평소의 식이요법이 가장 효력이 있다는 말.

의사의 자식은 병에 안 죽고, 약 때문에 죽는다.

너무 약을 과신하여 약의 부작용으로 죽는다는 것으로, 모든 약은 해당 병 이외에는 인체에 해롭다는 뜻. 타밀의 말.

이독 제독(以毒制毒)

'이열치열(以熱治熱)'과 같은 뜻. 다른 독물을 제거하기 위해 독을 사용한다. 〈보등록(普燈錄)〉에 '기(機)로서 기를 빼앗고, 독으로써 독을 공격한다' 하였다. '독은 독을 진압한다(Poisson quells poisen.)'는 말도 이와 같은 뜻.

일광(日光)이 방문하는 집에는 의사가 방문치 않는다.

양지 바른 주택이 건강에 좋다는 뜻.

입에 달다고 반드시 위에 좋지 않다.

(That is not always good in the maw that is sweet in the mouth.)

입이 원하는 대로 음식을 마구 먹어서는 안 된다.

자연, 일광, 인내는 삼대 의사이다.

(Mature, sun-light, and patience are three great physicians.)

자연과 일광과 인내는 건강을 유지하는 삼대 요소라는 뜻. 자연과 일광의 혜택은 늘 있는 것이고, 세번째 요소인 인내를 갖추는 데 유의하여야할 일. 참는 힘은 건전한 정신의 힘줄과 같다는 말. 영국의 이언.

적당한 쾌락은 건강에 이르는 길이다.

쾌락은 극에 이르기 전에 멈추라는 뜻. 과도한 쾌락은 건강을 좀 먹는다.

전혀 앓지 않는 사람은 먼저 죽는다.

(He dies first who has never been ill.)

심리적으로 보면 몸이 단단한 사람은 자신의 건강을 과신하고 무리를 하기 때문에 오히려 단명하며, 반대로 병 있는 사람은 항상 섭생에 유의하기 때문에 오히려 건강을 지탱하게 된다는 말. 영국의 이언.

절제는 최선의 양약

(Restraint is the best medicine.)

영국의 이언.

주신(酒神)은 군신(軍神)보다 더 많은 살인을 한다.

(Bacchus kills more than Mars.)

술로 인해 죽는 사람이 전쟁으로 인해 죽는 사람보다 많다는 뜻.

첫째의 재산은 건강이다.

(The first property is the health.)

에머슨의 말

편안한 잠은 피로에 대해 최상의 치료제

세르반테스의 말.

폭음가(暴飮家)는 늘 자신의 생명을 공격하고 있다.

(The execssive drinker attacks always his life.)

대주가는 자기의 생명을 단축시키고 있다는 말. 영국의 이언.

폭음(暴飮)은 어떤 사람은 어리석게 하고, 어떤 사람은 짐승으로 만들고, 어떤 사람은 악마로 만든다.

(Excessive drink turns a man into a fool, an animal, or a devil.)

술이 이성을 빼앗고, 그 품성을 변질시킴을 말한 것. 영국의 이언.

피로한 몸을 키워 주는 것은 수면이고, 피로하지 않은 몸을 살찌게 하는 것은 운동이다.

수면은 잃었던 건강을 회복시키고, 운동은 새로운 힘을 획득하게 한다.

하루하루 법칙 있는 운동을 하는 것은 하루하루 법칙 있는 식사를 하듯이 필요하다.

일정한 운동, 그리고 규칙적인 식사, 이것은 건강에 매우 좋다는 말.

화폐는 물건을 살 수 있다. 그리고 건강을 불러들이는 모든 유희는 생명을 사는 힘을 가졌다.

건강에는 즐길 수 있는 적당한 운동이 필요하다는 말.

환희와 섭생과 안정은 의사를 멀리한다.

명랑한 기분으로 절제 있게 생활하며, 몸에 무리하지 않는 것이 건강을 유지하는 요령이라는 뜻. 롱 펠로우의 말.

16

부부 · 남녀에 대해

가난이 문에 들어서니 사랑은 창 밖으로 뺑소니친다.

(When poverty comes in at the doors, Love flies out at the windows.)

돈 보고 맺어진 사랑은, 돈 떨어지자 사랑도 떨어진다는 뜻.

가빈(家貧)하니 양처(良妻)생각이 난다.

잘 살 때는 누가 남편에게 잘 못하련만, 집안이 가난해지고 곤란할 때 양처의 진가가 나타난다는 뜻.

가시네는 깨지기 쉬운 그릇

(Daughters are fragile wars.)

마음이 안 놓인다는 뜻.

가인박명(佳人薄命)

아름다운 여성은 대체로 불행하게 되기 쉽다. 박명(薄命)은 반드시 단명(短命)의 뜻이 아니며, 박복하다는 의미. 소동파의 시에 '예로부터 가인(佳人)은 대개 명(命)이 얇고, 문을 닫고 봄이 간 뒤 꽃이 진다' 하였다.

결혼애(結婚愛)는 인간을 만들고, 우애(友愛)는 인간을 완성한다.

베이컨의 말로, 그는 다시 다음과 같이 말을 이었다. '그러나 문란한 사랑은 인간을 오욕(汚辱)하고 타락시킨다.'

결혼은 졸업이 아니고, 시작이다. 단단히 각오하라.

(Marriage is not graduation, but beginning of a work, so you must have a great resolution.)

결혼은 하늘이 정해 준 것.

(Marrigaes are written in Heaven.)

결혼하기는 쉬워도 가정을 지키기는 어렵다.

(Marriage is easy, housekeeping is hard.)

결혼 연분을 맺음으로써 가정이 절로 이루어지는 것이 아니라, 가정을 보전하고 건설해 나아가는 데는 많은 시련이 앞에 가로 놓여 있음을 말한 것.

고르고 고른 것이 제일 나쁘다.

(He who chooses takes the worst.)

너무 고르다가 도리어 제일 나쁜 것을 고르게 된다는 뜻으로, 배우자 선택에 있어서 주의를 준 말.

고목에 꽃이 핀다.

늙은 남녀의 사랑을 말한 것.

고운 얼굴은 가만히 있어도 세상이 칭찬한다.

(A fair face will get its praise, though the owner keep silent.)

미인은 침묵을 지키고 있어도 세상 사람의 이목을 끌며, 자연히 알려진다는 뜻.

과부는 잘 산다.

(Widows are always rich.)

'홀아비는 이가 서말, 과부는 은이 서말'과 같은 뜻. 여자는 혼자가 되면 강해지고, 악착같이 경제적 기반을 잡는다는 뜻.

그대 만약 단단한 정조관(貞操觀)을 지니고 있다면, 그것으로 지참금은 충분하다.

서양에서는 여자가 출가할 때 지참금을 갖고 가는 것이 관례인데, 지참금이 없더라도 정조만 든든하다면 그것으로써 아내의 가치는 충분하다는 뜻.

금슬(琴瑟)이 상화(相和)하다.

부부의 의가 좋다는 말로, 금(琴)은 일곱 줄의 현악기이며, 슬(瑟)은 고악기(古樂器)로, 15현을 보통으로 한다.

금실 좋은 부부는 서로 즐기며, 음하지 않는다.

(樂而不淫)

주(周)의 문왕(文王)과 그의 왕비와는 매우 금실이 좋았는데, 서로 화합을 즐겼으며, 결코 음에 치우치지 않았다. 절로 예의를 갖추며 지냈다고 한다. 〈논어〉에 나오는 말.

낙화(落花)가 유정(有情)하니, 유수(流水)도 유심(有心)터라

남녀 서로의 정이 호응(呼應)함을 말한 것.

낙화(落花)는 유정(有情)한데, 유수(流水)가 무심(無心)터라.

한쪽은 정이 있는데, 한쪽이 냉정할 때 쓰는 말. 즉 짝사랑.

날아 온 과일이 수레에 가득

옛날 중국에 반안인(潘安仁)이란 미남자가 있었는데, 그가 수레를 타고 길에 나서면 여자들이 던진 과일이 수레에 가득찼다고 한다. 미남으로 태어난 것도 괴로운 일이다.

남의 기호(嗜好)에 대해서는 논쟁할 여지가 없다.

(There is no disputing about tastes.)

저런 남자하고 혹은 저런 여자하고 어떻게 좋아지내느냐 하고, 남의 일을 걱정 말라. 제 눈의 안경이며, 그 사람은 좋은 것이니, 남의 취미나 기호는 간섭을 말라는 뜻.

남자는 천하를 움직이고, 여자는 그 남자를 움직인다.

(A man excite the world, but a woman excite the man.)

여자는 뒤에서 움직이는 힘이 강하다는 뜻.

남자의 변설이 제 아무리 교묘하여도 사람을 움직이는 데는 잠자코 있는 여자만 못 하다.

미국의 문학가 에머슨의 말. 사람을 움직이는 데는 역시 여자가 제일이라는 뜻.

납세공(蠟細工)으로 된 물건은 불 곁에 가져 가지 말라.

(He that has a head of wax must not approach the fire)

초로 만든 세공물이 불 곁에 가면 녹아 버릴 것은 뻔하다. 몸이 약한 자가 색욕을 탐하면 쉬 죽으니, 삼가라는 뜻.

낳고 늘어서 땅에 꽉 찰

에호바 신이 대홍수 뒤에 노아와 그 자손들에게 축복한 말. 구약 '창세기'에 나오는 이 말은 현세계에 그대로 실현되었다. 에호바는 착한 사람만 땅에 가득 차도록 하려고 하였으나, 신의 희망대로 되지는 않았다.

다투며 지낼 여자와 같이 사는 것보다는 지붕 구석에 있는 것이 낫다.

구약 '잠언' 제21장에 나오는 말로, 부부간에 의가 없는 생활은 견디기 어렵다는 뜻.

달걀과 맹세는 쉬 깨진다.

(An oath and egg are soon broken.)

맹세란 그때 뿐이고, 영속성이 없다는 뜻.

딸로서는 보석이터니, 아내로서는 유리더라.

(A diamond daughter turns to glass as a wife.)

귀엽고 훌륭한 딸이 반드시 좋은 아내일 수는 없다는 뜻. 영국의 이언.

덕이 있는 여성은 남편에게 복종하면서, 오히려 남편을 좌우한다.

'부드러움이 단단한 것을 이긴다'와 같은 뜻.

돈 많은 아내는 싸움쟁이.

(A rich wife dis the sourece of quarrel.)

아내의 친정이 부자이거나 또는 지참금이 많거나 하면, 남편에게 맞서는 일이 많고, 가정에는 부부 싸움이 빈번하다는 뜻.

돈에 반하지, 사내에겐 반하지 말라.

화류계 여성들의 격언.

말은 타 보아야 알고, 사람은 사귀어 봐야 안다.

겉만 보고 판단하지 말고, 실제 타 봐야 말의 좋고 나쁨을 알며, 사람도 지긋이 사귀어 봐야 그 진가를 안다는 말.

명랑한 아내는 생애를 즐겁게 한다.

(A merry wife makes all her life pleasant.)

쾌활하고 밝은 아내는 자기도 즐겁게 살며, 그의 주위 사람까지도 즐거운 분위기 속에 몰아 넣는다는 뜻.

모든 것은 다 한때가 있다.

(Every thing has its time.)

추녀(醜女)도 열 일곱 살 때는 예쁘다고 한다. 한때의 성시(盛時)는 누구에게나 있다는 뜻.

모든 부부간의 크고 작은 시비는 상대방의 장점과 자기의 결점을 생각하지 않는 데서 생긴다.

무릇 시비란 것은 자기의 잘못을 모르고, 상대방을 이해하지 못하는 데서 생긴다는 뜻.

미남자는 돈과 힘이 없지

일본 속요(俗謠)인 '센류(川柳)'에 나오는 말.

미인과 바보는 형제간이다.

(Beauty and folly are often sisters.)

얼굴이 예쁜 대신, 머리 속은 비어 있는 여자가 많다는 뜻.

미인이라 하지만, 거죽 껍데기 차이.

(Beatuy is but skin-deep.)

거죽 껍데기만 벗기면 다 같은 인간이며, 내용상으로는 추(醜), 미(美)가 없다. 혹은 죽으면 미녀도 흔적이 없다는 뜻.

바라는 것 없이 사랑할 때 그것이 참된 사랑.

(Liebe kennt allein, der ohne Hoffnug liebt.)

이해 관계를 떠나서 느끼는 사랑이 사랑 중에서 가장 순수한 것이라는 뜻.

비익(比翼) 연리(連理)의 연분

비익(比翼)은 새의 두 날개, 연리(連理)는 나무가지가 나란히 이어진 것. 부부 연분이 두 날개 같고, 두 가장이 같이 끝까지 떨어지지 않게 깊다는 뜻. 백거이의 '장한가(長恨歌)'에 '하늘에 있어서는 두 날개의 새가 되기를 바라며, 땅에 있어서는 나란히 붙은 나무가 되기를 바라노라' 하였다.

빵과 술 없이는 사랑도 시든다.

(Without bread and wine, even love will pine.)

비록 서로 애정이 있더라도 너무 가난하면 애정에도 금이 간다는 뜻.

사나운 여자와 같이 사느니, 황야에 가 있는 것이 낫다.

구약 '잠언' 제21장에 나오는 말.

사람은 목석(木石)이 아니다.

나무나 돌은 무정한 물질이지만, 희로애락(喜怒愛樂)의 감정을 가진 사람은 특히 이성에 대한 정을 억제하기 어렵다는 뜻. 백거이의 시에 '사람은 목석(木石)이 아니다. 모두 정이 있다. 경성(傾城)의 색(미녀를 말함)을 만나고 싶다' 하였다.

사람은 잘 태어났어도 결혼을 잘못하면 모든 것이 허사이다.

(It is in vain for a man to be born in fortunate, if he be unfortunate in marriage.)

결혼의 행복이 인생 행복의 핵심이라는 뜻.

사랑 없는 인생은 죽음과 같다.

사랑에는 상하 계급이 없다.

(Love levels with all.)

사랑이 생기면 계급 지위 같은 것은 문제가 안 된다. 사랑은 그것을 무시해 버린다.

사랑은 남자에게는 생애의 한 일화이지만, 여자에게는 일생의 전부이다.

스토우 부인의 말.

사랑은 방해가 생기면 더 강해진다.

사랑하는 사이를 갈라 놓으면 갈라 놓을수록 그리는 정은 더 커지고 깊어지게 된다. 바이런의 말.

사랑은 불길이면서, 빛이 있어야 한다.

(Love must be as much a light as a flame.)

사랑의 열정은 뜨거운 것이지만, 뜨거운 동시에 빛이 있어야 한다는 것은 정신생활면을 가리킨 것.

사랑은 사랑으로, 아니 말이 필요치 않다

(Love understands love it need not talk.)

부딪치는 눈으로 사랑이 호응(呼應)한다는 뜻.

사랑은 순결하지 않고는 결코 깊이가 없다.

이해 관계로 맺어진 사랑은 그 이해가 해소될 때는 사랑의 불도 꺼진다.

사랑은 여성의 전 생명이다. 그리고 사랑은 여성의 감옥이며, 또 동시에 천국이다.

사랑은 여자에게 생활의 전부다.

(Love is all life for a woman.)

바이런의 말.

사랑은 조금씩 길게.

(Love me little, love me long.)

쉬 덥고 쉬 식어서는 곤란하다는 뜻.

사랑을 하는 자는 죽은 자와 같이 날개 없이 하늘로 날아 간다.

사랑할 때는 하늘에나 오르는 듯이 행복하다는 뜻. 또는 사랑은 맹목이며, 매우 위태롭다는 의미도 포함된다. 미켈란젤로의 말.

사랑하는 눈에는 법률도 없다.

'사랑은 눈먼 봉사'와 같은 뜻. 포르투갈의 이언.

사랑하면 서로 믿는다.

(Chi ama crede.)

이탈리아의 이언.

사소한 일이라도 애인끼리는 즐겁다.
괴테의 말.

색시는 움직이고 있을 때 보라.
꾸미고 가만히 있을 때는 그 아가씨의 진가를 알 수 없다. 가급적이면, 한참 바쁠 때 꾸밀 여가도 없을 때 보라. '밀가루 반죽을 하고 있을 때나, 댄스를 하고 있을 때 보라(You must judge a maiden at the kneading-trough and in a dance)'고 하였다.

신은 아무 발에나 맞지 않는다.
(Every shoe fits ot every foot.)
남녀의 인연이란 묘한 것으로, 각기 마음에 드는 상대가 따로 있다는 뜻.

심장 약한 사나이가 아름다운 숙녀를 차지한 예는 없다.
(Faint heart never won a fair lady.)
여성의 사랑을 얻으려면 첫째는 심장 강하게 프로포즈할 것. 두번째는 돈, 체격, 용모는 그 다음.

아내는 보다 나은 반쪽.
(Better half.)
남편은 아내에 의하여 인격이 완성된다는 뜻.

아내 없는 남자는 몸 없는 머리, 남편 없는 여자는 머리 없는 몸
부부 한쌍이 온전한 인격을 이루며, 한쪽이 결하면 불완전한 인간이란 뜻. 독일의 이언.

아름다운 여자는 눈의 즐거움이고, 양처(良妻)는 마음의 즐거움이다.
나폴레옹의 말.

악녀는 정이 깊다.

악녀일수록 정이 깊은 데가 있다. 악녀라고 하나에서 열까지 결점만 있는 것은 아니라는 뜻.

악마가 천사의 형제이듯, 질투는 사랑의 신의 자매이다.

질투는 사랑의 변형이라는 뜻.

악처를 가진 사나이는 생지옥에서 산다.

(Who has a bad wife, his hell begins on earth.)

'악처는 백년 흉작'이란 말도 있다.

어울리는 집안, 어울리는 재산, 어울리는 연령, 이것이 행복한 연분이다.

(Like blood, like property, and like age make the happiest marriage.)

스코틀랜드의 이언.

억지로 붙인 연분은 오래 못 간다.

(Forced love does not last.)

한 쪽의 억압이나 압박에 의한 결혼의 종말은 좋지 않다는 뜻.

여성의 전생활은 애정의 역사이다.

(Woman's whole life is a history of love.)

여자의 마음과 겨울 바람은 자주 변한다.

(A woman's mind and winter-wind change often.)

겨울 바람은 방향이 자주 바뀌고, 여자의 마음도 그 방향이 자주 변한다는 말.

여자가 그 얼굴을 한층 다듬을 때 그 가정은 그만큼 등한히 된다.

'벤 존슨의 말.

여자는 백년의 고락(苦樂)이 남의 손에

백거이의 시에 '사람으로 태어나되, 부인의 몸은 되지 말 것이다. 백년의 고락이 남의 손에 있더라' 한 데서 나온 말. 백년 고락, 즉 평생의 행, 불행이 남자의 손에 달렸다는 뜻.

여자는 복수에 대해서 한도가 없다.

(A woman's vengeance knows no bounds.)
'여자의 한은 오뉴월에 서릿발친다' 는 말과 같은 뜻.

여자와 소인은 다루기 힘들다.

여자와 술과 노래를 떠난 긴 인생에 남는 것은 오로지 바보라는 것뿐.

(Who loves not woman, wine, and song, remains a fool his whole life long.)
뭐니 뭐니 해도, 주색과 여흥은 버릴 수 없다는 뜻.

여자의 눈물과 강아지의 절룩거림은 믿지 말라.

(A woman's tears and a dog limping are not real.)
여자의 눈물은 값싼 것이니, 속지 말라는 뜻.

여자의 머리는 길다. 그 혓바닥은 더 길다.

여자는 말이 많다. 에스파니아의 이언.

여자의 머리칼 하나는 종을 매단 밧줄보다 강하다.

(One hair of a woman draws more than a bell-rope.)
여자가 매혹으로 끄는 힘은 그와 같이 강하다는 뜻.

연애는 한가한 사람의 일이고, 바쁜 사람의 오락이고, 그리고 군주에게는 파멸.

한가한 사람은 연애 자체가 일의 큰 비중을 차지하고, 바쁜 사람은 틈틈이 취미로 하며, 특히 일국의 통솔자는 연애 따위에 정신이 팔려 있다가는 몸을 망친다. 나폴레옹의 말.

예쁜 여성이 삼가고 조심성이 없으면, 금팔찌가 돼지 코에 걸린 것과 같다.

구약 '잠언' 제10장에 나오는 말로, 아름다운 용모는 행실의 미덕이 뒷받침되어 한층 빛을 내는 것이며, 행실이 이에 따르지 않으면 얼굴의 미(美)도 죽어 버린다.

원앙(鴛鴦)의 연분

부부가 되는 것을 원앙의 연분이라는데, 〈열이전(列異傳)〉에 다음과 같은 이야기가 있다. '송(宋)의 강왕(康王)이 한빙(韓憑) 부처가 죽은 뒤 묻었더니, 그 근방에 원앙새 수컷 암컷 각각 한 마리가 나무에서 살면서 아침 저녁으로 얼굴을 맞대고 의좋게 있는데, 그 소리가 생전의 한빙 부부의 목소리와 같더라' 는 것이었다.

위대한 사랑은 위대한 고통이 따른다.

(Where there is great love, there is great paine.)

육근(六根)은 맑은데, 일근(一根)이 부정(不淨)이라.

불교에서 육근(六根)이라 함은, 눈, 귀, 코, 혀, 몸, 뜻의 욕망을 말함. 일근(一根)은 남자의 근본, 즉 성기를 뜻함. 육근(六根)의 욕망은 맑게 갖출 수 있지만, 다른 일근, 즉 색욕만은 대개의 남자가 다 억제하지 못한다는 뜻.

육욕(肉慾)은 영혼의 무덤이다.

(Sensuality is the grave of the soul.)

육체상의 욕망만 추구하는 자는 영혼이 말을 듣지 않게 되니, 그 사람에게는 영혼은 장사를 치른 것이라는 뜻.

음부(淫婦)는 사람의 귀한 생명을 노린다.

음탕한 여자에게 물리면 남자는 전정(前程)을 망친다는 뜻. 구약 '잠언' 제6장에 나오는 말.

음식과 남녀는 사람의 2대 욕망

식욕과 색욕(色慾)은 인간의 욕망 중에서 가장 기본적인 것. 〈예기〉에 나오는 말.

자식은 일세(一世), 부부는 이세(二世)

부부의 인연은 부모 자식간의 인연보다 깊다. 불가(佛家)에 있는 말.

장부(丈夫) 눈물이 없으리오만, 이별에는 이를 흘리지 않는다.

육구몽(陸龜蒙)의 '이별의 시'에 나오는 말로, 여자에겐 이별이 크겠지만 남자에겐 작은 일에 속하며, 이런 때에 눈물을 보이지 않는다는 뜻.

젊은 아내는 늙은 남편을 무덤으로 재촉하는 역마(驛馬)이다.

(A young wife is old man's post-horse to the grave.)

정조는 고드름과 같은 것, 한번 녹으면 그만.

(Chastity is like an icicle, if it once melts, that's the last of it)

영국의 이언으로, 정조는 일단 녹기 시작하면 형태가 없어진다는 뜻.

정조의 본질은 감각 때문에 영혼을 배반치 않으며, 동시에 영혼 때문에 감각을 배반치 않는 것이다.

프랑스의 여류작가 조르즈 상드의 말로, 영혼과 감각의 일체를 말한 것.

조강지처(糟糠之妻)는 당상(堂上)에서 내리지 않는다.

가난하고 고생스러운 때 함께 견디어 온 아내는 후일 부귀롭게 되었을 때 높이 앉힐망정, 결코 푸대접해서는 안 된다는 뜻. 〈후한서〉 '송홍전 (宋弘傳)' 에 '빈천할 때에 더불어 고생한 일은 잊지 말 것이며, 조강지처 는 당(堂)에서 내리지 않는다' 하였다.

조롱의 새, 하늘이 그립다.

소동파의 시에 '새는 잡혀도 나는 것을 잊지 않고, 말은 매여 있어도 항상 달릴 것을 생각한다' 하였다. 즉, 자유를 원한다는 뜻.

존경감이 없이는 참된 연애는 성립되지 않는다.

피히테의 말.

좋은 말은 넘어지지 않고, 양처(良妻)는 불평하지 않는다.

A good horse never stumbles, a good wife never grumbles.

좋은 아내는 좋은 남편을 만든다.

(A good wife makes a good husban)
영국의 이언.

좋은 아내는 황금의 가치가 있다.

(A good wife is worth gold.)

주머니가 비고, 집이 망하면 사람은 현명해진다. 그러나 이미 때는 늦다.

(An empty purse, and a finished house, make a man wise, but too late.)

방탕아는 집안을 털어먹고 빈털터리가 되기 전에는 지각이 나지 않는다는 뜻.

중매인의 할 일은 끝났다. 그는 돌아가야 한다.

(Middleman has done his duty, let him go.)

연분을 맺어 주기까지는 중매인의 역할이 크지만, 일단 맺어진 뒤에는 신랑 신부 본인들에게 맡기고 일찌감치 그들의 옆에서 물러나야 한다는 뜻.

지극한 사랑은 극단의 미움으로 변한다.

(Who love too much hate in like extreme.)

남녀의 사랑은 극단에서 극단으로 달린다는 뜻.

지참금은 가시덤불 침대

(Dower is a brambly bed.)

지참금을 가지고 시집 온 여자는 콧대가 세다는 뜻.

질투는 사랑의 자매이다.

(Jealousy is the sister of love, as the devil is the brother of the angel.)

천사 있는 곳에 악마가 따라 다니고, 사랑에는 질투가 으레 따른다. 질투는 사랑의 변형이란 뜻.

처녀들의 노는 예스를 의미한다.

(Maidens say no, and mean yes.)

혀 끝으로는 싫다지만, 속으로는 싫지 않다는 말. 입으로는 밉다 하지만, 마음으론 좋아한다는 뜻.

촌뜨기 가시네도 등잔불 밑에서는 예쁘다.

(By lamplight every country wench seems handsome.)

여자가 아름답게 보일 때가 세 경우. 밤눈에, 먼눈에, 우산 속.

친구와 포도주는 오래된 것이 좋다.

(Old friends and old wine are best.)

친구 찾아 가는 길은 멀지 않다.

(To a friend's house the road is never long.)

정이 있으면, 길이 멀어도 간다는 뜻.

친애(親愛)는 중매하지 못한다.

결혼 중매는 하지만, 부부간의 참된 사랑은 당사자끼리에 달린 일이다.
〈한시외전〉에 나오는 말.

클레오파트라의 코가 조금만 작았더라면 세계의 역사는 변했을 것이다.

클레오파트라는 이집트의 최후의 여왕. 로마의 시저와 살다가 안토니우
스와도 관계를 맺고, 또 옥타비아누스를 휘잡으려다가 실패하고 스스로
독사에 물려 자살한 걸로 전한다. 이 미인 여왕을 둘러싸고 로마의 집정
관 사이에 암투가 생겼고, 시저의 죽음, 안토니우스의 몰락 등으로 로마
의 역사는 변했고, 따라서 세계 역사에까지 미쳤다. 클레오파트라가 남
성을 현혹할 만한 미인이 아니었더라면, 세계의 역사는 좀더 다른 방향
으로 굴러갔을지 모른다. 파스칼의 말.

퇴비 속에서 보석

(A jewel in a dunghil.)

매춘굴에 우아안 여성이 있거나 할 때 쓰이는 말.

파경(破鏡)은 다시 보지 못한다.

파경은 부부가 갈린다는 뜻. 일단 갈리면 그만이다. 〈동산어록(洞山語

錄)〉에 '파경(破鏡)은 다시 볼 수 없고, 낙화(落花)는 가장이에 오르지 못한다' 하였다. '옛날에 한 쌍의 부부가 있었다. 서로 헤어져 있게 되니 거울을 깨어 그 반쪽씩을 나눠 가졌다. 그 후에 아내가 딴 남자와 통하자 거울은 까치로 변하여 날아 가서 남편 앞에 이르렀다. 그 후 거울을 만들 때 뒷면을 까맣게 함은 이 때문이다' 하였다.

행복하게 살려거든 남편은 벙어리, 아내는 소경이 되라.

서로 할 말을 다 해서는 모가 나며, 원만한 부부생활에는 서로가 양보의 아량이 필요하다는 뜻. 프랑스의 이언.

현명한 결혼을 하려거든, 자기와 어울리게 하여라.

(If you would marry wisely, your equal.)

화방(花房) 계집의 입에는 깊은 수렁이 있다.

화방의 계집은 입 끝으로 남자의 마음을 잡아 쥔다는 뜻. 구약 '잠언' 제22장에 '화방 계집의 입에는 깊은 수렁이 있고, 여호와에게 미움 받는 자이에 빠지리라' 하였다.

회자정리(會者定離)

만나면 헤어져야 한다는 뜻. 〈유교경(遺教經)〉에 '세상사 모두 무상(無常). 회(會)는 반드시 이(離)가 따른다' 하였다.

17

친구 · 우정에 대해

간담(肝膽) 상조(相照)한다.

서로 진심을 감추지 않고 털어 놓고 깊이 믿는다는 뜻. 한유(韓愈)의 '유자후묘지명(柳子厚墓誌銘)'에 '손을 잡고, 간담(肝膽)을 내어 서로 보인다' 하였다.

개와 원숭이

원수지간을 말함. 서양에서는 '고양이와 개의 사이(cat and dog.)' 라고 한다.

거짓의 벗은 분명한 적보다 나쁘다.

(A false friend is worse than an open enemy.)

친구를 가장하고 뒤로 배신하는 자는 적보다 더 악질이라는 뜻. 영국의 이언.

관포(管鮑)의 가난할 때의 우정

관포는 관중(管仲)과 포숙(鮑叔)의 이름을 각각 앞자만 딴 것. 이 두 사람은 출세 전에 몹시 가난하게 지내던 시절이 있었는데, 그들의 우정은 모든 것이 통할 정도로 돈독했고, 그 후 죽을 때까지 그 우정에 변함이 없었다. 관중은 춘추시대의 정치가이며, 포숙의 천거로 제(齊)나라의 환공(桓公) 밑에서 재상이 되었는데, 명관으로 이름을 떨쳤다. 두보의 '빈교행(貧交行)' 이란 시에 '손을 뒤집으면 구름이 되고 손을 엎으면 비가 되고, 분분(紛紛)한 경박배들이야, 무엇에 쓸 것인가. 그대 보지 못하는가. 관중의 가난할 때의 교정(交情)을. 이 길을 지금 사람은 버리고, 흙과 같이 여기더라' 하였다.

군자(君子)의 사귐은 담(淡)하기 물과 같다.

〈장자〉 '산목편(山木篇)'에 '군자의 사귐은 담담하기 물과 같고, 소인(小人)의 사귐은 달기가 단술 같다' 하였다. 군자와 군자와의 교제는 물과 같이 담백하며, 결코 소인과 소인끼리의 교제같이 진하고 끈덕지지 않다. 그러기에 군자간의 교우는 오래 간다는 뜻.

그 사람을 모르거든, 친구를 보라.
〈사기〉에 나오는 말로, 사람은 자기 수준의 사람들과 사귀게 되므로, 친구가 거울이 된다는 뜻.

나만 같지 못한 사람을 친구로 하지 말라.
(無友不如己者)
자기보다 못한 자를 친구로 사귀는 것은 아무런 정신적인 이익이 없다는 뜻. 〈논어〉 '학이편' 에 나오는 말로, 이 점을 공자는 상당히 중요시하였다.

나에게 진실이 있다면, 모든 사람이 다 형제이다. 내가 진실을 잃으면 형제, 부모, 자식 간도 원수가 된다.
소강절(邵康節)의 말.

남을 귀히 여기며, 나를 업신여긴다.
군자는 남의 인격을 존중하고, 자기 자신은 낮춘다는 뜻. 〈예기〉에 '군자는 남을 높이고, 나를 낮춘다. 남을 먼저 하고 나를 나중으로 한다' 하였다.
지금은 모든 면에서 이와 반대다. 자기 몸 귀한 것은 알아도 남의 몸 귀한 줄은 모르고, 자기의 자유는 존중할 줄은 알면서 남의 자유는 억제하고, 남을 엎어뜨리고도 내가 먼저 하려고 하는 일이 허다하다.

남을 심판하지 말라.
신약 '마태복음' 제7장에 '너희들 남을 재판하지 말라. 재판받지 않기 위해서로다. 네가 다루는 재판에 너도 재판을 받을 것이며, 그 저울에 너도

달릴 것이로다' 라고 했다. 이것은 인간은 본질적으로 약하고 과실을 면하기 어렵다는 점에 입각해서 나온 말. 오늘은 내가 잘못이 없다 하지만, 내일 내가 그 잘못을 범하고 심판대 앞에 서게 될지 모르니, 남의 허물과 과실에 관대하라는 뜻.

남의 좋고 그름을 말하는 자는 밀사(密事)를 누설한다.

남의 비평을 일삼는 사람은 성격이 경박하며 입이 가벼우니, 비밀 같은 것을 지키지 못한다는 뜻. 구약 '잠언' 제11장에 '그 이웃을 업신여기는 자는 지혜롭지 못하다. 총명한 사람은 입을 다문다. 따라서 남의 잘잘못을 말하는 자는 밀사(密事)를 누설하고, 마음이 충신(忠信)한 자는 감춘다' 하였다.

너무 친밀하면 업신여겨 모욕하게 된다.

(Too much familiarity breeds contempt.)

아무리 친한 사이에도 조그마한 시비는 피할 수 없다. 또는 친밀이 업신여겨 모욕하게 되지 않도록 조심하라는 두 가지 뜻을 품고 있는 말.

너의 원수를 사랑하고, 너희를 미워하는 자에게 잘하고, 너희들을 저주하는 자를 축복하고, 너희들을 욕되게 하는 자를 위해 기도하라.

신약 '루카전' 제6에 나오는 말로, 이는 하느님의 마음이고, 인간이 마음으로서는 저주하는 자를 축복하기란 지난(至難)한 일이나, 차원 높은 사람의 길이라는 뜻.

너희 이웃을 사랑하고, 너희 원수를 미워하라.

이는 옛부터 일러 오던 말인데, 그리스도는 이를 잘못이라 했다. '너의 이웃을 사랑하고, 너의 원수를 미워하라, 한 말을 너희들 들었을 것이로다. 하지만 나, 너희들에게 고하노니, 너희들의 이웃을 사랑하고, 너희들의 원수를 사랑하고, 너희들을 책망하는 자를 위해 기도하라. 이는 하늘에 계신 너희들의 아버지의 자식이 되고자 함이로다. 하늘에 계신 아버지는 그 햇빛을 악한 자의 위에도, 착한 자의 위에도 비치며, 비를 내리시되 옳은 자에게도, 옳지 못한 자에게도 가리지 않으시느니라. 너희들이 너희들을 사랑하는 자를 사랑하기로, 무슨 상을 받을 것인가. 세금징수인도 그렇지 않더냐. 형제에게만 인사를 하는 것이 무엇이 뛰어난 일이더냐. 이방인도 그리하지 않더냐. 그러므로 하늘에 계신 아버지의 온전함과 같이 너희들도 온전토록 하라' 하였다. 하늘은 부정한 자, 악한 자까지도 포용하고 있으니 그 하느님의 뜻을 좇도록 하라는 말.

너희 이웃을 사랑하라. 하지만 울타리를 없애지는 말라.
일정한 간격. 예절이 우정을 지속하는 데 필요하다는 뜻. 독일의 이언.

너희 친구를 그가 지닌 모든 결점과 함께 사랑하라.
이탈리아의 이언.

누구나 친구라면, 아무도 친구가 없다.
독일의 이언.

눈에는 눈, 이에는 이
남이 흘겨보면 이쪽도 흘겨보고, 남이 덤벼들어 물면 이쪽도 덤벼서 물어 준다. 악에는 악으로 대하라는 뜻.

단금(斷金)의 우정
단금(斷金)은 쇠를 자른다는 뜻. 두 마음이 일치 합심하면, 쇠라도 끊을 만큼 강해진다는 뜻. 〈역(易)〉 '계사(繫辭)'에 있는 말.

대차(貸借) 거래가 없으면, 친구가 오래 간다.
(Even reckoning makes long friends.)

돈 때문에 의가 상하기 쉽다는 뜻.

시야에서 멀어지니, 마음에도 멀어진다.

(Out of sight, out of mind.)

멀리 떨어져 있으면 자연 마음도 멀어진다는 뜻.

도처에 친구가 있으면 좋다.

(It is good to have friends everywhere.)

지기(知己)는 많을수록 좋다.

동류상집(同類相集)한다.

끼리끼리 모인다는 뜻. 까마귀는 언제나 까마귀 옆에 와서 앉는다.

둘은 혼자보다 낫다.

사람은 혼자면 고독하고, 둘이 있으면 서로 도움이 된다는 뜻. 구약 '전도서' 제4장에 '둘은 혼자보다 낫다. 넘어질 때 한 사람은 그 친구를 부축하여 일으켜 줄 것이다. 그러나 혼자서 넘어지는 자는 가엾다. 이를 부축하여 일으켜 줄 사람이 없으니 말이다. 또 둘이 자면 따뜻하다. 혼자 잔다면 어찌 따뜻할 것인가. 남이 싸우려고 그 한 사람을 공격한다면, 둘이 힘을 합쳐 막아 낼 것이로다' 하였다.

뒤에서 칭찬해 주는 이가 좋은 친구이다.

(He is a good friend who applauds me behind.)

막역지우(莫逆之友)

허물 없는 사이를 막역한 사이, 막역한 벗이라고 하는데, 막역(莫逆)의 뜻은 거역하지 않는다, 맞서지 않는다는 것. 〈장자〉에 '네 사람이 서로 보고 웃으며, 마음에 거역함이 없더라. 드디어 서로 더불어 벗이 되다' 하였다.

매사에 호의를 표하는 자를 경계하라. 또 매사에 악의를 품은 자를 경계하라. 그리고 더욱 매사에 냉담한 자를 경계하라.

프랑스의 이언.

먼 것은 잘 보이고, 가까운 것이 잘 안 보인다.

다른 사람의 허물은 금방 눈에 뜨이지만, 자기 자신의 허물은 잘 깨닫지 못한다. 〈회남자〉'설산편(說山篇)'에 나오는 말.

물은 방원(方圓)의 그릇에 따르고, 사람은 선악(善惡)의 친구에 달려 있다.

물은 네모난 그릇 속에서는 네모가 되고, 둥근 그릇 속에서는 둥근 모양을 하듯이 사람도 이와 같아 사귀는 벗이 착하면 착한 것을 배우고, 악하면 악에 물들게 된다는 뜻. 〈실어교(實語敎)〉.

벗이 먼 곳에서 찾아오니 이 아니 즐거운가!

(有朋이 自遠方來면, 不亦樂乎아)

〈논어〉'학이편' 허두에 나오는 구절로, '학문이 넓어지고 깊어진 것이 사방에 알려져 낯선 벗이 가르침을 받고자 먼 곳에서까지 찾아오니, 어찌 유쾌한 일이 아니더냐' 하였다.

불신의 지극함은 친구를 속이는 일.

불신한 행위 중에서 친구를 속이는 일이 제일 나쁘다는 뜻. 〈한씨외전〉에 '불인(不仁)의 지극함은 그 부모를 소홀히 하는 것이며, 불신(不信)의 지극함은 그 친구를 속이는 일이로다' 하였다.

불행 속에 생긴 우정은 행복할 때 생긴 것보다 견고하며 오래 간다.

붕우(朋友)에 믿음이 없는 자는 부모에게도 효행 못한다.

〈대대기(大戴記)〉에 나오는 말로, 친구에게 불신을 당하는 인물이 어찌 부모에게 효행을 할 수 있겠느냐는 뜻.

비천한 자 틈에 끼여 겸손함은 높이 앉은 자 쪽에 끼여 이득의 몫을 차지함보다 뛰어난 일이로다.

구약 '잠언' 제16장에 나오는 말. 부귀를 누리는 교만한 자 편에 끼여 이득의 몫을 차지하는 것보다 차라리 가난하고 학대 받는 사람들의 편이 되어, 그 사람들의 괴로움을 이해하는 공손하고 겸손한 태도를 갖는 사람은 인간적으로 훨씬 우수하다는 뜻. 그러나 세상은 늘 이와 반대다.

빈천(貧賤)할 때의 벗을 잊지 말라.

자기가 돈을 벌거나 또는 사회적으로 지위에 오른 뒤에는 흔히 빈곤하던 시절의 벗을 잊어 버리고, 또는 일부러 경원하는데, 그래서는 안 된다는 뜻.

사람은 헌 것이 좋고, 옷은 새 것이 좋다.

〈안자춘추(晏子春秋)〉에 나오는 말로, 친구는 오래 사귄 사람이 좋다는 뜻.

사람이 천날(千日) 좋을 수 없고 꽃이 백일간 붉을 수 없다.

꽃이 아무리 좋다 하여도 석달 지나면 그만인 것처럼, 우정의 밀도도 시간과 더불어 흐려짐을 뜻한 말.

사랑에 냉담한 자는 친구로서 믿음을 두기 부족하다.

(He who is cold for love, as friend unworthily lay trust upon.)

인간은 본래 배타적이며 냉담한 일면을 지니고 있지만, 사랑에 냉담할 정도의 정감의 소유자라면 부드러운 우정을 기대하기 어렵다는 뜻.

선(善)과 더불어 있으면, 선(善)이 된다.

(With the good we welcome good.)

친구는 착한 사람을 택해야 한다. 좋은 친구들 틈에 끼여 놀면 이쪽 마음도 착하게 된다는 뜻.

선비는 나를 아는 사람을 위해 죽는다.

남자는 자기의 진가를 이해하고 알아 주는 사람을 위해서는 신명을 바쳐도 아깝게 생각지 않는다. 〈사기〉 '자객전(刺客傳)'에 나오는 진(晋)의 여양(予讓)의 말. '사나이는 나를 아는 자를 위해 죽고, 여자는 나를 즐기는 자를 위해 모양을 낸다' 하였다.

세 사람이 모이면 문수(文殊)의 지혜

문수(文殊)는 석가여래의 좌편에 앉은 변론과 지혜를 다스리는 재치가 뛰어난 보살. 세 사람의 두뇌가 모이면, 문수 보살의 머리에서 나온 듯한 지혜가 나온다는 뜻.

세 사람이 행하면, 반드시 내 스승이 있다.

(三人行에 必有我師焉니라.)

세 사람의 친구가 무엇인가 같이 행동할 때는 그 중에서 가장 좋은 생각을 내는 사람이 있다. 〈논어〉 '술이편'에 '세 사람이 행하면, 반드시 나의 스승이 있다. 그 중 선한 것을 택하여 이에 따르고, 그 불선한 것은 이를 고친다' 하였다. 몇 사람이 일을 같이 할 때는 그 삶들의 행동에서 내가 본 받을 것이 있고, 본받지 않을 것이 있다는 뜻.

순탄한 환경은 친구를 만들고, 역경은 친구를 시험한다.

이쪽이 좋을 때는 많은 친구들이 생기는데, 그들 중 변함 없는 친구가 누구인가는 이쪽이 역경에 부딪쳤을 때 비로소 나타난다는 뜻. 영국의 이언.

술을 상심한 자에게 주라.

구약 '잠언' 제30장에 '술을 상심한 자에게 주라. 그는 마시고 가난함을 잊고, 또 그의 괴로움을 생각지 않으리라' 하였다. 한잔 술은 근심 걱정에 위로가 된다는 뜻.

술이 만든 친구는 술 깨자 그만이다.

독일의 이언.

악마의 우정은 감옥의 문턱으로.

(A devil's friend-ship ends the door of the prison.)

악마의 우정은 결국 그 친구를 감옥의 문턱으로 몰아 놓는다는 뜻.

오는 자 막지 않으며, 가는 자 붙들지 않는다.

이쪽을 믿고 의지하러 오는 사람은 박정하게 물리치지 않는 대신, 배신하고 떠나는 자는 부르지 않는다는 뜻. 소식(蘇軾)의 시에 나오는 말.

우정은 가끔 물을 주어야 하는 식물이다.

우정을 영속시키려면, 가끔 만나서 애정의 표시가 있지 않으면 안 된다는 뜻. 독일의 이언.

우정은 사랑을 받는 것보다 사랑하는 데 있다.

아리스토텔레스의 말.

우정은 포도주이다. 그러나 새로운 우정은 강하지도 않고, 또 맑지도 않다.

우정은 포도주와 같이 달콤하고 사람을 도취시킨다. 그러나 최근에 성립된 우정이란 아무래도 깊이가 없고 얕다는 뜻.

우정은 혼(魂)의 결혼이다.

이성간의 결혼은 영(靈)과 육(肉)이 일치된 결합이고, 동성간의 우정은 영혼끼리의 결합. 즉 정신적인 것이라는 뜻. 볼테르의 말.

익자(益者) 삼우(三友), 손자(損者) 삼우(三友)

유익한 친구에 세 종류가 있고, 사귀어 손해 나는 친구에 세 종류 있다. 정직한 친구, 관대한 친구, 박학한 친구. 이는 유익한 친구들이고, 아부하는 친구, 표리부동하고 마음에 진실이 없는 친구, 말만 번드르한 친구, 이들은 손해 나는 친구들이란 뜻. 〈논어〉에 나오는 말.

인생의 숭고한 쾌락 중에 우정보다 더 한 것은 없다.

존슨의 말.

재물은 많은 벗을 모이게 한다.

구약 '잠언' 제19장에 '재물은 많은 벗을 모이게 하고, 가난한 자는 그 벗이 멀어진다' 하였다. 세상 인심이 이해에 민감함을 가리킨 말.

적을 벗으로 삼을 수 있는 사람은 유위(有爲)한 인물이다.

(He who can make his enemy turn to his friend is a man of ability.)
그만한 폭과 인간미가 있어야 한다는 뜻. 영국의 이언.

적이 없는 자는 친구도 없다.

(He who never makes any enemies, nerev makes any friends.)
사람은 굳건한 중심이 있어야 한다. 그러자연 시비를 가릴 일이 있고, 적이 생기는 것도 당연하다. 한 사람의 적도 없다는 것은 자랑이 안 된다. 따라서 적이 있는 자는 마음의 벗을 가질 수 있다. 자기를 따를 벗이 자연히 생긴다. 테니슨의 말.

진정한 우의(友誼)는 썩지 않는다.

피타고라스의 말.

차디찬 손, 따뜻한 마음.

악수할 때 손이 찬 사람은 마음이 따뜻하다는 뜻. 그만한 경험 있는 토대에서 나온 말인 듯하다. 독일의 이언.

참된 친구가 아니려거든, 차라리 적이 되라.

셰익스피어의 말.

충고는 서서히 조금씩 하는 것이 확실한 효과를 거둔다.

조급히 상대방의 결점을 고치려다가, 오히려 화를 사기 쉽다.

친구가 많은 사람은 한 사람의 친구도 없다는 것.

경박한 재사는 교제를 넓히며 표면상으로는 많은 친구들이 있지만, 진정한 마음의 벗은 만들지 못하고 있다는 뜻. 아리스토탈레스의 말.

친구간에는 무엇인가 참아야 한다.

서로 자신의 감정이나 욕심을 전적으로 내던져서는 안 되며, 참을성이 있어야 우정이 성립되고 지속한다는 뜻. 프랑스의 격언.

친구는 제2의 나다.

(Alter ipse amicus.)

참된 우정은 친구를 위해 자기 것을 아낌 없이 바칠 줄 알아야 한다는 뜻. 로마의 이언.

친구를 가지지 못한 사람은 그 일생을 반밖에 맛보지 못한 셈이다.

(Wer ohne Frieund ist lebt nurbalb.)

참된 친구가 있으면 인생의 시야는 그만큼 넓어진다는 뜻. 독일의 이언.

친구를 보고 그 사람을 안다.

세르반테스의 〈돈키호테〉에 나오는 말.

친구를 얻는 유일한 방법은 스스로 그 사람의 벗이 되는 데에 있다.

대개 사람은 벗하는 데 소극적이다. 이편에서 적극적으로 우정을 표시하면, 상대방도 호응하게 된다는 뜻.

친구의 비밀은 아는 것은 좋지만, 말해서는 안 된다.

독일의 이언.

친한 사이에도 벽으로 가려라.

(To preserve friend-ship one must build walls.)

친한 사이라도 일정한 간격이 필요하며, 너무 털어 놓고 지내서는 안 된다. 그래야 우정이 영속한다.

한 사람의 지기(知己)는 백 명의 친척보다 귀하다.

백 사람의 친척보다 단 한 명이라도 마음 맞는 벗이 있으면 그 쪽이 더 도움이 된다는 뜻. 독일의 이언.

힘 없는 친구를 택하려다가는 결국 친구를 못 얻는다.

프랑스의 이언.

형제보다 믿음직한 지기(知己)가 낫다.

마음의 벗은 형제 이상이라는 뜻. 구약 '잠언' 제18장.

화해한 뒤의 친구를 조심하라.

일단 싸운 일이 있는 친구는 화해한 뒤에도 마음 놓을 수 없다. 그의 마음 속에는 아직도 적대의식의 감정이 어디엔가 남아 있으니깐.

황금은 불로 시험하고, 우정은 곤경이 시험한다.

(Gold is tried with fire, friend-ship with distress.)

곤경에 빠졌을 때, 친우의 진가가 드러난다는 뜻. 영국의 이언.

18

애향심 · 보은에 대해

고맙다고 하는 데 비용은 안든다. 그러면서 하느님도 사람도 기쁘게 한다.

독일의 이언. 고맙다는 인사말 하기가 뭐가 어려운가. 보은, 감사의 인사를 잊지 말라는 뜻.

그대에게 그늘을 준 나무를 자르지 말라.

아라비아의 이언. 사막 지대가 많은 아라비아다운 보은(報恩) 망은(忘恩)치 말라는 뜻의 표현.

내 집만한 데가 없다.

(here is no place like home.)

자기 사는 것은 비록 촌구석이라도 정이 들면 그 곳이 제일이라는 뜻.

불어라, 설한(雪寒) 동풍(冬風)아. 너는 배은망턱한 인간보다는 사납지 않다.

셰익스피어의 〈리어왕〉에 나오는 대사.

사람은 항상 고향에 애착이 있다.

안데르센의 말.

악(惡)을 악으로 보복하는 것은 악을 보탤 뿐이다.

(It adds evil to requite evil for evil.)

영국의 이언.

예언자는 향리(鄕里)에서 대우 못 받는다.

(prophet has no honour in his own country.)

예언자 뿐만 아니라, 뛰어난 인물의 가치를 그의 고향에서는 인정을 받기 어렵다는 뜻.

은혜가 지나치면 원망을 산다.

너무 인정있게 하다 보면, 상대방은 더욱 의타심이 강해져서 조금만 소홀해도 불평을 품고, 드디어 원망하게 된다는 뜻.

은혜를 모르는 사람은 구멍 난 통과 같다.

구멍으로 물이 새 버리듯, 은혜를 잊어 버리기 쉽다는 뜻. 로마의 이언.

은혜를 보답할 줄 아는 사람은 가장 많이 은혜를 입는다.

그 성격이 곧고 선량하기 때문이다.

푸른 색 일색의 이탈리아의 하늘도 좋지만, 산봉우리를 신비롭게 하는 우리나라의 안개가 그만 못하리!

안개가 많이 끼는 영국의 습한 풍토를 사랑으로 노래한 워즈워드의 시의 한 구절.

풍속에 따르든가, 그렇지 않으면 그 고향을 떠나라.

(Follow the customs or fly to the country.)

그 고장의 풍습을 자기 비위에 맞도록 변경할 수는 없는 것이니, 자기가 그 풍습에 적응하여야 하며, 그것이 싫거든 떠나라.

한끼 밥의 신세를 잊지 않는다.

조그마한 은혜도 잊지 말라는 뜻. 〈사기〉에 나오는 말.

황금의 의자보다 개구리에게는 연못 속이 좋다.

(The frog will jump back into the pool, although it sits on a golden stool.)

비록 황금의 의자에 앉혔더라도 개구리는 곧 연못 속으로 뛰어 돌아간다. 이것은 옛보금자리가 그에게는 편하다는 뜻.

19

기타

개미도 노여움을 가졌다.

(Every ant has its ire)

'지렁이도 밟으면 꿈틀한다' 는 말과 같은 뜻. 보잘 것 없는 작은 것도 제각기 성미는 가지고 있다.

공중누각(空中樓閣)

공중에 세운 누각(樓閣), 즉 근거 없는 공상이라는 뜻. 신기루를 가리키기도 함.

구름은 용(龍) 따르고, 범은 바람을 따른다.

뜻이 맞는 것끼리 어울린다는 말.

구름을 깬다.

'구름을 잡는다' 는 말과 같은 뜻. 손에 잡히지 않는 구름을 깰 수 없다. 허무한 노릇, 또는 불가능하다는 말.

궁지에 몰린 쥐, 고양이를 문다.

〈염철론(鹽鐵論)〉에 '죽으면 다시 살아나지 못하도다. 궁지에 몰린 쥐, 고양이를 물다' 하였다. 이래도 죽고 저래도 죽는 판에 필사의 힘을 다한다는 뜻으로, 약자도 필사적으로 대항하면 강자를 이겨낼 수 있다는 말.

궁하면 문다.

〈한시외전〉에 '안연(顔淵) 가로되, 짐승이 궁하면 물고, 새가 궁하면 쪼고, 사람이 궁하면 거짓말을 한다' 하였다. 짐승은 보통 사람을 보면 도망치지만, 궁지에 몰리면 덤벼들어 문다. 사람은 궁지에 부딪치면 거짓말로 피하려 한다.

그물로 바람 잡는다.

(He catches the wind with a net.)

눈에 안 보이는 바람을 구멍 난 그물로 잡으려 하니, 잡힐 리 없다. 당치도 않은 허무한 노릇이라는 뜻.

나폴리를 보고 죽자.

(See Naples then die.)

나폴리의 아름다운 경치를 보지 않고 죽는다는 것이 한이 된다는 말.

대장장이 집에는 나무 칼

(In a smith's house the knife is wooden.)

상인이 자기의 상품을 자기 집에서는 아끼고 남용하지 않는다는 뜻. '두부 장수 두부 안 먹고, 떡 장수 떡 안 먹는다.'

도공(陶工)의 집에는 깨진 그릇.

'대장장이 집에는 나무칼'과 같은 뜻.

돼지의 일생은 짧고 즐겁다.

(A pig's life short and sweet.)

사람의 근심 걱정에 비해 돼지는 근심 걱정을 안하고, 또 미련한 동물의 대표자로 가끔 등장한다. 소크라테스는 '돼지가 되어 즐기느니보다 사람이 되어 슬퍼하리' 하였다.

마음은 둘, 몸은 하나.

동으로도 가고 싶고, 서로도 가고 싶고, 희망이나 욕망은 두 갈래인데, 몸은 하나이니 하나를 선택해야 한다는 말.

말 꼬리에 매달린 파리

〈후한서〉에 '파리는 열 발자국을 겨우 날지만, 준마(駿馬)의 꼬리에 매달리면 천리(里)를 함께 뛰게 된다' 하였다. 후진이 영달한 선배 덕분에 출세가 빨라 이름을 날리게 되었을 경우와 같을 때 쓰이는 말.

명마(名馬)에 버릇 있다.

우수한 인물, 혹은 유능한 인물에게는 어딘지 한 가지 버릇이 있다는 뜻.

바람에 흔들리는 갈대

강자의 일성(一聲)에 따라 흔들리는 약자의 모습을 말한 것. 신약 '누가전' 제7장에 '너희들 무엇을 보려고 들에 나와 있는가. 바람에 불리는 갈대이던가?' 하였다.

배 부르면 눕고 싶다.

(When the belly is full, the bones would be at rest.)
포식한 뒤에는 졸음이 온다. 돈이 생기니, 놀고 싶다.

백벽(白壁)의 미하(微瑕)

'옥에 티'와 같은 뜻. 흰 벽이 말쑥한데 그 중에 조그만 흠이 있다는 뜻으로, 전체는 좋은데 근소한 결점이 있다는 말.

사실은 소설보다 기이하다.

(The fact is more mysterious than a fiction.)
꾸며내는 소설보다 실제 일어난 사건이 더 꾸민 것 같이 굴곡이 복잡하고, 진상이 비범하다는 뜻.

살아 있는 개는 죽은 사자보다 낫다.

(Better a living dog than a dead lion.)
아무리 잘났어도 죽으면 그만이다. 다소 못나도 살아있는 것이 낫다.

새도 고통스러우면 수레를 뒤엎는다.

얌전한 약자도 필사의 힘을 다할 때는 강대한 상대방을 이겨낼 만한 큰 힘을 낼 수 있다는 뜻. 몰린 쥐가 고양이를 무는 것과 같음. 〈사기〉에 '금(禽)이 곤(困)하면, 수레(車)를 뒤엎다' 하였다.

송곳이 낭중(囊中)에 있다.

송곳이 주머니에 들어 있으면 그 뾰죽한 것이 튀어 나오듯, 재능 있는 사람은 아무래도 눈에 뜨이어 쓰이게 된다는 뜻. 〈사기〉 '평원군전(平原君傳)' 에 '현사(賢士)가 세상에 있으면 마치 송곳이 낭중에 있는 것과 같다. 그 뾰죽함이 곧 드러난다' 하였다.

신발 위로 가려운 데 긁는다.

〈속전등록(續傳燈錄)〉에 '신발 위로 가려운 데를 긁는 것과 같다' 하였다. 답답하고 마음에 안 차 시원치 못한 기분.

얕은 곳에 물이 괴인다.

(Where the dike is lowest, the water first runs over.)

이득이 있는 곳으로 사람이 모여든다. 혹은 결함이 있는 쪽을 향해 공격이 집중된다.

여우가 시집간다.

해뜨고 비가올 때.

오리 걸음.

여자가 엉덩이를 흔들며 걷는 것을 풍자한 말.

정문(頂門)의 일침(一針)

사람의 머리 위에 바늘 한 개를 찔러 둔다는 뜻으로, 남의 급소를 잡아 꼼짝 못하게 하는 것. 소동파의 글에 보이는 표현.

제 말하면 온다.

〈이담속찬(耳談續纂)〉에 '범을 말하니 범이 오고, 사람을 말하니 사람이 오더라' 하였다. '늑대 이야기를 하여 보라. 늑대 꼬리가 나타나느니라 (Speaks of the wolf, and you will see his tail.)는 말도 있다.

주정뱅이 다치는 법 없다.

주정뱅이는 비틀거리고 가지만, 넘어질 듯하면서도 안 넘어진다. 설사 넘어졌더라도 다치지는 않는다. 무아무심(無我無心)한 자는 오히려 과실이 없다는 뜻. 장자의 글에 '취한 자가 수레에서 떨어지는 일도 있지만, 죽진 않는다. 그 정신이 온전하기 때문이다' 하였다. '취한 자는 좀처럼 다치지 않는다(Drunken folks seldom take harm.)'는 말도 있다.

중구(衆口)가 금을 녹인다.

여러 사람이 일치해서 하는 말은 강한 힘이 되어 쇠나 금도 녹인다는 뜻. 〈사기〉 '정양전(鄭陽傳)'에 보이는 말.

진일(盡日) 봄을 찾아 봄을 못 보다.

가까이 있는 것을 먼 곳에서 찾는다는 뜻. 〈학림옥로(鶴林玉露)〉에 나오는 시의 한 구절. '진일(盡日) 봄을 찾았으나, 봄을 못 보았노라. 짚신이 헤어지도록 헤매다가 돌아와 웃으며, 매화 가지를 휘어잡고 향기를 맡으니 봄은 가까이 코 끝에 와 있었다. 이로서 충분하지 않던가.'

창해(滄海)의 일속(一粟).

넓고 깊은 바다에 대해 한 톨의 작은 좁쌀 알을 비교한 것. 자기의 일생을 대우주 안에 한 톨의 좁쌀알 같이 작고 허무한 걸로 비유한 소동파의 말. 〈적벽부(赤壁賦)〉에 '보잘 것 없는 창해(滄海)의 일속(一粟), 나의 생(生)의 짧음을 가련히 여기며, 장강(長江)의 무궁함을 부러워하노라' 하였다.

처음이 좋으면 나중은 나쁘다.

(A good beginning makes a bad ending.)

시작이 너무 번드르고 요란스러우면 끝이 좋지 않다. 너무 시작에 힘을 들이기 때문이다.

태산을 안고 북해를 넘다.

(挾太山以超北海)

큰 산을 안고 북쪽 먼 바다를 넘는다는 것은 사람의 힘으로 당치 않는 일. 인력이 미치지 않는 불가능한 일을 말함. 〈맹자〉 '양혜왕편'에 나오는 말로, 왕으로서의 책임 한계에 대해서 다음과 같은 말을 맹자가 하고 있다. '태산을 안고 북해를 뛰어 넘는 일은 불가능한 일이며, 이런 일은 하라 해도 못 한다 함이 당연하다. 윗사람을 위해 무릎을 끓고 안마를 하라 할 때, 이런 일 못하겠다고 하면 어떠할까. 이는 할 수 없는 일이 아니라 안 하는 것이다. 왕으로서 왕답게 하려면 태산을 안고 북해를 넘는 따위가 아니고, 장자를 위해서 안마를 하는 따위이다' 하였다. 즉, 능히 할 수 있는 일을 아니해서는 아니 되며, 이를 다하는 것이 왕자의 책무라는 말.

(분야별로 엮어 영문과 한글을 같이 읽는)
세계명언으로의여행

초판 1쇄 인쇄 2021년 8월 05일
초판 1쇄 발행 2021년 8월 10일

편 저 권순우
발행인 김현호
발행처 법문북스
공급처 법률미디어

주소 서울 구로구 경인로 54길4(구로동 636-62)
전화 02)2636-2911~2, 팩스 02)2636-3012
홈페이지 www.lawb.co.kr

등록일자 1979년 8월 27일
등록번호 제5-22호

ISBN 978-89-7535-932-3(03890)

정가 24,000원

철학은 잘 모르지만 한 가지 분명한 것은 철학 같은 것은 몰라도 숨쉬는 데는 지장이 없다는 것이 일반적인 생각들이다. 따라서 철학을 하려는 사람은 이 바쁜 세상에서 선택받은 호사가이에 틀림없다고 생각하는 것 같다.

철학이 이처럼 오해받고 있는 것은 철학이라는 학문이 그 이름만으로는 전혀 그 내용이 보이지 않기 때문일 것이다. 그러나 철학이란 다른 학문과는 달리 언어만으로는 그 내용을 파악할 수 없는 학문이다. 왜냐하면 그것은 우리에게 너무 가까이 밀착되어 있어 마치 자기 속눈썹을 보지 못하는 것과 같은 이치인 것이다.

따라서 '철학을 한다'는 것은 자신의 일상과 주변 생활에 대한 반성과 비판이 일어날 때에만 비로소 가능해지는 것이리라. 또한 철학은 과학에 의해 제기된 것보다 더욱 일반적이고 근본적인 물음들을 제기함으로써 어떤 면에서는 과학은 철학으로부터 상당한 빛을 지고 있다고 할 수 있다.

03890

9 788975 359323

ISBN 978-89-7535-932-3

24,000